时光的礼物

SHIGUANG
DE
LIWU

陈志仙——著

敦煌文艺出版社

图书在版编目（CIP）数据

时光的礼物/陈志仙著.--兰州：敦煌文艺出版社，2022.12
ISBN 978-7-5468-2248-8

Ⅰ.①时… Ⅱ.①陈… Ⅲ.①散文集—中国—当代 Ⅳ.①I267

中国版本图书馆 CIP 数据核字（2022）第 185827 号

时光的礼物
陈志仙 著

责任编辑：张明钰
装帧设计：韩国伟

敦煌文艺出版社出版、发行
地址：（730030）兰州市城关区曹家巷1号新闻出版大厦
邮箱：dunhuangwenyi1958@163.com
0931-2131372（编辑部） 0931-2131387（发行部）

武汉鑫兢诚印刷有限公司印刷
开本 880 毫米×1230 毫米 1/32 印张 14.375 插页 2 字数 285 千
2023 年 4 月第 1 版 2023 年 4 月第 1 次印刷

ISBN 978-7-5468-2248-8
定价：68.00 元

如发现印装质量问题，影响阅读，请与出版社联系调换。
本书所有内容经作者同意授权，并许可使用。
未经同意，不得以任何形式复制转载。

目录
CONTENTS

第一辑　时光之城

002　你听，玉门的春天

006　心里的那座城

011　城市之光

015　逐梦塬上

020　鸭儿峡一日

024　玉门，我的石油母亲

028　有一种品格叫热爱

033　没有一个春天不会到来

037　玉门：这一座石油丰碑

041　戈壁，那一抹石油红

043　在西部，打开路的卷帙

第二辑　游牧时光

050　草原有约（组章）

056　归来，秋已深

059 　近在咫尺的惦念

063 　郎木寺的梦

066 　那一场锦瑟华年

069 　小镇天堂（组章）

072 　永远的喀纳斯

081 　在那杏花盛开的地方（组章）

087 　长安月色

090 　这世界，正如你所愿

第三辑　风吟时光

094 　初夏记事

101 　初夏如歌

108 　春风吟唱的歌谣

111 　春雨洒落我心底

114 　春深深几许

117 　春天纪事

127 　打开春天

129 　话别 2019

133 　聆听春天

136 　漫步夏日

146 　美丽清秋

149 　倾听春风

161	秋风送你
168	人不若草木
180	人间四月天
184	日光倾城
186	谁打翻了春天
197	夏日的风，已走远
207	小雨来得正是时候
210	雪落酒泉
217	雪之恋

第四辑　时光之爱

220	花开的声音
223	画秋
227	回家是最好的礼物
230	慢慢地陪着你走
234	那时故乡
238	让诗意在仰望的角度盛开
	——爱斐儿的爱与慈悲
244	生命之外
247	十天
252	送别
255	外祖母的老时光

264　忘了挥别的手

267　雾锁重楼

271　一棵春天的树

273　愿有岁月可回首

276　再别

279　致母亲

第五辑　时光故事

282　莫道桑榆

294　水边的阿狄丽娜

301　想飞的考拉

第六辑　慢煮时光

306　朝朝暮暮

312　沉默之音

318　春雪煎茶

321　风吹五月

329　一只忘记了新名字的小狗

335　祈愿

337　清风过耳

342　时间煮雨

345　天下一家

350　小菜地

354　小猪，快跑！

359　一朵自由行走的花

363　一汀烟雨杏花寒

366　纸鸢之春

369　走进秋天

第七辑　诗意时光

374　草木之灵（组章）

384　故乡在远方

388　故乡的原风景（组章）

392　那些花儿（组章）

403　你的名字（组章）

410　旗帜（组章）

412　秋声（组章）

415　秋之梦（组章）
　　　——兼致 ZH

418　时光之歌（组章）

427　叶之秋（组章）

430　云水禅心（组章）

443　金雨染夏（组章）

449　**唯有爱，让我对这个世界一往情深**
　　　——散文集《时光的礼物》后记

第一辑 时光之城

你听，玉门的春天

扬沙蠢蠢欲动的时候，玉门的春天还在沉睡中，且睡得很深沉，冰冻一样沉静无声。夜晚的风，开始在楼宇间尖厉地呼号，如果能够酝酿出次日的一场春雨，那是梦寐以求的好，春天的雨水会唤醒沉睡的城市、村庄和戈壁旷野。但这几乎是不可能的，如同一个人的梦想，通常是不能够实现的。那么酝酿出一场春雪，也是极好的，渐渐升起的气温，会很快让飞扬的雪花落地成水，温润北方这片常年喊渴的土地。然而戈壁旷野之上，依旧苍苍莽莽，灰蒙蒙的天幕下，雪山看不见踪影，枯草蜷缩到无能为力的身姿，被大风牵扯着跌跌撞撞奔走的大大小小的石子，眯着眼睛觅食的羊群和裹着皮袄袖手缩肩的牧羊人，都在无声告诉你：这里春迟。

及至春分，玉门的阳光才露出热情而灿烂的笑脸，像梦中的姑娘一样。这样的笑颜，会让身着雪裘的祁连雪山感到来自心底的暖，不知不觉地摘下一层白衫，显露出更加冷峻清绝的姿容，令人油然而生江山如画之喟叹。身处半山腰的玉门油城，在温暖阳光的呼唤下，也从沉睡中醒来。惯于在冷冽与寒彻中沉睡的油城，它一旦醒来，便神清气爽，精神抖擞，绝不拖泥带水。

你听，玉门的春天在窟窿山的峡谷里醒来的声音。那里钻机巍然挺立，战旗猎猎迎风，似严阵以待的将士，目光炯炯，斗志昂扬，只待冲锋号吹响，便会呐喊着扑向沙场。峰间谷里，越来越多的红色"磕头机"甩掉冬休的鞋帽，热气腾腾运转起来，一时仰望长天，一时俯视大地，不分昼夜，不眠不休，向着既定目标一路进发。越来越多"石油红"的身影，在井场，在巡井的路上，在工房，在实验室，在指挥部……在每一处为油拼搏的地方忙碌起来。他们有时沉默而专注，有时挥斥方遒，有时激烈争论，有时娓娓道来、循循善诱。他们的眼里闪着光，盯着目标、把着方向，他们的心里装着干事创业的梦想。

你听，玉门的春天在炼化战区急行军的声音。厉兵秣马，一支雄赳赳、气昂昂的主力军，带着呼啸之声，奔赴转型升级的主战场。主帅稳坐中军帐排兵布阵，各路主将身先士卒、冲锋在前，以清醒的头脑潜心研究生产经营之道，精心谋划创效创新之路，一路所向披靡，一路豪迈进发，"开门红"的捷报，如滚滚春雷，响彻油田的天空；数以千万计、数以亿计的利润大旗，一次又一次哗啦啦招展在油田光荣榜首。扭亏摘"帽"的酣畅和喜悦，脱困脱贫的勇气和底气，让拼搏奋进中的玉门，在迟来的春天里，看到了希望的沃野上草木生机勃发的力量。

你听，玉门的春天在风电与光伏并驾齐驱的骁勇气势中前进的声音。耄耋之年的玉门，在风霜雨雪与灿烂辉煌中奋战八十余载的玉门，中国石油摇篮的玉门，在今天，在时代之轮永不停歇、变化万千的今天，她依然挺着坚韧的身躯，怀揣着基业长青百年油田的梦，迈着坚定的脚步，放眼千里、运筹帷幄，踏上了一条向风电与光伏新能源进发的新征程。每一条路，都那么崎岖坎坷，每一条路，都充满了艰辛。但，血液里流淌着"玉门精神"、骨子里浸透"铁人精神"的玉门，被一次次求生存的"断崖"与谋发展的"寒冬"锻打出来的玉门，有着"天不怕，地不怕，风雪雷电任随它"的硬核的玉门，以孤勇者的身姿，义无反顾踏上征程，勇毅前行。项目、资金、土地、设备、建设、管理、经营……打破一次又一次行路的"坚冰"，驱除一个又一个拦路的"猛虎"，在人迹罕至的茫茫戈壁滩，在风吹石头跑的旷野，顽强地扎根下来，直到风力发电并网运营，直到200兆瓦光伏发电项目并网投运，直到300兆瓦光伏新项目再次落地实施，——清洁能源，像一个未来可期的少年，在玉门石油的天空下，迎着朝阳奔跑着，身姿健硕。

你听，玉门的春天在远方层峦叠嶂的大山营地、阔野营地奔跑的声音。"油气并举"的战略，让那里鼓角铮鸣，让那里车辚马萧。木钵、演武、虎洞，这一个个带着黄土高原的雄壮与艰险，携着野外四季清寒与寂静的名字背后，一支玉门石油的精兵强将在那里"烽火连年"钻井找油，盯着年产六十万吨原油的标靶冲锋猛进。宁庆、盐池，这一个个侵染了平原长风、蕴藏了物华天宝的名字背后，另一支玉门石油的精兵强将在那里战天斗地采掘天然气。英雄的将士们，连年征战在远离大本营的千里沙场，捷报频传。千里一线，万众一心，来则能战、战则必胜的信念和智慧，把玉门石油这面闪着光辉的红色旗帜安插在了每一次足迹到过的地方，让玉门石油从一首诗里一次次走出来，扎根于祖国的山山水水：凡有石油处，皆有玉门人。

你听，春风的号角已然响彻玉门石油大地。与春光同行，每一颗逐梦的心，都铆足了劲；与春光同行，玉门石油梦的大船已然乘风破浪。

心里的那座城

迎着清晨的彻骨寒意，从住宿的祁连宾馆步行至油城职工大餐厅。已过了就餐高峰期，能同时容纳五百人就餐的大厅，此时只寥寥十数人。除了大屏幕壁挂电视播放着早间新闻，厅里再无其他声响。七八名身着整洁红色唐装、仪态端庄的餐厅服务员，依然面含微笑为我们呈上了热气腾腾的早餐，熟练地刷卡、递送勺筷和餐巾纸。她们都是"油二代"。这些年，和这几位90后姑娘们一样，很多"油二代"姑娘小伙子们，在外地读完大学后，最终还是听从父辈的教导，选择了回到家乡玉门，在这里扎根、传承。

走出餐厅，天比先前亮了一点，中坪街道的路灯已经熄灭了，只有寥寥几辆车灯的光映着深蓝的天幕。树影绰绰。独自走在油城公园路，少了一点先前出门时候黑暗街道和清晨冷寂带来的心理负担。看看时间尚早，也便放慢步子游走。油城公园还是那样质朴的模样，草木萧萧，参天白杨寂然林立，间或有尚未融化的冰雪点缀其中。无数次相遇却又无数次擦肩而过的影像仿如昨日：相遇了，并肩了，牵手了，然后又各自走远了。呵呵，其实命运的眼，早已洞悉这一切，只是我们浑然不觉。还是匆匆，如这行程，没有过多的时间让你徘徊回味。可我真的想，如果可以，我们再一起走这条路，即使一路静默无声，也还能听到彼此的心跳，能感到心心相印的暖意。

颠簸在油城最西端。有些苍白的太阳，光影凄寒。废墟之上，满目苍凉。也许，西部历来就是这样从巅峰走向衰微，成为历史，也成就历史。曾经蜚声中外的玉门石油城，从青壮年的辉煌灿烂，而至衰微，也遵循了历史和自然规律。树却还是笔直的。尽管是在废墟之间，尽管是在肃杀的冬天，却依然保持了昂扬向上的钻天杨本质，一棵棵，一排排，临寒傲立，枝干泛着浅浅的绿，传递着来年仍将荣盛的强烈生命信息。一只黑白相间的喜鹊，从废墟飞跃上钻天杨枝头，紧跟着，五六只喜鹊从废墟瓦砾间腾飞而起，次第落在钻天杨枝头。听不到它们的声音，但那迎风飞翔的身影，却令人精神为之一振。

油城的东马路历来都是清冷的，即使在最聚人气的年月里。此时便更显寥落。唯有曾经的青年林，一片褐色的林木，静默于戈壁滩的边缘，成为油城与戈壁滩的分界线，入目赫然。青年林，曾经生长和流传了几辈玉门石油人的青春和爱情啊！也正如逝去的青春和渐渐失去本质的爱情，青年林，而今成为一个静默的休止符。但我知道，来年，它们枝繁叶茂的绿色梦想仍会在时光里延续。

油城入口的三三区，铁人石雕巍巍，一派任物换星移我自岿然的气度。厂区基本都还是"下山"前的样子，准确地说，有些厂区比当年更漂亮了：彩钢工房替代了破旧的砖瓦土墙，平坦宽敞的柏油路替代了水泥路和土路，小型的厂区公园、喷泉、绿化林带，让昔日旧貌换上新颜，虽然此时呈现冬日萧萧景象，但能够想象得出在春夏秋时花红柳绿的漂亮模样。

北坪街道还是那么整洁，与"下山"之前的纷乱形成天壤之别。安静、内敛，有了些古镇的风貌。街上行人很少。上下班的时间里，绝大部分都是身着红色或蓝色棉工装的油田员工。没有之前的喧哗，或饭后步行回公寓，或稍散会儿步。

在玉门休养生息多年的人们，迁居他乡之后，还是惦记着一些生活物象的。总有人托来玉门办事的人捎带一些诸如细盐、烧壳子（一种精致小巧的烤制面点，里面加白砂糖、香豆子粉、盐、胡麻油等）、烤花生、卤鸡爪。而我，若有空闲时间，就会到"阿福袜行"去买袜子。说是袜行，其实只是一个临街的不足三平方米的小门脸，一对新婚不久的小夫妻经营各种袜子，服务热情，价格合理，生意很红火，每次去小店，里面都挤满了挑选袜子的顾客。再后来，就看到小夫妻抱着一个乖巧可爱的孩子在店里，小日子过得幸福美满的样子。这些时代变迁下的景象，这些热爱生活的人们,依然固守在这里,渲染着另一种生活的色彩。

十多辆深蓝色奔驰大客车在固定的搭乘点一字排开,轮换班的油田员工们陆续到来,有秩序地乘坐上各自单位的"大奔"。这时候的他们,除了一小部分人仍身着红色或者蓝色棉工装,大多数都已换上各式各样的羽绒服,特别是那些爱美的女工们,还换上了裙子和长筒高跟靴子,长发飘飘、烈焰红唇的时尚模样,与她们身着笨拙的工装工帽工鞋在漠地旷野、远山峡谷的工地上的状态,判若两人。年轻小伙子们也洗漱一新,穿上喜爱的便装,耳孔里塞着耳机,或欣赏手机音乐,或刷屏,或与热恋的人儿甜蜜微信。"大奔"将把辛劳了一个班次的他们送回到酒泉基地的家,送回到亲人的面前。他们早已习惯了这样两地奔波,习惯了这样的玉门特色,他们没有怨言,他们的心里装着像父辈一样的对玉门石油的热爱和传承。

离开玉门的时候,迎面遇见有段日子不曾见面的友人。友人一身蓝色棉工装、大口罩、黑色棉工鞋,走在一大群同样着装的下班人群里。正疑惑那长发及腰的人是不是她的时候,她适时摘下了口罩,满眼笑意,呵着白气迎了上来。旧式的办公小楼此时颇为安静,正午的阳光透过窗玻璃铺洒进来,友人简陋而整洁的办公室里便有了温暖和安宁。窗台上随意养的几盆花草,生机盎然。友人说她喜欢这样单纯而内敛的工作环境,鲜有纷杂。友人大学毕业选择到玉门油田工作,期间公派进修MBA,专业领域的公司级专家,但她依然扎根在玉门。她像一批又一批来到玉门油田创业奉献的知识分子一样，热爱着玉门，热爱着第二故乡。惺惺相惜，促膝长谈。起身间隙，友人惊喜地指给我看窗台上一小盆花草，说是居然开花了。凑近了，仔细看，才看到绿叶间夹杂着一朵小拇指甲大小的花朵，浅浅的蓝紫。两人都不知道是什么花，不由相视莞尔。其实，她，和我，和一辈又一辈的玉门石油人一样，就像这朵无名的花儿，在玉门这片热土上，生长和成长着，欢喜和悲伤着，付出和热爱着，合着油田的脉搏，书写着平凡而又峥嵘的岁月……

城市之光

　　站在高楼之顶，远眺，祁连雪山扑面而来，携着初春的清冽寒意和万物即将苏醒的气息，带着任物换星移我自岿然的笃定，带着风的翅翼掠过天地的自由和恣意，让人油然而生乘风飞扬之念。视线里的那只青鸟，伫立在东侧檐角的风铃上，映着微微绯红的晨曦和淡青色的天幕，无意间构成一幅如诗如画、美轮美奂的景致。在凝视的目光里，它忽然动了动身子，蓦然俯冲而下，垂直坠落，瞬间脱离我的视线，坠入晨光中不见踪影。那种决绝的姿态，令人惊叹！深呼吸，把快要跳出胸口的心慢慢安放至原地，深感生命之陌生与奇妙：我欲乘风而去，鸟却坠落人间，我们所追寻的生命之光，何其迥然！我相信那只青鸟，应该是下落至一定高度后飞入林间枝头，或落地觅食了吧。而此刻，朝霞已将一抹暖意的橙色轻涂在雪山之巅，那惯于冷漠和冷峻的容颜随之流露出了几许温柔。

俯瞰城市的清晨，在雪山的怀抱里，它还是那么安然：闪烁着霓虹的彩灯，依然在街巷的树枝上啜饮着早上的第一杯新鲜时光；白里透红的中国结和千姿百态游走于城市街头巷尾的红彤彤的灯笼，还在慢悠悠品着国泰民安的年味儿，等待着正月十五最后的狂欢。偶有散落的玫瑰花瓣，犹在悄悄回想着昨夜情人节的温存甚或暧昧。时而欣喜时而忧伤的心，总是无法停止驿动，它感叹时光之匆匆，怀念从前，又向往远方。

我是爱着这座城的——这座西北偏西的边城。它始终敛声静气，把数百年前金戈铁马的喧嚣与纷争收敛于一片片干燥的土地，把荣耀与沧桑纳藏于远郊一条奔流不息的大河，纳藏于茫茫戈壁旷野，纳藏于日出而作、日落而息的春耕秋收。两弹一星，是这座城永远不灭的光辉，在历史的天空闪耀着永恒；神舟载人航天，一次又一次，在新时代的时空里迸发出璀璨夺目的光，把莫高洞窟里"飞天"的梦，恣意放逐于宇宙太空……辉光里的这座城，它依然秉承千百年文化积淀的醇厚与淳朴，百年如一日，以北方人的赤胆忠心，守着西部口岸国门，在古长城万里长风的基石上，牢牢筑起一道精神之新长城。

我爱着这座城，像爱着与它朝夕相处十余载的光阴。我不曾在城中心钟鼓楼的顶上，去体会南望祁连、北通沙漠的豪气与辽阔，但我每一天都看见祁连山巍然屹立的身躯，看它在冬天里银装素裹，全力收集物华天宝；在春天里酝酿着融雪为泉、为溪、为河，为川流不息；在夏天里叮叮咚咚地歌唱，哗哗啦啦从山脚下开始在大地上流淌，滋养它怀抱里的生灵万物；在秋天里，看着金色麦浪滚滚、牛羊肥壮，闻着果蔬醉人的香，含笑戴上白雪的帽，给万民以安心和来年的丰茂与吉祥。偶有沙漠徒旅，艰苦行走中，用心灵触摸这座城的苍莽与风霜，谛听风中隐隐传来的驼铃声和丝绸之路重镇曾经的繁华与喧嚷之声，感知这座城随遇而安的淡泊柔韧心性和人定胜天的顽强意志。

在每天日出之时，看这座城在晨光中高耸的脚手架和龙门吊，看它们一天天将城市的建筑抬高到需要仰视的高度，看一处又一处高楼平地起，看这座城不断向西延伸扩展的美好身姿，看流淌千年的讨赖河之水微微转身变幻成这座城市的美丽腰带。在阳光灿烂的日子里，我游走于城市的大街小巷，看春暖花开、车水马龙的纷繁，听烟火人间喜乐安泰的市井之声。在月朗星稀的夏夜里，拥着晚风清凉和百花馥郁芬芳，漫步在青草如茵的小径，倾听树叶与月色的轻声交谈，醉心于花瓣儿与花朵的深情依恋，环顾万家灯火，每一扇窗、每一盏灯都透着岁月静好的安详。秋风乍起时，呼朋唤友去往金色漫遍的胡杨林间流连，林涛横望，金风送爽，那份沁透肺腑的惬意感觉，仿佛徜徉于云端；也会携家带口悠闲于郊外田园，看着颗粒归仓的憨厚笑容，闻着果实累枝的香甜气息，那份来自春种秋收的由衷心安，何止于田园风光！雪花纷飞的时节，万物敛声沉睡，静谧而欣喜地酝酿着来年的美梦，偶有城市的炊烟在暮色里升起，给擅于编织梦幻景象的人们，讲述一个慰心的童话故事。再说起冬日午后的阳光，无论是在城市，还是在乡村或是旷野，已不仅仅是一种暖洋洋的情景，而是一种人间安暖、人心向暖的意境。

我爱着这座城，爱着它每一个晴朗或风雨的晨昏，爱着它每一个喧嚷或安静的昼夜，爱着它在光阴的额头镌刻下的每一条或深或浅的皱纹，爱着它在岁月的长河里腾起浪花的高唱或静静流淌的低吟。一如爱着这座城始终在我心里留存的温暖亮光。

逐梦塬上

车子驰行近十个小时后，终于在华灯初上时分抵达目的地环县。一路上，目之所及，皆是冬日陕甘宁地区特有的西部景象：茫茫戈壁旷野，无垠大川连绵，山路十八弯时时峰回路转，万物藏青敛声的萧萧寂静和无意表述却自然流溢的清寒。间或有银川太阳山风电的白色"大风车"，密集列阵于百里大川上，在蓝色天空下迎风恣意旋转，演绎着独具一格的莽原之舞，令人叹为观止。在环县的环江岸边，隔着一条不那么宽敞的马路，在稀疏的场院和不那么高大的建筑物之间，见到了环庆采油厂的办公地——租用的由宾馆改装的四层办公楼，一样处在四面环山、开门见山的境地。这里的环江，并不是望文生义的有滔滔江水滚滚奔流的江，环江没有水，阔大的黄土的河床近乎干涸，此岸连着那条不宽敞的环城马路，彼岸依着连绵不绝的黄土山体，除了河谷时强时弱的风声，几乎听不到其他声音，看不到其他人，走在岸边，心里会不由自主泛起一种因过于寂静而传递出的寂寥感和大山遮挡视线而看不到远方的堵塞感。同行的人说，夏天雨水多的时候，确有江水几乎漫岸。想象一下夏季多雨时节，密集的雨水如瀑布一样顺着连绵不绝的山体倾泻进如此阔大的环江，满江浊浪滔天，浩浩汤汤，又不由让人心生畏意。

见到环庆采油厂全部在岗人员，是在厂第一会议室干部竞聘大会上。这是一支整体年轻的队伍，年富力强的领导班子，带领一群心怀梦想、干劲十足的队伍，一张张朝气蓬勃的面孔，在整洁的红色工作服的映衬下，于无声中传递着一股干事和创业的浓烈气息。是的，干事和创业！在这里，在这远离玉门油田大本营几千里之遥的黄土高原上，这支集勘探、开发、采油、机械、水电等各路精英整编而成的找油先锋队，他们勇敢扛起油田百万吨原油产量的大旗，离家别亲，冲锋在前，在黄土高原上安营扎寨，建场站、打井、运油、外协……一切近乎从零开始。斗转星移，春秋几度，这支队伍在这片疆场上捷报频传，从十万吨产能，到现在建成二十万吨产能，再到六十万吨远景；他们把环庆油区和宁庆天然气区的名字，浓墨重彩地写成了油田大本营万众瞩目和寄托"石油梦"的希望与力量所在。

在木钵和演武的山地深处，见证了环庆这支铁军奋战的真实情景，心绪更难平息。地处庆阳市环县中南部的木钵镇，在初冬季节里，仿若一位颗粒归仓后便安心于享受时日的农人，在层层叠叠、连绵不绝的大山怀抱里，比往常显得更寂静一些。我们的车子沿着九曲十八弯的山路，时而盘旋而上，时而回旋下山，在山与坪、塬与坝、梁与沟、峁与川的令人有些眩晕的黄土高原上，找寻属于我们油田的井场和钻井平台。一路上，我被初见山乡的新奇感缠绕着，更被找油先锋队在如此环境里鏖战数度春秋的拼搏奋斗精神所震撼着。车子不知翻过多少个山头、绕过多少个梁峁、穿过多少个坪坝和沟川，行驶两个多小时后，终于看到了我们的井场！红色的"磕头机"，或十几架一字排开，或三三两两为伴，或独自伫立，迎着冷硬的山风和不时扬起的黄土，不停息地俯仰、俯仰，红色的动感身影，在这浩大而寂静的山间，宛如起舞之人，有着苍茫却又惊心动魄的美！数十名红色工装的施工人员，在井场或铲车作业或管线拉运或油罐保温施工或平整地面，他们个个训练有素，有条不紊，那种战天斗地的干劲儿和拼劲儿不言而喻。"这个平台的十五口油井日产五十方左右，目前是重点井场。环庆目前有四百八十多口生产井，产出的油每天靠油罐车拉运至联合站，进行处理后送往曲子站交油……我们现在能看见的有井架的那四个平台，都是我们在建的井场，我们推平了六座山头……"年富力强的"指战员"一边如数家珍，一边转着身指点着不同方向的隔了几个山头的远处，被山风吹得通红的脸颊上，洋溢着建设者和奋斗者才会显现的傲娇神情。顺着他指点的方向看过去，那几个或在山梁或在半山腰的井场平台上伫立的井架和红色"磕头机"遥遥可见，但要到达每个平台现场，需要绕梁过峁、穿塬行坪不止几十分钟车程！一如信天游里唱的"见个面面容易、拉个话话难"。间或，"指战员"瞪着眼睛对负责现场施工的年轻队长下催战令："你们得加快进度，我的井都试油了，你们的地面管线还没有建完，必须得加快进度！"说起产能指标，"指战员"掷地有声："实现六十万吨产能，指日可待！"我看到他的眼里满是信心，他的话语和他满怀的信心，与我们初到环庆基地时另一位"指战员"所说的如出一辙。

虎洞现场一样是正在建设中的井场，钻井施工正在进行时。由于钻井、试油作业都由外部单位承担，与我们这一次的公务调研关系不是很大，最终决定不去现场，不免有些遗憾，但可以想象，在大山深处，在山巅或者山腰，巍巍井架轰鸣着列阵于其间"激战"的火热场面，应是同木钵、演武现场一样振奋人心。路遇年轻的工程师，他说刚从山上现场回来，山大，重重叠叠望不到远方，还是想念玉门大戈壁滩的天高地阔。

黄昏时分，从演武现场回来的路上，我的初来乍到的新奇感终究还是败给了眩晕，不敢再看车窗外的塬梁峁坝，不敢再看回旋的梯田和悬崖，甚至不敢看近在咫尺的山坡上蔓生的杏树林和林中的羊群。我在想那些现场工作的人们，那些离开相对安乐的油田大本营，毅然决然征战到这里的将士们，他们，有着怎样的心胸；坐镇大本营的指挥官，千里之遥沙场点兵，把玉门石油的战旗赫然插在黄土高原之上，迎风猎猎，捷报频传，他们，又有着怎样的襟怀！

耄耋之年的玉门石油母亲，她无数次灿烂辉煌，她无数次艰难跋涉，她无数次无私奉献；她在资源枯竭的边缘，拼尽全力忍住伤与痛，一次次辗转于千里万里，找寻新的疆场，找寻新的出路。她坚韧，她顽强，她奋斗不止，她以志在千里的奋勇，以时不我待的紧迫，率领新区老区众志成城、夜以继日"逐梦"，一如夸父逐日。我的耳边一直回响着"六十万吨指日可待"的掷地有声的话语，眼前不时闪现这支整体年轻的找油先锋队斗志昂扬的精神面貌，它让我、让我们相信，百万吨原油产量的玉门石油梦，终将如期实现！

鸭儿峡一日

再一次驰行在去往玉门的路上。戈壁阔野茫茫，大漠长风猎猎。目之所及，一簇簇一丛丛还身着枯黄外衣的骆驼草，在季节里悄悄酝酿着春的生机。褪去了冬衣的雪山，连绵，苍莽。

远远看见三三区铁人石雕的时候，玉门这个几乎要变成一个词语的地方，才一下子变得真实起来。街道干净整洁，竟然看不到哪怕一片废纸或者废弃的塑料袋。上午九点多的时间，街道上几乎没有行人，部分商铺打开了店门，街道两旁高大整齐的白杨树微微返青，几辆面包"招手停"静静地停在路边。解放门至北坪，这条曾经最繁华热闹的街道，此时也是大家闺秀般娴静而温雅。这一派安静祥和的景象，让心里油然生起宽慰之感。

在办公楼下等了陪同我们一起办公务的人员，两辆车直奔鸭儿峡井场。领路的前车轻车熟路，一溜烟儿沿着蜿蜒的山道奔行，后车也不示弱，亦步亦趋。连绵不绝的山峦，起起伏伏，山道忽而就看不见前路，拐个弯或者上个坡，路又复现。我们仿佛行进在山峦的腹肠中。第一眼看见谷里峰间的井场里着鲜红外衣一刻不停地"磕头"的抽油机的时候，一种欣喜跃上心头：它多么像母亲怀中的一个娇儿，那山峦，那山谷，再怎么荒芜，再怎么苍凉，都给予了它母亲般的呵护和温暖啊。行不多时，又见一台，也在怀中；再见一台，仍在怀中。想起多年前行路遇见东部油田一采油区，平坦的原野里，那些几乎是五步一台、十步一台，密布着数十台不停地"磕头"的抽油机的景象，忽又倍感慨叹。玉门油田，曾经是中国石油的摇篮，而今，这"摇篮"里的孩子早已成为了国之栋梁，她依然以古稀之年的身躯顽强挺立在祁连山下，用生命孕育着自己的"宝贝"们。

　　我们来办公务的这个井场是山洼里的一口新井，尚未正式生产。几名身着很旧但比较干净的红色工服的工人，正在排污池边施工作业，推土机不时扬起阵阵尘土。多年在山的谷里峰间工作的他们，面容平静，井然有序。他们早已习惯了这样的工作环境。井场没有通信讯号，在等待配合我们办公的工作人员的间隙，心里忽然产生爬上山顶看看的冲动。跟着一名工人师傅上坡的脚印，我爬上了山顶。很窄的山顶，山那边是比较大的几个井场、储油罐。山顶风很大，不小心的话真的会被风吹着掉下山去。环顾，还是山峦，连绵不绝，谷里峰间点缀着星星点点的红色抽油机。心里有种无法用语言表述的感觉，既苍茫，又悲壮。眼睛像是吹进了沙尘，热热的，视线便有些模糊了。同事在进入鸭儿峡的大门时说，这里就是他们这一辈和上一辈老石油工作生活了几十年的地方，那些在山峦腹地里零落散布，有些颓废的低矮的砖土房是他们曾经的家。玉门呵，70多年风雨沧桑，而今依然沧桑。但也正是这种沧桑，成就了一种不屈的精神，一种豁达的胸襟，一种灿烂的文化。用手机拍了若干照片，留作纪念，不知道这个地方，还有没有机会再来，来感受这种心灵的洗礼。

踩着枯干却硬挺的零落的野草丛走下山顶，忽然在一簇野草下发现一只俗称沙婆子的小蜥蜴，周身灰土一样的颜色，藏在那簇野草下，一动不动的时候，跟野草一模一样。是的，这里的山，这里的人，这里的野草，这里的野生动物，都被赋予了一种生命的坚毅，都具有了一种撼人心灵的精神。

从井场回来玉门市区的路上，再一次的视野开阔令人心胸也开阔起来。想一想身边的人、身边的事，想一想每天规律的生活，想一想工作生活的环境，一切都释然了。在玉门工作生活15年，其实除了偶然机会接触到它的一点点真实景象，除了书籍影像资料上了解到的历史，很愧疚地说，我并不真的了解这一方养育过我的热土，它的每一条沟壑里，如老祖母的皱纹般隐藏了多少宠辱、隐匿了多少故事；它的每一条山道上，又撒落了多少世间的风景、见证了多少悲欢离合的岁月。就像相伴一起行走这一程人生路的人，在最初的热情渐渐平息，烦琐的物事渐渐填满心房、积满灰尘的时候,换一个视角、换一种思维、换一个环境或者氛围来回首过往的时光,蓦然发现,那些最初闪光的依然闪着光亮,令心温润如初。

回到基地,洗去粘在手上的黑色油污(准确地说,那不是油污,是油井自喷时候撒落的原油),洗去一路风尘,内心复归平静和安宁。那连绵起伏的山峦腹地,那古稀之年的石油母亲和怀中的"娇儿",那朴实而热爱生活的采油工,那苍茫辽阔的戈壁原野,那坚韧的野草……此行给予我的,我深深领悟并将珍惜。

玉门,我的石油母亲

听着窗外呼啸的风声,我在想念你,母亲。戈壁风沙一定又吹乱了你的白发,吹痛了你的脸颊。我仿佛看见,你脚步踉跄、躬身低头、逆风而行的身影。你曾经说过的话,像劲风一样席卷过我心的旷野:天不怕,地不怕,风雪雷电任随它,我为祖国献石油,哪里有石油,哪里就是我的家。而今,八十一个春秋已然过去,你曾经青春的身姿,栉风沐雨,已不再像当年那样飒爽;你曾经健壮的体格,经霜历雪,已不再像当年那样挺拔。但你深邃的目光和挺直的脊梁,让我深深懂得:什么是理想,什么是信念!

我听见滔滔石油河的水,在日夜吟唱着你风餐露宿、战天斗地的英雄史诗;我看见巍巍祁连山的雪,在无言赞颂着你拼搏奉献、冰清玉洁的高贵品格。日落苍黄,那一座座历史的丰碑,依然闪耀着金色光辉;

励精图治，你迎风展开了建设"双百油田"的宏伟蓝图。呵，我的母亲，你教会了我顶天立地，教会了我逆境重生，那是一种与生俱来的昂扬斗志，流淌在血液里，镌刻在生命里，任岁月峥嵘，永不轻言放弃。

母亲，我深深知道：石油，是你的生命，是你存在的全部意义。当你满怀深情和希冀，把振兴油田的接力棒传给我的时候，石油，也成为我的生命。当我们勘探的足迹，一次次覆盖窟窿山的每一寸土地；当三维地震波，再一次催醒了沉睡的白垩系，在老君庙、鸭儿峡、白杨河、石油沟——这所有老一辈的殷切期盼里，青西油田，如一个强壮的婴儿，落地生根，茁壮成长，兴旺了玉门石油家族的时候，我们欣喜！我们欢呼！母亲，我看见您脸上的笑容，像菊花绽放一样，那么由衷，那么欣慰，那么美丽动人。时隔数年，酒东油田的诞生，再一次鼓舞了我们重振雄风的豪情。我们吹响了挺进南祁连的号角，战风沙，斗严寒，辗转在荒无人烟的生命禁区，搞测量，打探井，斡旋于高原缺氧的险恶境地，锤炼品格、磨砺意志。我们不屈不挠，攻坚克难，我们坚韧不拔，勇往直前。我们抱着不到长城非好汉、不破楼兰终不还的必胜信念。当第一口探井捷报传来，我们欢声雷动，我们忘记了所有的苦和累，我们更加坚信：爱拼，才会赢！

母亲，拼搏，是您交给我们的制胜法宝；与时俱进，更是我们求生存谋发展的根基。我们历经艰辛、排除万难、抢占先机，把矿权流转的战机牢牢地抓在了手里。您听，千里之外的庆阳大地，传来了动听的回音：环县油区，成为我们再展身手的疆场。帅印高擎，一声令下，我们便如猛虎下山，扑向了沙场。您看，这是多么辉煌的战果：我们以年产10万吨的战绩，把环庆分公司的猎猎战旗奋力插在了庆阳大地上！而今，这员虎将，一路高举年产60万吨的大旗，昼夜不停急行军，向着"双百"目标突飞猛进。

母亲，为了生存发展，为了求实奉献，我们开疆扩土，出国门；我们漂洋过海，赴非洲。我们在您这面不老的旗帜上，写下了打造"海外玉门"的誓言。您看，在乍得，在那片被太阳炙烤的土地上，我们的精兵强将早已"攻陷"酷暑、病毒和动乱，安营扎寨；早已击溃了身处异国他乡的惆怅和思念，倾情投身于炼化区、探区，一心扑在数字化的工作台，授技术，出产品，搞科研，殚精竭虑，拼杀数年，捷报频传。

呵，玉门，我的石油母亲！八十一年后的今天，你的名字依然出口铿锵。一代又一代忠诚的玉门石油人，传承石油精神，继往开来，自强不息；一届又一届智慧的领路人，紧紧抓住历史机遇，引领万众一心，奋力拼搏，让玉门石油这面红色的旗帜，在新时代的征程上，迎风招展，永葆鲜亮。

母亲，风声中，我清晰地听到了您血脉奔流的声音，清楚地看到了您逆风飞扬的坚韧，风声中，春天来临的气息是那么强烈、那么分明。梦想的风帆，重新在我的心头鼓荡起来，充满了希望和力量！

母亲，请您相信，我将会穷尽一生，来守护您不屈的气节，守护您高贵的灵魂,在您远眺的目光里,向着目标,向着建设基业长青百年油田的梦,奋勇前进!

有一种品格叫热爱

五月的郊野，晌午时分还有些清寒。加之昨夜一场小雨，地阔天高的田野上，那清寒便有些沁人心脾的意味儿了。池塘里的水，平静得像一面镜子，那些鱼儿们，似乎还在慵懒的梦中不愿醒来。尽管如此，一行人郊游的热情还是丝毫不减，纷纷从车里拿出毛衣、夹棉衣，把孩子们和自己裹起来，搓搓手，哈哈气，从后备箱里一件件地搬出烧烤野餐的器具、肉类菜蔬和调味品，摆放在度假村的一处遮阳棚下。

孩子们早已欢叫着跑远了。爸爸们打点好烧烤炉，开始生火、洗菜，妈妈们则像平时在家里一样，在小案板上一刀一刀切肉、穿串儿，间或有一句没一句地搭着话。度假村小木屋门前的几株老葡萄藤上，新生的叶片映着阳光，那份拙朴的憨态，令人想起丰子恺先生画笔下的农趣图。打开小小的木栅门，踩着悬浮在池塘上的木桥,悠悠然踱着步子,俯视着池塘里偶尔吐个泡泡的鱼儿们,呼吸着雨后的新鲜空气,沐浴着田野里草木蓬勃盎然的气息,仰望头顶蓝天白云,眺望远处白杨随风,那份偷得浮生半日闲的轻松和惬意,便油然自心底蔓延开来。

提议郊游野餐的,是贵子和老丁。二人都是从乍得回来休假,不几天又要飞出国门远赴非洲那片被太阳灼烧的土地。贵子是炼化技术人员,老丁是操作人员。在乍得工作的这几年,他二人最明显的变化是原先白净的肤色变得黝黑,壮实的体型苗条了很多,再有就是前所未有地爱家恋家和热爱家庭聚会。一起玩的几家人,都是平时要好的朋友。每次二人回国后,回到酒泉的家里缓缓劲儿,倒正时差后,要么是他二人迫切地提议聚会,要么是在家的朋友热切提议。天冷的季节,几家人围坐在一起,热热乎乎地吃个火锅,热热闹闹地唱唱歌、打打牌,聊聊家常,分享收获的喜悦,分担生活的悲忧。天热的季节,聚会大多在户外进行。要么趁着小长假来个自驾游,要么就近的郊野、公园、度假村,来个自助烧烤。带上帐篷,带上美味野餐,带上孩子的欢笑,带上妻子的期盼,还带上些天马行空的自由和无忧,来一次远足,来一次孩子和妻子期盼已久的家庭聚会,来一次朋友间的交心畅谈。这是我们想要的聚会,更是贵子和老丁想要的。

贵子总爱说,没有远离的时候,总觉得日子平淡无奇,甚至有些索然,总是想到外面的世界闯一闯看一看,离开的这些年,才知道家和家人对自己是多么重要,是多么牵扯心肺的惦念。老丁有时候也会说，真的不想走啊，我闺女都长这么大了，还这么黏我。但每一次休假结束，他二人还是收拾好行装，作别妻儿老小，如期离开。

贵子和老丁的妻子，显然已经习惯了丈夫不在家的日子。每天天不亮起来照顾孩子吃早餐、上学，然后早早去单位上班。中午接孩子、做午饭，晚饭后辅导孩子的功课，双休日还要敦促孩子们上舞蹈、美术、乐器一类的课外班。间或，还要照顾家中生病的父母。辛苦自不必说。但平日也看不到和听不到她们有丝毫的抱怨，见到她们的时候，更多的是她们面带微笑的恬淡，透着平静的贤淑和聪慧。也听不到两家老人的埋怨，只是惦念着儿子们在异国他乡平安健康，每一次都能如期回国回家来。

其实我们都知道，乍得——这个几乎每日里都处在炽烈的阳光灼烧着的非洲国家，时局并不太平，自然环境也并不是想象中的诗情画意。当我们听到乍炼附近发生枪击事件的时候，最担心的是贵子和老丁们，这些远离家乡远离亲人的人们的安危；当我们看到国内发现来自非洲的埃博拉病毒感染病患者消息的时候，我们担心着贵子和老丁们是否安康。还有登革热、艾滋病这些通过蚊虫叮咬就会传播的令人生畏的疾病。而乍得天气奇热，变幻无常，蚊虫奇大，无处不在。贵子笑着说，被蚊虫叮咬了只能看你的运气了。老丁则默不作声。在乍炼，贵子和老丁们，每天都面对着荷枪实弹守护着乍炼和中国石油员工安全，同时也限制着员工们自由行动的安保人员，面对着有限的工作和活动场所，面对着50多度的地表高温的炙烤挥汗如雨，还有每逢佳节倍思亲的伤感和落寞……但尽管如此，他们依然每天穿戴整齐工作服，守在各自的岗位上，用玉门石油人忠诚敬业的职业操守，宣示着中国石油的爱国奉献精神，宣示着国人的形象和品质。

说到这儿，贵子和老丁却有点不好意思地笑着说，我们哪里有那么高大，就是好好干工作罢了。少顷，又说，出去的这些年，欠家人和孩子的确实有点多了。说完这话，二人有了片刻的沉默。

但这沉默很快就被妈妈们呼唤孩子回来吃烧烤食物的声音和孩子们嘻嘻哈哈争着抢着吃东西的欢笑声打破了。贵子和老丁眼里的忧伤也倏忽消散，脸上露出欢畅的笑容，一边夸着妈妈们切肉切菜的手艺好、哥们烧烤的水平高，一边招呼着孩子们慢点儿吃，别烫着。几只啤酒瓶叮叮咣咣地碰撞在一起，互相会心地一笑，仰起了脖子。

"你单位刚才来电话说可以延迟一天去北京乘飞机，你要不要延迟？"贵子的妻子略略垂着眼皮对贵子说。

"我还是提前一天去吧。这样，中石油带队送行的领导也少操些心了。"贵子略略沉吟了一下，平静地说，一边轻轻拍了拍妻子的手背。妻子飞快地抬眼看了他一眼，没有说话。但眼里分明有深深的留恋和不舍。

老丁的闺女一听就不干了，带着哭腔要爸爸多待一天，多陪她玩一天。老丁紧紧地搂着闺女，拍拍闺女的小脸蛋说，乖，爸爸很快就回来了。然后闭上眼睛仰起头，深深地吸了一口气，把眼里的泪水压了回去。

男人们为了打破这离愁,又一次举起了啤酒瓶,叮叮咣咣地撞在一起。

夕阳西斜。该是回家的时候了。妈妈们一应开着车,载着意犹未尽的孩子们和半醉半醒的丈夫,一路开得很慢,想来是想让丈夫多休息一会儿,也是想让即将到来的别离延迟一点儿,再延迟一点儿……

没有一个春天不会到来

居家隔离留观十四天后，我像往常一样坐在宽敞的办公室里。天空有些暗，但室内灯光明亮。文件柜电脑专业书电话机都是往日的模样，或者比往常略显安静一些。室内的盆栽花草也都是往日的模样，甚至更鲜活一些。一些新生的小叶子，泛着婴儿般纯净的绿意。

办公楼里的人们都戴着口罩，浅蓝外科的白色N95的或者黑色酷炫的。我也不例外，一层薄薄的外科口罩遮面，隔开了据说在空气中飘浮的病毒，似乎也隔开了明的或者暗的心机。

虽然我所在的城市还没有官方发布的确诊或者疑似病例，很幸运我探亲暂居的城市也没有。但单位早在半个月前就告知，返回须居家隔离留观一个周期，后来无数的不间断的文件通知规定要求我必须留观一个周期。我很乐得待在家里。难得有这么长的一个假期足不出户。不用朝九晚五,每天有足够的时间和家人待在一起,做饭洗衣教育孩子,读书运动把玩手机。之余,漫无目的随心所欲追剧。没有染病的人们创作了很多诙谐的段子:终于迎来了在家窝着躺着不断变换各种睡姿就是为社会做贡献的机会。

其实我的内心并没有做到若无其事。相信很多人都莫名担忧和恐惧。每天新增的病例数字不停弹拨着人们脆弱的神经:不要出门。我每天关注那个疫情前为我美发的武汉小哥,有没有回武汉过年,家人是否无恙。小哥叹息,回不去了,家人还好。尽管如此,隔离期间看到他朋友圈携妻女驱车金河大桥河道为孩子"放风",还是莫名担忧。想想自己的兄弟姐妹和家人,想想身处异乡无法回家过年的武汉小哥,虽非血缘,但都是同胞,这种人性中的本能排斥心理可以理解,但必须摒弃:无辜者已然是不幸的人,不该再背负被孤立的不幸。

惶恐和纷乱中,走出一位八十四岁高龄的老人,他通告人们:没有特殊情况,不要到武汉去。人们却看见他的身影连夜紧随高铁直奔武汉而去。他逆行在风口浪尖,紧握住日月旋转:治,防,不能乱!

钟南山。火神山和雷神山,带着烈火燃烧的速度,带着与时间抢夺生命的使命,在成千上万突击队员废寝忘食奔忙中开工建设起来。

谁都知道,孩子生病,最疼痛的是母亲。武汉告急!湖北告急!封城。驰援。母亲的儿女们从四面八方汇集而来:白衣战士冲锋陷阵，军警民兄弟姊妹联合作战，设卡设点，检疫摸排阻隔。最高指挥官稳坐中军帐号令连连，调兵遣将。一场不见硝烟的硬仗，在病毒与生命之间展开了殊死激战。

我看见了美：背负训诫投入战斗的"吹哨人"；重疫区白衣战士脸颊和额头上被口罩和护目镜勒破的伤痕；方舱里连续作战十几个小时水米未进，行走时摇晃眩晕的身影；冒着被感染的危险，俯身面对病患口鼻插管的"敢死队"；不幸被感染而殉职的医院院长、医生和护士；只能隔开几米距离看着，却无法给孩子一个拥抱的白衣母亲眼眶里的泪水；白衣与警服的夫妻邂逅执勤途中，寥寥数语又匆匆道别时相互鼓劲的手势；源源不断捐助医疗和生活物资的车辆；汗湿的作训服和红马甲的志愿者……

也看见了丑：面对镜头笑口遮瞒疫情贻误战机的官僚；确诊后却漠然视之到处游逛聚集，把不幸酵发出更多不幸的心理失衡者；拒不戴口罩不听劝阻就地打滚撒泼的利己者；拒绝配合卡点检查且口出狂言污语的滋事者；伺机贪占捐赠资财败坏公务形象的蝇者；费尽口舌接受隔离却挑拣病房的特权泛滥者；打着自媒体新媒体融媒体和国际舆论旗号，妄议妄论的别有用心者……

还看见了国家精神：一方有难，八方支援；岂曰无衣，与子同袍；包机撤侨，带你回家；勠力同心，共克时艰……

2020年的春天，其实和以往的每一年一样。世界上的每一个国家都有内忧，也有外患：火山爆发和森林火灾，洪灾和雪灾，蝗虫和病毒，战乱和流离失所……2020年的春天，又是如此不平常。旧病将愈之时，却突发新疾。然而，母亲还是那样笃定：调集一切力量，为自己的孩子逐一疗伤。母亲不会轻言放弃。曾经的黑暗和苦难，不曾让她放弃闪耀着光辉的信仰；曾经的伤与痛，也不曾让她放弃驱除鞑虏赢得自主自治的伟大理想。捍卫主权，站起来；励精图治，富起来；与时俱进，强起来。一步一个脚印，一步一把汗水。一步，一步，走出了一个广阔的天地；一步，一步，走进了一个崭新的时代。

疗疾与防控，维稳与生产。举轻若重与举重若轻。伟人的话始终在耳边：治大国若烹小鲜。我们相信，春风已经在赶来的路上：确诊病例在逐日递减，疫情防控级别也在逐降，驰援物资设备和力量在不断增强，所有的秩序都在回归井然。

此时，南国的江水已暖，柳枝和花枝已腰身柔曼，武大校园的樱花在含苞待放，在等着战士们凯旋共赏。北国的沙尘闻风而动，它们第一次不再让我心生烦躁。听着春风越来越尖厉的哨音，我知道，春天的马蹄声已越来越近越来越响亮。我们都将摘下口罩，打开心扉，张开怀抱，迎接这迟到的春天。

玉门：这一座石油丰碑

扑面而来的呼啸，像朔风，像不屈的怒吼，像夺魁的高呼，像拼搏的呐喊，——像奔涌在体内的热血，一浪高过一浪。直到把我淹没成其中的一滴血、一声吼、一张坚毅的脸庞、一条暴突的脉管。黑油的脸庞，黑油的工衣鞋帽，黑油的手臂，黑油的胸膛，——在戈壁荒漠的长风里，迸发出豹一样的坚韧和闪电的光。像黑色的油管，无惧无畏，直钻入地底深处，捕捉侏罗纪、白垩纪遗留给后世的液体黑金。像高耸的钻塔，轰鸣出令莽原、长天为之动容的壮阔乐章。像永不停歇的"磕头机"，一起一伏间，走过了山河岁月，走过了沧海桑田，走过了波澜壮阔的八十一年！

每一次，伫立莽莽戈壁之上，抬头望，天空还是那个天空，星月还是那个星月，太阳每天都从东方升起。人间的沧桑巨变，谱写了你一路走来的风云篇章：

诞生，成长，壮大，如日中天，"凡有石油处，皆有玉门人"。——这是一位伟大的母亲，用柔韧的躯体和不屈不挠的精神，在血雨腥风中撑起一片晴空，救国救民于水深火热；用毕生精血赋予每一个孩子天广地阔的世界，耄耋之年的身躯依然矗立于摇篮的这头，书写着新的石油史诗。

巍巍祁连山见证了你在苦难中诞生的那一刻。一九三七年的华夏大地，在日寇的枪炮和铁蹄蹂躏之下，痛而奋起。"一滴汽油、一滴血"。你的诞生，寄托的不只是油藏的探掘，不只是为抗战注入强大的动力，不只是减少同胞的流血和牺牲——你的诞生，寄托的是一个国家的生死存亡、一个民族的生死存亡。你必须茁壮成长，才能拯救苦难的母亲。大漠戈壁荒无人烟，贫瘠、艰苦，却也少了些世事纷扰，多了些倾心关怀。勘探者、开发者、政府和国家首脑，站在不同的高度，用同一种目光注视你的成长。你的成长，就是苦难中的母亲同无耻入侵者顽强抗争的武器。

冒出地面的油苗，昭示着你根基的强大。从地面盆舀、铁锹开挖，到顿钻钻井，从几米、几十米，到几百米的深度，那源源流淌的黑金啊，像血液，从千里之遥跋山涉水，输送进孱弱的母亲的脉管里，杀敌、杀敌、杀敌！燃烧起愤怒的火焰。峥嵘岁月，何惧风流！你的命运，注定是不平凡的，是曲折的，是一直向前的。驱除鞑虏的使命，在战火硝烟平息的那一刻完成。百废待兴的新使命，接踵而至。在新的浪潮和暗流涌动的较量中，你砥柱中流。越来越强健的臂膀，越来越强大的力量，汇流进建设新中国的滚滚洪流之中。弓形山无语，窟窿山无言，西河坝迎风挺立，还有老君庙、鸭儿峡、白杨河、石油沟——他们疾步行走的身影，带着夜的寒澈，带着光的速度，契合着共和国的脉搏。在你辽远目光铺成的大道上，你的好儿郎们——一大批精良设备、先进技术和拔尖人才，从玉门大本营群情激昂出发，雄起赳气昂昂开拔到大庆那片广袤的黑土地上，扎根、开花、结果，发现世界特大级砂岩油田、获得千万吨级的英雄果实，这喜讯，红透了共和国的半边天空，红透了你丰润的脸颊。在你广博胸怀捧奉的赤诚里，又一批好儿郎精神抖擞、跑步去往庆阳大地。在三十七万平方公里的西部地层深处，高唱着凯歌，向年轻的共和国再次献上千万吨级的厚礼，也向年轻的玉门石油母亲献上三十一周年贺礼！

你听，"石油工人一声吼，地球也要抖三抖""宁可少活二十年，拼命也要拿下大油田"，这铁骨铮铮的豪情和誓言，不正是你战天斗地的岁月里，用脊梁挺起的傲娇！你看，"铁人"王进喜，年进尺十万米的世界钻井记录，不正是你用热血铸就的猎猎旗帜！"三大四出""玉门精神"，这是石油工业史诗里至高的荣光呵！这荣光，始终激励着你，向前，拼搏，奉献！

这荣光，让你每一次巨大的付出，都无怨无悔。在石油勘探与开发这部教科书里，你就是大学校、大试验田、大研究所，你用心血培育着蓬勃生长的新生代。在石油工业生机盎然的广阔天地里，你就是出产品、出人才、出经验、出技术的那一片丰茂热土。南下四川、二进柴达木、三战吐鲁番，十万多好儿郎足迹踏遍共和国的土地,四千多台套设备开拓着一个个新的疆场,一步一个脚印走向省部级领导岗位和两院院士荣誉殿堂的二十二名石油精英。至此,纵使谁还不肯相信,这摇篮的功勋、石油母亲的伟大呵!

戈壁,那一抹石油红

倏忽间,夕阳落山。清寒如水袭来。广袤的戈壁滩上,那些如烟轻拢的草棵,也将温情脉脉的面孔收藏进了暮色的怀里。

远处,祁连雪山的白发,被一阵紧似一阵的西风撩拨得模糊不清。

当夜色黑沉沉地笼罩住旷野的时候,独自驰行在这片苍茫而又兀自暗藏生机的大地上,一种前所未有的寂静,令人惊悚。像一块压在心头的巨石,冰凉而沉重。内心深处的矛盾,也愈发纠结不休……

来之前所想到的,和来之后所看到的,截然水火不相容。

并非怜悯。

并非顾虑重重。

只是,再一次质疑此行的目的和意义。

寒风冷夜里，渺无人烟的四野，唯余那一星灯火，在井场上，像一只不眠的眼，在无声坚守。用一腔热血，打磨着内心的忠贞。

冰天雪地里，那弯弯曲曲的车辙，深深浅浅的脚印，点点石油红的身影，将温热的体温，透过厚重的油衣，传递进一口口冰冷的油井，竭力用自己的脉动护卫着油井的生命之脉，护卫着玉门石油人的家国之梦。

何以苛责，这一群可敬可爱的人！

曾经那些虚浮的辞藻，那些为了迎合某种需要而编织的华丽梦境，在这样一群人的质朴面前，忽然自惭形秽，烟消云散。

曾经那些争名逐利的心机，那些攀比炫耀的虚荣，那些一直觉得无以复加甚或无以释怀的悲忧，在这样一群忠诚敬业的人面前，忽然无地自容。

苍茫夜色里，石油河大桥，无水，无语，却屹立为岁月最深处的一座丰碑。纵然时光飞逝，也抹不去历史铸就的功勋。

思绪驰行在夜的旷野，时而凛冽，时而温暖。时而被温润的水雾氤氲了双眼……

呵，我的大戈壁，我的玉门，我的石油兄弟，今生，你们都是我最宝贵的人生财富！

在西部，打开路的卷帙

一

初春时节。一早去往甘肃公路博物馆。一行二十余人抵达时，起了风。初春的风，虽已收敛了凌厉脾性而显得有些温和，但还是弥漫起了沙尘——这北方惯有的初春特质。似乎也在向我们昭示，在西部，在甘肃，人与天斗、与地斗的苦与乐。公路博物馆安静地坐落在酒泉市兴园路偏郊一侧，周边都是在建工程，工地的沙尘便借着风势恣意弥漫。笼罩在沙尘中的公路博物馆，此刻仿若一位历尽沧桑而洞悉世事的老者，广阔的胸怀里深藏着历史，远眺的目光中擘画着未来，周身散发着浓郁的神秘气质。像极了馆前那尊巨大的墨色玉石碑，收纳了日月风雨的天地精华，收纳了斗转星移的世间春秋。

大抵博物馆都是肃穆与庄重的，一谋面便给人以史诗般的序言，以引领，以入胜。甘肃公路博物馆也如是。推开大厅的门，迎面而来的便是巨幅的青铜群雕墙：在茫茫天地间，一大群公路建设者撸袖扛木、擎锤凿石，遇山开山、遇水架桥，汗水合着号子，干劲直冲云霄！一种热火朝天、战天斗地的气势撼人心神！这让我想到自己工作的玉门油田，勘探开发初期的石油先驱们奔波在人迹罕至的戈壁莽原和荒山野岭，顶风沙、冒酷暑、翻山越岭、爬冰卧雪，为了找油，天不怕地不怕、风雪雷电任随它的忘我拼搏画面。一样的精神，一样的感动！

二

西部，自古以来历史和文化灿若繁星，河西走廊更如一颗耀眼的明星。博物馆偌大的八个展厅为我们打开了甘肃公路的卷帙，古往今来的路和路的建设者们，便在这里，如诉如泣、如歌如诗般鲜活生动了起来。

汉唐时的河西四郡街巷里，车水马龙，市井之声喧嚣尘上，一派盛世繁华。着长袍的黑头发黑眼睛的汉唐人和一样着长袍的不同颜色头发、不同颜色眼睛的西洋人，在这里，让丝绸、茶叶、瓷器、玉石和夜明珠、玳瑁、龙涎香、玻璃工艺品相互易主，让宣纸、折扇、农作物种子、舞蹈、医术对话交友，以物换物，交汇融通。驼铃悠悠，商货沉沉，西出阳关。出得敦煌，一路向西去往伊吾。风沙漫漫，路漫漫且修远，路的尽头，是接壤的若干多的亚欧邻邦。就这样，驼队和商贾往返穿梭间，一条丝绸之路便连接起了亚欧陆桥，打开了亚欧经济共荣的历史之门。在这个意义上，路，不仅仅是驼队与商人往来的路，更是一条文明与进步之路。

路，让封闭迈开通达的步子。百废待兴的年代，公路建设者们用一根扁担、两只竹筐肩负起了时代赋予的修路重担。挑着竹筐运沙石混凝土，赶着毛驴车刮路轧路，抡着镐头开山取土，挥着铁锹铲挖搅拌，拨着算盘珠测算……这支神秘而形象的"01079"部队（注：010，指一根扁担，挑两只筐；7，指铁镐；9，指铁锹），在荒无人烟的戈壁滩，在一望无际的草原，在连绵不绝的山腰峰顶，在曲折蜿蜒的河沟荒甸，在城市与村庄——在一条路即将通往的四面八方，不分昼夜，不分春夏秋冬，不惧严寒酷暑，不畏风霜雨雪，住着地窝子，饿了啃干馍，渴了饮雪水……路，一尺一尺往前铺，一米一米往前延伸，铁锹镐头一寸一寸短下去，一把一把换上来。看，考核组来了，用吊杆秤称量铁锹的斤两，一个月磨损铁锹三四斤！这是怎样的荣耀，又是怎样的辛劳？这是多少汗水、多少不眠的昼夜、多少干馍与雪水、多少风霜雨雪凝聚在一起的顽强和坚韧呵！小米加步枪的战斗精神，在这里，在每一米公路上闪着光；人定胜天的革命乐观主义精神，在这里，在一双双羊擀毡的靴子上、一件件补丁叠加的衣衫上、一个个磨损的木头车轮上闪着光。你看，火炕一样的炒盘炕洞里，柴火还在热烈地燃烧着，一群身着橘色马甲的拌沙工人还在挥汗如雨搅拌着沥青混凝土，头上的汗水顺着脸颊流淌下来，拌进了混凝土，他们浑然不觉。老旧的炭火盆和芨芨草笊篱，浸透汗气的驴夹脖、赶鞭子，能算得上大设备的皮车，简朴到只有一盘土炕、一个土火炉、一张斑驳小木桌的道班房……都在无声诉说着公路人在这里战天斗地的血气故事。路，在故事里延伸，封闭的边城，迈开了走向未来通达的步子。

路，激发了公路人的智慧。驴车刮路、工具盒子、炒盘拌料、坦克改造的推土机……从无到有，从苦干到巧干，大大提高了修路建路的质效，也大大激发了公路人争先赶超的拼劲儿。你看，他们赶着毛驴车，扬着鞭子，拖着横刮板在公路上不停歇地来来回回地铺散混凝土，尽管脸膛被风吹日晒雨淋得黑红，但在照相机定格画面的那一刻，还是露出了开朗的笑容。你看，他们用金属和木头边角料、皮绳等所有能用得着的物什，用一双粗糙的巧手精心制作的小扳手、小榔头、小铁锥等一应工具，还静静地陈列在工具盒子里，在时光深处，在参观者的眼里，散发着智慧的光亮。

路，从荒无人烟的茫茫大戈壁滩，从沟沟坎坎的乡村，从山大沟深的山地，从风吹秋草黄的草原……从设计图的出发点到终止点，一米一米、一段一段、一公里一公里不断向前推进着。每一米、每一段、每一公里，都融进了一种忘我拼搏和无私奉献的精神，那就是铺路石精神。这种精神，深深打动了周总理的心。一九七一年四月的一天，一辆东方红75型大推土机，载着周恩来总理的关爱与嘱托,越过山高水长,来到了甘肃公路人的身边。开着大推土机,披红挂彩的十工道班班长张富贵,笑得那么欢实;深受鼓舞的甘肃公路人,一个个笑得那么信心百倍,快马加鞭、摩拳擦掌冲锋在前的劳动激情那么恣意张扬。

三

时间打开了国门,打开了丝绸之路的金光大道,也打开了"富民兴陇"的蓝图。驼铃声远去,毛驴车远去。一条条高速公路也飞奔着向远方而去。

高楼山"十二道拐"盘山公路蜿蜒盘旋,让一座大山与世隔绝的寂静从此开启了人间喧嚷,当武九高速公路穿过高楼山隧道时,那种冲破阻碍、穿越时空的通畅感,让驾乘者无不由衷赞叹心生敬意。

每一次车行在省内高速公路,从他乡到家乡,又从家乡到更远的他乡,思绪总是跌宕起伏:曾经回家的路是那么漫长,心里的牵念总让人那么惆怅,家山遥望,白发双亲离我那么遥远,一年一度的相见总是那么匆忙,离别时候总是泪水涟涟;而今,周末自驾车,回一趟家乡,也不过五个小时的时间。飞速,不再是一个词语,"下一刻相见"也不再是一个梦,而是真实的存在——在一条连接四面通达的国家公路上。往来的大大小小的车辆,川流不息,每一辆车,都载着一份生活与理想,从这一座城市,到那一座城市,或者从城市到乡村,从乡村到城市,每一条畅通无阻的公路，都会载你准确抵达想要去的地方。路，让城市与城市的距离近了，让城市与乡村的距离近了，让城市与经贸的发展速度快了，让人们心与心的距离近了，让家与国更加紧密相连，让国与国更加睦邻友好。

第二辑

游牧时光

草原有约（组章）

如约

在城市醒来之前，车子已驶离。像一个被思念的枷锁困顿已久，终于可以在这一刻抛开一切束缚，不顾一切前去赴约的人，身轻如燕，欢喜流溢。

把城市的喧嚣和俗世的繁杂，皆抛之身后。

让一支乡村民谣的一往情深款款落在胸口。

让戈壁旷野辽阔的寂静缓缓穿过每一根筋骨，每一丝神经。

去美丽草原呀。

去青青牧场呀。

——去梦想中的诗和远方呀。

天空很近，云朵触手可及

肃南的山路长呀，曲折蜿蜒，把渴念的心思抻得愈加绵长。

无须怨。你知道,这一星点儿的颠簸与苦涩之后,是回味悠长的甘甜。看呀,层叠的山峦,已渐次褪去土石的掩饰,一袭青绿的衣衫下,温柔圆润的曲线忽隐忽现。

肃南的天空蓝得澄澈呀。像安江乃雅的眼睛,顾盼流转间,便涤尽了所有尘世的爱恨恩怨,把一颗洁净通透的赤子之心,捧奉给你。

盖斯柯塔拉的云朵触手可及呀。那是我梦中的新娘,白纱裙袂翩然,把天堂的安详带到我的眼前。

霍尔突曼的牧场小屋美得不可方物呀。木色的拙朴,民族纹饰的鲜亮,炊烟袅袅升起的安暖,奶茶的香……在辽阔的微波荡漾似的八月草原上,它就这样毫不吝啬地自然而然地把童话的世界捧奉给了远道而来的人们。

惊艳吗?惊喜吗?惊诧吗?

你且品,仔细品。遥望巴尔斯圣山的白雪,迎着来自雪山的清冽的风,踩着绿茵如毯的质感和柔软,你且听玛尼堆的经幡在风中的低语,且听一棵青草、一朵山花、一只蝴蝶的吟唱,触摸盖斯柯塔拉的心跳。

盖斯柯塔拉的心跳

盖斯柯塔拉的心跳热烈,如火。

是霍尔突曼豪爽的笑声。是老友相逢的大力拥抱。是新朋初见花儿绽放般的笑容。是一壶又一壶青稞酒燃烧的温度。

盖斯柯塔拉的心跳多情,如水。

是琼玛献上洁白哈达后微微羞涩的一笑。是安秀儿迎风起舞的挺拔舞姿。是苏柯静想与海霞姑娘互加微信的欲语还休。

盖斯柯塔拉的心跳深沉,如海。

是大河从雪山一路迢迢而来,年复一年萦绕着草原和牧场的恩泽。是肥壮的羊群遍布牧场的自由和富饶。是牦牛在山腰悠然食草,沐浴着正午的阳光,诠释生灵与生命与自然的天道。

是哈布尔达隆从清晨到黄昏的歌声,从心底潺潺流淌而出的粗犷和深情。是小扎和好客的裕固族友人亲手烹制草原美食,款待远方客人的深厚情谊。

诗人醉了

看呀,诗人醉了。

那位身披马蹄寺佛光的诗人,他躺卧在草原上,睡姿恣意,像婴孩躺在母亲的怀抱里一样安然,一样酣甜。青稞酒的热烈还在他的脸颊上燃烧着。没有说出口的诗在他心里徜徉着。若风,徜徉在草原牧场;若云朵,徜徉在蔚蓝天空。

那位裕固族诗人也醉了。他脚步踉跄着,端着酒盏,唱着歌,笑容像孩子一样纯真欢乐。我仿佛看见他在祁连牧场纵马驰骋呼啸的豪情岁月,仿佛看见他在风中捡拾草叶和月光的内敛沉静。此刻,他的头顶上有着巴尔斯圣山的雪映照的圣洁,有着草原的风吹过心窝的迷醉，有着民族的骄傲和荣耀的光环在熠熠生辉。

还有，那位写诗的草原汉子也醉了。他侧卧在小扎木屋近旁的草场上，迷彩的衣装融入了青草的群体，仿若一大丛青草葳蕤茁壮。他托着腮，凑近一朵白色珍珠般的小蘑菇，眼神迷离，似乎在用大家听不大懂的藏语，向大地向草原向梦中的姑娘倾诉着心中深藏的爱恋。

青稞酒醉人呀。

草原牧场的诗情画意醉人呀。

肃南、酒泉两地文朋诗友的情意更醉人呀。

躺在小山坡

悄悄离开人群的喧闹。

钻过牧场铁丝栅栏一道又一道的羁绊。

蹚过大河水的清凉。

来到小山坡。来到从走下车一脚踩上草原牧场的那一刻便一见钟情的小山坡。多么像一个做了很久很久的梦终于成真，多么像想念了很久很久的人终于相见。

衣袂青青，山花缀满了衣襟，洁白的小蘑菇似珍珠点睛，让质朴和尊贵在高天下浑然不分。

躺下来。躺在小山坡。我要做一个梦，一个美美的梦。

仰首蓝天白云的天堂，一任心在云端漫步，在仙人的宫殿悠然游走。

阳光好似温暖的充满爱意的眼眸，凝视久了，就想幸福流泪。

风像一只温柔的手，轻轻拂过周身，每一根神经都若人之初的无知无觉，又若醉意沉沉。

有鹰的身影盘旋，又目送远去。

有小飞虫在耳边叮咛。

三只旱獭，草原上的精灵，在不远处急速止步，萌萌张望。

就这样。看云卷云舒，听风言风语。远望圣山不语。偶尔，窥探一只小蝴蝶和一朵小黄花儿的窃窃私语。

就这样。在亦真亦幻的梦里，把心留在这里。

一点小毒，一点浅浅的怨

把心留在草原牧场。

这大抵是一个远方旅人，一个来了不想走的过客，唯一能够做到的。

带不走，也不能带走属于这里的天空和云朵，山和水，草木和风。

带不走，也不能带走属于这里的牧场的柔韧，和牛羊的安详。

更带不走，草原木屋的童话和古老的故事，裕固族人封疆称王的历史与神秘。

草叶沾衣，是彼此有留恋的。

草叶含着小毒，让你痛痒，应是留恋颇深了。这一点浅浅的怨，这一点欲罢还休的恋，这一点离别后不要太快就忘的小心机和碎碎念。

其实不想走

云朵换上了薄暮的衣衫。

酒已酣。

人已酣。

哈布尔达隆的歌声仍不断。

太多知心的话儿还没有说完。

其实不想走呀：盖斯柯塔拉的桑烟又袅袅升起，成峰大哥的小木屋里，酒香和肉香，合着奶茶的香，那是旅人渴望的家的味道呀。

再干一杯酒。

再紧握一次手。

心里眼里就都有了离别的愁。

说吧，一起说吧：每一次离别，都是为了再一次相聚。

暮色中，田园诗人自语般唱着的惆怅，在每一个人的心头弥漫：怎么会迷上你？我在问自己。我什么都能放弃，居然今天难离去……

归来,秋已深

秋水,还是那么清澈,那么沁心的凉。

长空,还是那么高远,那么倨傲。望不见来时,望不见归处。

林木还紧紧拽着青春的影子,不肯放手。我分明听见她内心的裂痕,发出嘶嘶的声响。像那些坠落的黄叶,将疼痛贴近大地。

干渴,和冷风,攥紧了身心。

想起异乡的雨水。总是在窗外,总是那么动人。在异乡的漫漫长夜里,那温柔,那妩媚,那温润的气息,掠过经年的伤口,奇迹般平复如初。

那些形态各异、鳞次栉比的危楼,总是将居高临下的眼锋,透射进百叶窗的缝隙。总是想打探,一个客居异乡之人,内心世界的脉络。

陆家嘴。东方路。世纪大道。大连路。黄浦江的东面，金子的光芒锋利而冰冷，大都市的奢华低调而漠然。它早已习惯了那些常年川流不息的异乡过客，因而它并不在意他们或喜或悲或一样漠然的心思。

外滩，总是在夜晚，恣意生长着爱情，和暧昧。像外白渡桥，这个名字的寓意。夜晚之外，都衣冠楚楚。

唯有东方明珠，保持了国民气质。无论白天，还是夜晚，都职业地微笑着，波澜不惊。

终于还是习惯了人潮汹涌，和摩肩接踵。就像习惯了一次伤口，又一次伤口。

置身于陌生的人海，在拥挤的面具里，却那么真实地感觉到自身的存在，和存在的毫无意趣。像不分彼此的混浊的呼吸，像腹背无声滑落的汗水。在蜂拥至出口后，宣泄一空。

一些难得的慢时光，在古镇的小桥流水人家。粉墙黛瓦，水墨丹青般写意。绿萝藤蔓缠绕的青色窗棂、门楣，眉目如画、温言软语的江南女子，宛如那些玲珑的瓷瓶，插一支细柔绿植的精致。丝绸，檀香扇，旗袍，绣花鞋，脂粉，播放经典老歌的留声机，恍然溯回旧时光。

多么喜欢那些甜蜜的味道，含着桂花的香，含着百年老号的淳朴。

永安里。西山弄。那些狭长逼仄的里弄，巷子，他们不语，他们渗进肌肤的历史与风雨，也不语。除了安宁，祥和，这世间，还有什么值得称道。

临河，饮一壶清风，啜两杯悠然，聊三五家常。或者，什么也不说，相视莞尔。

终究是要离开。时间，并没有那时想象的漫长。

因不舍，因留恋，而觉倏忽间。

西风漫卷。

这一程，终归于过往，终归于一个匆匆过客的记忆。

归来，秋已深。

累累金黄和硕果，丰满了整个秋天。

而我，却依然贫瘠如洗。

近在咫尺的惦念

惦念一个地方，大多是因为在那里留有过印记：或是幼年时候无忧无虑的纯真快乐，或是年少无知时候小野马般不羁而喧闹的青春，甚或曾经懵懂的爱情，一不留神在记忆的光芒里飘飞出五彩斑斓的泡泡，闪耀着，随着微风，带着神思，飘向那时的天空。

惦念一个地方，还因为惦念的那个人还在这个地方的某一隅，经年守候在光阴的故事里，唱着一支无言的歌，淡淡书写着无字的诗行。

这么多年的行程中，走过那么多的地方，或繁华喧闹，或朴实憨厚，或诗情画意，或辽阔苍莽，但它们终究不过是别人的城市，自己终究不过是一个过客。在留驻的或长或短的时间里，我几乎没有留下过什么，也没有带走过什么。只是在安静的没有纷扰的时日里，它们偶尔会不经意地在我眼前忽闪着飘过。

然而，高台，这座近在咫尺的小城，竟成了我这两年多来最深的惦念。

这惦念，缘于文，缘于友。还缘于近在咫尺而久未成行。

"秋天了来吧。"友人说。秋天，麦香遍野，硕果累累。自家地头上的几棵枣树，枣子都熟透了，红丢丢的，可甜着呢，留着给你摘哦。玉米也丰收了，在小院里，苹果树下，一张小桌，几盅薄酒，几盘自家种的菜蔬，背靠着金黄的玉米棒的垛，闲话诗书，夜来听轻风吟唱乡村歌谣，晨起看炊烟携手日出。于是，我惦记了一个秋天，又一个秋天，红丢丢的枣子在窗台上晾晒得浓缩成了糖块，金黄的玉米在屋檐下与烟火一起变得老旧，之后又经过一次生命的轮回，而我，被琐事牵绊着的行程，一次又一次成为追忆。

"夏天了来吧。"友人说。夏天，草木繁盛，花红柳绿。大湖湾湖水澄澈，水鸟栖飞，端庄娴雅如闺秀般，引得远近游客纷至沓来；马尾湖和小海子鲜活生动，一如梳妆停当的新嫁娘一般，把乡村的淳朴和城市的娟秀融汇于一身，别样动人的风情。在夏日时光里愈发欣欣向荣的街市，使那些沉睡在历史丰碑里的西路军烈士的灵魂，也有些轻快了，不再那样沉沉地压在每一个前来瞻仰者的心头。而这一个夏天，我仍沉陷在毫无起色的庸碌繁忙中，一次又一次的擦肩，与高台再次成为不曾停留的过客。

而高台的友人们，一如这座底蕴深厚而淳朴的小城，对我这样一个一次次爽约的微不足道的人，始终保持了君子的雅量和友好。

"啥时候来了，就说一声。"质朴得像从来不曾离开的亲人一样。

春天来了，风渐渐地轻柔了，草木复苏的气息，再一次唤醒了我对高台这座小城的惦念。夏天很快也就来了，夏天来了我也就来了。

当我站在黑河岸边，目光追随着欢腾的黑河水浩浩荡荡一路奔流向远方的时候，已然过去了不知道第几个夏天。水流湍急的大河带动的风，如一只柔韧的手掌抚在脸上，传递着西部惯有的爽朗和热情，传递着这条环流的大河怀抱里的高台，如诉如泣的历史和苍茫的光阴故事。大河环流之地，放眼望去，草木葳蕤，稼禾丰茂，近处的村庄和不远处的城市，都沉浸在安详与繁荣交织的情景里，让人恍惚觉得这片土地上不曾经历过战事硝烟和满目疮痍。直到我走进中国工农红军西路军纪念馆，在安静得近乎肃穆的纪念厅里，与那一段硝烟弥漫的历史隔空相望，与热血拼杀的悲壮、以身许国的赤诚和坚定不移的革命信仰相遇，那一段"活过来"的历史顿时让人周身血脉偾张，让人清醒地感知脚下这片土地之所以安然，是多少鲜活的生命换来的，是多少烈士的英灵托举和护佑的。静穆的纪念亭、烈士公墓，高耸入云的烈士纪念碑，必须仰望的镌刻在石碑上的密密麻麻的名字，在蓝天下，在清风里，在花香鸟语里，它无声地告诉我们，这片红色的英雄的土地，后来者皆当铭记。

夏日大湖湾的端丽与秀美，更胜于友人的口中述说的模样。所谓百闻不如一见。借助于黑河湿地得天独厚的地理优势和近水楼台，大湖湾一泓碧水映着蓝天，萋萋水草轻舞于微风里，亭台水榭点缀其间，水鸟悠然凫在湖面；游人纷至，歌之舞之垂钓之，无不欢悦，无不闲适惬意。也许，这才是高台这座娴静的城市本该有的模样，才是生活在座城市里的人们本真的模样，他们深爱着家园，亲手打造出它在和平年代里应该具备的新风貌。夕阳西下，落日余晖看似漫不经心地撒下橙红色的轻纱，大湖湾的水面顿然幻化成一幅"半江瑟瑟半江红"的诗意景象，笼罩在暮色里的亭台水榭，一派古意盎然，如诗如画，美轮美奂，令人欲去还留的不舍。

作为旅者，品尝所到之地的美食是必不可少的。我独爱高台小面筋。离开之时，寻觅到城北一家据说央视报道过的小吃店，店面不大，很朴素，也很朴实，并没有那种因央视报道而浮夸的样子。老板娘手脚麻利地调配好一大盘小面筋，淡金黄的面筋，拌了油泼辣子、醋汁、蒜汁、芥末汁或者还有其他什么秘制的调料，总之看起来也是很朴素很普通的模样。与同行者一起美滋滋地吃了一盘，果真独具风味！光盘后还嫌不过瘾，再来一盘！末了，把小店里仅剩的不多一点小面筋全部打包带走。然后电话告诉友，吃完了小面筋，走了。友讶然：来了怎么不说一声？笑答：下次再来，到你家院子里，摘红丢丢的枣子呀。

郎木寺的梦

在甘南草原舒展的身躯上，达仓郎木寺，这颗跳动的心脏，充满了神秘的力量。像澄澈如洗的蓝色天空上，雪堆一样洁白的云朵，蕴涵着看不见的却又无处不在的吉祥，蕴涵着在这里世代休养生息的这个民族对一切美好的祈愿、信仰和梦想。

酥油和经幡烘煨着的小巷，将纷至沓来的喧嚣归于安静和肃穆。诵经的梵音，密布在高高的墙院，像羽林卫的锋芒，温和中透着慑人的寒意，它们护佑着成千上万个梦，像护佑着暗黑大野里千万盏酥油灯，千千万万人的心灯。

金顶大殿的佛光里，众佛安然。佛龛静穆。殿门前，一层一层的台阶最上端，一对一对站立的黑色僧靴，不看任何一个好奇的目光，只虔诚地等待着红袍僧人从诵经的殿堂走出来，不论是哪一双脚，它都欣然跟随。钟声里，无论是鱼贯而入还是蜂拥而出的红袍僧人，不与俗同，也不与俗人的目光有丝毫的相对。

卓拉草的眼睛，像镶嵌在夜空上的星星，透着十二岁的明亮和淳朴。她是郎木寺的兼职导游，也是一个六年级的小女生。你们叫我小草吧，卓拉草含着笑，露出洁白的牙齿。她没有穿藏族服饰，也没有梳密集的小辫子，扎着马尾，微微高原红的脸颊上多了一抹浅浅的羞涩。卓拉草一口流利的汉语，从一个大殿到另一个大殿，向远道而来的我们指引着神灵普度众生的方向。王子以身饲虎，贵人天葬，做坏事的人火葬，乐善好施的人水葬……卓拉草指着大殿内色彩鲜艳的墙绘娓娓道来。这让我想起给年幼的孩子讲童话故事的情景。

郎木寺国际接待处，那个年轻的红袍翻译僧，容貌端正，挺拔俊朗，流利的英语和不卑不亢的礼仪，润物无声般拂去了异域朝圣者眼里的俗尘。他的目光平静无邪。他轻快的藏语，只用来和卓拉草轻声交谈。卓拉草告诉我们这个翻译僧毕业于拉萨佛学院，刚刚二十岁。说这话时，她眼里满是藏不住的羡慕和向往。

大殿的墙侧，一张简陋破旧的毛毡子安静地躺在地上。它的主人，从四川阿坝州一路等身长头至郎木寺的藏族老人，额上厚厚的茧，和磨得破了洞的皮围裙，让所有惊诧的不可思议的眼神像投石击水般泛起浪花，之后复归平静和释然：他内心的纯粹和信仰，是与生俱来的，是流淌在血液里的。然而，他只能在大殿的围墙根下，向着佛神的方向，匍匐在地，卑微如尘，虔诚如命。

但他眼里的幸福光晕,是那么一览无遗。唯愿他有朝一日能够圆了在大殿里点酥油灯、面佛、摸顶的梦。

高高的山冈上,成群的鹫,盘旋在天葬台的半空中,巨大的翅膀携着令人畏惧的冷风,尖锐的钩喙似乎闪着微微的寒光。它们的眼里没有悲悯,也没有肉体与灵魂的区分。它们聚集之后再散去,只增添一堆新鲜的白骨。卓拉草止步于去往天葬台的山坡前,眼里的波光和向往,也止于此。她小心地呵护着内心的火焰,像这漫山遍野的小草,用生命的绿和宿命的朴素,簇拥起贵人们灵肉归天的天葬台。卓拉草说以后自己会变成一条小鱼,在水里活成生命的另一种样子,她一定不会用火祭奠生命,那是恶。

卓拉草梦想着以后能考上拉萨的大学,去布达拉宫朝圣。而我,想在草原深处躺卧下来,舒展身心,让灵魂接受梵音的洗礼,徜徉在青草和格桑花的梦里,徜徉在无垠云天……

那一场锦瑟华年

　　这座城市的名字,是金光闪闪的,抑扬顿挫的。令人望文生义,进而浮想联翩,终而回味悠长。

　　记住这座城市的名字,一回回去而复返,一次次流连忘返,是因为胡杨。

　　那是金色胡杨。

　　那是镶嵌在绵延千里的河西走廊西北端的一颗耀眼的明珠。

　　秋风送爽的时日。天空愈加湛蓝、高远。一场接连一场的秋雨,绵绵细细洒落在胡杨林里。近十万亩胡杨,宛如待嫁的新娘,羞怯而又欣喜地迎接着天浴。沙沙沙,秋雨仿若母亲最后的叮咛和端详,欣悦的神色间隐约流露一丝淡淡忧伤。即将出阁的姑娘,内心早已被奔向盛大典礼的激动和幸福充盈,哪里顾得上母亲的心思呵。

　　秋阳高悬。几乎是在一夜之间,胡杨林褪去了绿色罗衫,披挂上了黄金的大氅!

初见惊艳!

这沙漠边缘盛大绽放的生命之花呵!这无以阻挡的爱恋!

端详,则勾魂摄魄,令人迷醉!

器宇轩昂者,有之。

娇媚妖娆者,有之。

素衣临风者,有之。

玲珑纯真者,有之。

……

林涛横望,金波荡漾。

那阳光,是金色的!那湖水,是金色的!那徜徉在林间的风,也是金色的!

我的心,在金色光芒里温暖,而沉醉。

我不去细看那叶子的形状是不是三种,甚或更多种;我不去理会那间或飞扬的流沙与风尘。我也不去想,躺卧在沙尘和落叶之上,会不会引得众目睽睽。

我只喜欢这一刻的金色光芒,这金色的温暖。我要细细体味,细细收藏,这流年里倏然即逝的锦瑟华年。

清风阵阵。

落叶纷纷。

涟漪微微。

取下飘落肩头的几枚金黄,放在掌心。如玉的温润,便在心头悄悄滋生。想来,此时此刻你也是倾心于我的了,呵呵。

我一直是有个梦想的,想在秋风里,裙袂翩翩,漫步在长长的林间小径,看落叶纷飞,放空所有的念想,一直走下去。如若,有同道者,静静相伴,也不失为此生最浪漫的事。

而此时,唯有我心随风,在金色光芒里徜徉。

湖岸的小木排,映着夕阳的光影,衬着绕湖的金色胡杨,间或亲吻一下身边疏离的芦苇。此情此景,如诗如画,如梦如幻。恍惚,有位佳人,衣袂飘飘,临风横笛……

湖心岛的尖顶小亭子,蒹葭掩映,暗香幽幽。然,被湖水隔绝。就那样温婉地、优雅地拒绝了所有近前的念想。自顾自美丽。

林中的那座小木桥,古朴,稚拙。桥下河床里没有水,只有依稀湿润的痕迹。如织的游人,喧嚣着从桥上走过。而当我远远地将手中的相机对焦小桥的时候,蓦然发现,镜头里,竟是那么令人欣喜的美!沙河两岸,两排高大的金色胡杨蔓延开去,枝叶相连,形成了一扇拱形的金色的门。而小木桥,在这扇悠长的金色拱门里,兀自妖娆!

一把流沙,一张妩媚的笑颜。

一袭红衣,一场转瞬即逝的爱恋。

金塔。胡杨。我追逐你的气息而来,记住了你的名字,记住了你笑意微微的眼,还有你最温暖的模样。

而你,是否会为我倾尽这一世爱恋?

小镇天堂（组章）

一

再没有哪一个地方，只看名字，就能够让人油然而生一种向往，遐思连连，飘然向上。

再没有哪一个地方，让人能够一见而钟情，再见而把灵魂留驻在那里，时刻想要往返身心合一。

我是中了魔怔的旅人，在连绵不绝的峰峦叠翠里，在蜿蜒盘旋的山路迂回中，心怀执念，一路追寻着她的方向，去往她安身的地方。

二

一河澄澈，是来自天上的。掬一捧清凉，即可消尽风尘，心神轻盈通透。

羊群和牦牛，是来自天上的。罕见的白牦牛，三五聚首，饮水，食草，闲步，悠然自在，这些神的使者，显然已乐而忘归。

风是安静而温柔的，轻抚着每一个远道而来的足印。想让远方的旅人留下来的心思，隐秘而羞涩。

天堂镇，等我在山脚下的河畔。宛如上天安放在青山怀抱里的处子，恬淡，质朴，让所有尘世的伪装纷纷落地而遁形。

所有的欢迎致辞，都写在五彩经幡浮动的梵音里。

三

打开客栈的窗，那一顷青碧映着蓝天，在明亮的光线里，深深浅浅渲染着田园牧歌的诗情画意。径自探进窗来的果木枝条，清新鲜绿的精灵般，顾盼生辉，打量着远方的旅人。痴痴与之对视。悉心地把这份多情和美意收纳进我的行囊，此后的旅程里，或者繁华处处，或者荒凉孤单，但总不会忘了她的模样。

而此刻，我一怀执念追寻的仙子们，隐身于斜阳夕照下万顷碧翠的山坡，曲线柔美，坦荡无邪。一任万千驻足凝神的倾慕，一任地老天荒，也带不走她丝毫的美。

徜徉山林间。落叶铺成的松软地毯，青草的香，松木枝干上生长的灵芝，透过枝叶间隙的阳光，熏染着我的每一根神经。小坐，小躺，踩着毯向上攀走，却怎么也走不进那一山更比一山高的巅峰。

融融绿意里，有牧民小屋，淡墨写意般散落在山坡或者山谷里。无意渲染，却让人恍若置身于童话与仙境。

最是错落有致的梯田，恰似兰花般的手指，给连绵青山的衣襟上缀上的一朵朵雅致到无以复加的文艺图案，让人爱不释手，却让人只能一次次回眸，这样的美，只能在梦里百转千回。

仰望神龙潭瀑布，飞流直下山巅，义无反顾地将甘冽与奔放的爱一起倾进河谷的心，执子之手，淙淙悠悠，遗忘了世人的艳羡，遗忘了时光与流年。

四

无论从东西，还是南北，每一个方向，都能够看见，天堂寺的金顶，昼夜不息，护佑着小镇的安宁，托举着小镇所有的梦想与祈愿。

没有赶的节奏。没有大起大落，也没有大喜大悲。天堂镇的悠然，让你深信，世界本来就该是这样的慢，一如从前。

终日在红尘里碌碌奔波而颠覆的世界，而锈迹斑驳的心灵，在这里，重回人之初。隐隐听得见菊花与篱笆的低语，隐隐看得见南山与飞鸟的默契。

离开了那么久，那么远，耳边还时常回响着深情的呼唤：期待与你再一次遇见，陪你一起看草原，在小镇天堂。

永远的喀纳斯

经过两天披星戴月的旅程，终于在入夜时分抵达向往已久的北疆喀纳斯风景胜地。宿营在山中木屋，深秋的夜晚寒意阵阵，却丝毫没有减弱我们新奇而高涨的热情。在深邃的夜空和点点繁星下的山林木屋中，喝着主人为我们端来的热气腾腾的羊骨头汤，就着馕，那种远离了城市喧嚣的独特而新鲜的感受，如沐春风般拂却了旅途所有的疲倦，令人倍感兴奋、惬意。

喀纳斯之晨

寂静的清晨，清新至极的空气令人神清气爽。山林牧草轻含微露，静如处子。初升的阳光轻纱般笼罩着半边山林牧场，仿若披上了一件金色的薄衫。远山薄雾轻绕，如同仙境般令人神往。错落有致的林中木屋，飘起了袅袅炊烟，山庄的主人们已开始忙着为游客们准备简单的早餐了。偶有早起的游人，裹着军大衣在山中唯一的那条柏油公路上晨跑。有白色如雪狼的狗儿悠然漫步在木屋周围，偶尔发出几声轻吠。

当纯净的没有温度的阳光给山中木屋都披上金色衣衫的时候，游客们也都陆续晨起了，山庄也变得热闹起来。远处的山与林木那么清晰地呈现在人们面前，是那种清雅的黛青和含蓄的绿；近处的林木和牧草则呈现出雍容的金色。始想起导游讲过秋天是喀纳斯最美的时候，还有盘山公路边偌大的广告牌上"金色喀纳斯"几个字的蕴意。人们愉快地喧哗着，谈论着即将看到的喀纳斯湖和传说中的湖怪，已有人迫不及待地开始拍摄。尽管如此，在空旷的山野之晨，丝毫不觉得聒噪，反倒是有一点生活的气息。当游客们陆续乘坐免费区间车离开木屋山庄后，山庄的清晨又恢复了往日的宁静。

喀纳斯湖

在平坦的草原公路上，区间车只数分钟便到达喀纳斯湖区。湖边游人熙来攘往。第一眼看到的湖，似乎更像一面依山的宽阔奔流的河，正疑惑时，导游告诉我们这是额尔齐斯河，喀纳斯湖即是这条河自高山流经平原地带而形成的一个方圆三十六平方公里的湖，要乘船前往才可以看到真正的喀纳斯湖，观赏那美不胜收的景色。等船的间隙，放眼湖区，青山环绕，碧水悠悠，岸边杉木挺秀，水草萋萋，令人心旷神怡。湖边供游人步行的栈道和栖息的小桌小凳,一律用原木制作,造型别致,质朴中透着清雅,构成湖区的另一道风景。坐在乘船区湖面的长条木凳上,背靠着由原木和粗犷的麻绳交替着制成的护栏,目光追随着往返两岸的快艇在湖面划出的雪浪,仿佛自己也成为这碧水湖中的一朵浪花,一株水草,完全摒弃了尘世的浮躁,沉静至最初。

  游船缓缓行驶在喀纳斯湖面。两岸绿色和金色交织的山林层层叠叠,远处岸边的栈道上,依稀可见步行的游人。船在湖中游,人在画中走,这是怎样的美景呵!船到一道湾,湖面更加宽阔,碧玉般的湖水在两岸青山的呵护下,仿若传说中的美人鱼,恬静地游弋着,清纯,无暇。游人们兴奋地赞叹着,透过玄窗拍照或摄像。二道湾的风情更甚,若说一道湾是小家碧玉,二道湾则谓大家闺秀,那水之碧之阔,那林之秀之丽,令我们为之惊叹!当船停靠在喀纳斯湖最美的地方——三道湾时,游人纷纷登上船顶观览,惊叹之余,更多的是无言静观,内心的感受是屏息仰视女皇般,令人不自禁感到渺茫。你看那浩浩荡荡望不到尽头的碧水,那宽阔而平滑如镜的湖面,那峻峭壁立的山崖,那挺拔玉立的杉松,那远处白雪皑皑的峰顶,在纯净而无垠的蓝天的映衬下,那种博大气势,那种恢宏壮丽,令人荡气回肠,叹为观止。游人的闪光灯贪婪地拍着,摄着……静静地依在玄窗边,静静地看这神奇而神秘的造物主的杰作,想把她的模样刻画在我心里——喀纳斯湖,我心中的女神!

登观鱼亭

喀纳斯湖对岸山巅的那座亭子，叫观鱼亭，传说是为了纪念在此山巅发现"喀纳斯湖怪"而建造的。这就更为喀纳斯湖增添了一道神秘的色彩。

在山中木屋用过简单的早餐，我们即刻意兴盎然地乘区间车直至租马区——我们要骑马登上观鱼亭，鸟瞰神秘的喀纳斯湖。牧场上数十匹马儿鞍缰齐备整装待发。远处的山路上，几名年轻的哈萨克族小伙子骑着马一路飞驰而来，让人想起电影《蒙古人》中剽悍的草原骑手，更让人领略马背上的民族和辽阔草原的动人风情。各自挑选了喜欢的马，我们在牵马的哈萨克族小伙子的帮助下骑上马背，哈萨克族小伙数声唿哨，马队便沿着山路向观鱼亭进发了。会骑马的同伴在前面驭马奔跑起来，草原风情十足的牛仔草帽和潇洒的骑姿，像极了草原骑手，让我们几个初次骑马的同伴羡慕不已。信马由缰地走在上山的马道上，那纯净的蓝天，牧草丰美的辽阔草原，不由人想放歌抒怀。马背上的哈萨克族小伙子用蒙语唱起了山歌，浑厚而深情的音调，令人浮想起那《敖包相会》的动人情景。

离观鱼亭还有数十米的梯道，我们把马停在一片绿色的草场，跟随着熙攘的游客拾级而上。回望山下那起伏延绵的林草牧场和玉带般绕着草原缓缓流淌的额尔齐斯河，在蓝天的映衬下，美不胜收。已登上观鱼亭的同伴在催促了，紧赶着也登上亭子。扑入眼帘的便是三道湾那一泓翠玉般的湖水，波光粼粼，仿若披戴了一袭钻石衫缕，在两岸青峰和金色杉林的守护下，恬静如少女，美轮美奂。放眼环视这碧水青山，一览众山小的博大气概油然而生。看得久了，恍然觉得那不是湖水，那是一块天然的巨大而无瑕的碧玉镶嵌在山谷之中，令人想去触摸。想那天池之美誉，之于这湖，也不过是侍女之于王后呵！

小小的亭里拥挤着游客，兴奋地谈论着当初在这个地方看到湖中水怪的传说，闪光灯不停地闪烁着，赞叹声不绝于耳。我们自然不会看到那传说中的湖怪，那只是给喀纳斯湖蒙上的一层神秘面纱而已。

观鱼亭，不在于观鱼，而在于登高观湖呵。美哉，喀纳斯湖！壮哉，女神之湖！

图瓦人的苏尔

本想做一次民俗家访，体会一下马背上的民族的日常生活，却误打误撞走进了蒙古族图瓦部落民间老艺人的木屋。听到我们的声音，一位高个子、穿蓝色印花蒙古袍、戴同色头巾的中年女子走出厅堂热情接待了我们，招呼我们走进了老艺人表演苏尔的厅堂。八十多岁的老艺人身穿紫红色印金色花的蒙古袍，头戴蒙古帽，坐在厅堂中央的一把高一点的椅子上，正用一支像竖笛一样的乐器演奏，老人古铜色的脸膛很瘦俏，一双眼睛却炯炯有神。厅堂四周摆放了一圈长条茶桌，桌上摆放了奶茶、酸奶疙瘩、葡萄干一类的小食品，桌后围坐了两层或席地盘腿而坐或坐在矮凳上的游客。我们像大家一样脱了鞋子,悄悄地到厅堂一角坐了下来。

这是一种奇特的乐曲。屏息听那声音,有浑厚的低音始终贯穿在乐曲首尾,时而伴随着跳出轻快的旋律,好像平静的小溪流经卵石时激起的小浪花的声音,清脆而欢快。整曲听来,恰似打开一幅美丽动人的画面:蓝天白云下的广袤草原,牛羊肥壮,牧草丰美,年轻的蒙古族小伙和姑娘骑着骏马在自由快乐地追逐嬉戏;又似日暮黄昏,洁白的毡房炊烟袅袅。仔细看老艺人的演奏,惊异于他用一口气让苏尔同时发出了浑厚低音和轻快旋律。想起电视中曾介绍过这种蒙古族民乐演奏,是用丹田之气呼出而奏响音律,并非吹奏,技法微妙,难度极高,要求肺活量极大,始微微释然。

一曲结束后,老艺人用蒙语对大家的到来表示高兴,并说苏尔这种民间乐器很难学,而今会演奏苏尔的人只有他一个人了,他在努力培养自己的二儿子学习演奏苏尔,不能让这种民乐在他这一辈失传。中年女子作了汉语翻译。第二曲是《奔腾的黑骏马》。大家依然屏息听着。在浑厚的低音伴随下,略显轻快的旋律,令人遐想那骏马驰骋草原的飒爽英姿,纵马飞驰的剽悍粗犷的草原骑手,还有那些柔美的挤奶姑娘粉红的笑脸和老阿妈慈祥的目光……正沉浸在浮想联翩中,苏尔声悠悠而逝,仿若飞驰而去的黑骏马裹起的烟尘,飘飘然淡去。

自由交流时间里,游客们争先恐后提问各自好奇的问题,老艺人一一做了回答,即使是问厅堂木墙上挂的白狐皮、狼皮、羊角这样的问题,老人也会微笑着回答。得知那些狐皮、狼皮是老人年轻的时候亲手所猎的狐狸和狼的皮时,更让大家叹服不已。之后,众人怀着敬慕和新奇的心情依次同老艺人合影留念。老艺人端坐在厅堂正中,背后木墙上是成吉思汗画像挂毯,显得那么饱经风霜,而又那么虚怀若谷,冷峻睿智。耐心地和最后一位游客合完影,老人用蒙古族的礼仪致谢后去了休息间。我们一边喝着奶茶,一边与中年女子交谈。始知,这名中年女子是老艺人的侄女,在布尔津县从事教育工作。她告诉我们:这种像笛子一样的叫苏尔的乐器,是图瓦人独有的一种天然管乐器,是用生长在阿勒泰山的一种名叫扎特拉草的草茎晒制成的。乐器的内孔都是天然形成的,未经人工雕磨。制作一支苏尔需要用一年的时间,而学习苏尔的演奏技巧,则需要天赋和超常的领悟力,而且肺活量也是一个关键的因素。交谈之余,我们还向她学会了几句诸如"你好""谢谢"之类简单的蒙语。

走出老艺人的木屋时,已是繁星满天了。夜幕中,一座座木屋山庄闪着温暖的灯光,不远处还传来民俗篝火晚会上人们欢乐的喧闹声。与美景和人文的零距离接触,让我深感此行收获的快乐。

草原日出

泰山日出之盛誉由来已久,而我至今不曾领略。草原日出的壮美,却令我深深震撼。

汽车行驶在平坦的草原公路上。透过车窗望去，远处的天色微微泛起鱼肚白，无垠的草原在淡淡的晨色里显得那么静谧，好似熟睡中的婴儿，让人不忍惊扰。天色渐亮了一些，就见那太阳自草原地平线上静悄悄地露出了淡橘黄色的小半边脸，像调皮的捉迷藏的孩子般。很快地，就露出了一轮橘红色的脸庞，没有阳光，仿若孩子般纯洁而坦荡地裸露着，又似一粒红玛瑙纽扣镶缀在偌大的天幕边。远处牧场上，牧民的毡房和马匹依稀可见。而那红玛瑙般的太阳，就像一只护佑一切而又洞察一切的天目，静静地注视着，酝酿着。

渐渐地，天目退却红颜，呈现出肌肤般的白色。这时，便可以清晰地看到远处的毡房升起的青白色炊烟，还有吃草的马匹和跑动的牧羊犬。太阳很快升高了，亮白色的一轮，迸发出耀眼的光芒，普照在辽阔的大草原上，那种君临一切的磅礴气势，令天地万物顿觉微渺！我深深被震撼，手中的照相机迟迟不能按下快门，这是一种心的震撼，灵魂的洗礼，那么微不足道的镜头怎么能够捕捉这王者气概，那似乎都是一种亵渎。又有什么能抵得过这种磅礴大气带给人的胸怀的开阔！这个时刻，那些尘世的烦扰，人际的纠葛，蒸发般顿失夭夭，心怀如同这天地般博大，自然，洁净。

阳光透过车窗照在脸上，好似母亲呵护幼儿般的温暖感觉，令人陶然而醉……

别了，喀纳斯

"我走过很多地方，最美的还是我们新疆……"，天色微亮时分，在巴哈尔古丽甜美的歌声中，我们依依惜别了喀纳斯湖，还有那山庄木屋，那山，那林，那牧场。

汽车奔驰在盘山公路上，山林牧场从车窗前迅疾向后闪过，那份依恋与不舍深深地在心头徜徉，挥之不去。再回首张望，便有一些淡淡的惆怅。

呵，美丽的新疆，壮丽辽阔的祖国河山！

呵，美丽的喀纳斯，人间仙境，你给我以心之宁静，给我以豁然开朗的心怀，你是我心中永远的牵念！

在那杏花盛开的地方（组章）

杏花之约

有谁，会不喜欢春天里的约会呢？

更何况，那是一场杏花之约。

春风送来相约的消息。心儿早已按捺不住经年的等待，扑扇着翅膀，飞向那向往已久的地方，飞向无数次在梦里相遇的诗意浪漫。

如果，无望的等待，是执念和悲凉。那么，当我知道，你一样在春暖花开的时候，等待着我的到来，这等待，这双向的奔赴，多么像一首诗里最美妙的那个句子。

当这一场杏花之约，在春风微醺之时，与一群心怀诗意的人一起奔赴，那份沁人肺腑的惬意，又何止于灵魂脱离俗世纷尘，恣意徜徉云端。

杏花微雨的爱恋

城市与乡村的距离,其实只隔着一片春意萌生的土地。

远山与花朵,在时空里浑然天成的水墨诗意,只隔着一脉清净如初的心思。

而我与你的邂逅,从来不曾有过距离:你,一直在我心里。

一朵花开,是风说你要来。

一树花开,是我把心窗打开,看你从远光中一身清朗,携着清风,携着微醺的暖,眼含笑意,向我走来。

你温柔的目光,越过尚未从沉睡中醒来的祁连山的荒凉,越过枯草滩和漫无边际的石头的荒寂,越过乡村小路百转千回的柔肠,亲吻在我脸上。

花瓣雨纷纷。我泪珠儿晶莹。心与心相逢,轻轻一触真的会醉。

我多么想你就此一醉不起,在我的怀里,再也不分离。多么想你能懂得,我一次又一次挣脱黑暗与冰寒,一次又一次忘记疼痛,让生命得以轮回,焕发异彩,只是为了等待你的到来。

在人间,你安于一隅

轻嗅着你与生俱来的清香,我的每一根神经每一个毛孔,都甘之如饴。

倾听着你难舍难分的心语,我的每一根骨头,都如酥如泥。

杏花儿,我多么想告诉你:所有与你的邂逅,其实都是蓄谋已久。

我也曾是村里的孩子。离开你,是为了有一天能够衣锦还乡,能够给你更好的守护。

山乡清贫。你的绝世风华,终究敌不过风雨峥嵘。

当你凋零成泥,化身为土,那将是我一生难以抹去的悔痛。

我把你深藏在心底。像深藏着一团小小的火焰。当我在钢筋水泥的城市森林,迷失和沉陷的时候,唯有你,给予我光亮和暖,和奋起的力量。

你是我生命的根,是我漂泊的灵魂终将叶落归根的原乡。

在人间,你安于一隅,我的心与魂便有了安放的地方。

佛,大隐于心

佛,记得人间所有的悲欣恩怨。

佛,历经人世苦难沧桑。

佛,不在一座寺院的供奉和香火里。

佛,存于天地辽阔,道法自然。

佛,隐于人心,善恶分两边。

释迦牟尼,佛祖。一座金身的佛像,端坐于祁连山脚下金佛寺的佛龛。

菩萨。罗汉。加持。

敛目,而洞悉天地万物。不语,而传道于芸芸众生。

佛,普度苍生。让心死如灰起死回生,远离苦厄。让离经叛道放下屠刀,胜造浮屠。让仁智者乐于山水,甘于平淡。让心志高远者，云帆直挂，乘风破浪，万里鹏飞。

——佛，大隐于市，大隐于心。如我和你，身在天涯，心在咫尺。

丝路花旅，渡我到青春时光

背靠背坐在秋千上，看青鸟飞过的天空，那么蓝，那么悠远。

微风弄皱了一池春水。一片叶子在涟漪里荡呀荡，轻轻地，轻轻地，渡我们到青春年少时光。

漆面斑驳的课桌上，安静地搁置着我或书声琅琅或调皮捣蛋的从前。

铁架的高低床边，我飞扬的青春，我追逐过的梦想，一帧一帧挂在墙上。

我单车呼啸着飞奔而过的假日黄昏。我多少次在梦里遇见的那双清澈眼睛。我桀骜不驯的木吉他，在宿舍楼下的夜色里，弹唱着无人可诉的热爱与迷茫。我写了揉、揉了又写，却终究没有勇气投递出去的那封信，收信地址赫然印在乡村别墅入口的地方……

——北枫老同学营地。它安抚我们身心的远不止于此。

木屋小别墅，在郊野，在田园的怀抱里，在青草、花朵、蝴蝶和丰润稼禾的簇拥里，渗透了谷麦的香，渗透了人之初的本真和安然。远望祁连雪山，近听月色星光，悄无声息地把空旷、静谧和自由，还给了寻梦的灵魂。

山路弯弯，不再忧伤

乡村公路，平坦，宽敞，迂回蜿蜒。

山村与外面的世界，不再遥远。

我看见，逾万亩杏花在春天一起绽放的盛况！林涛横望，花海轻浪，如梦如幻。

我看见，杏花如紫色云霞般缭绕的乡村，不言不语，自成诗行。

杏花节，是美丽乡村捧奉的盛宴。

品歌，品舞。品村姑村嫂的笑靥发自肺腑。

品一把果实纯天然的甜蜜。

品一碗乡村淳朴。

品一杯人心凝聚。

——品一桌春光里的发展大计。

把心留在这里

我与春风皆过客。

所有的离别，都有太多的不舍。

所有的不舍，都是内心的挣扎和决绝。

看着你在风中摇曳的花容，仿佛看见我曾经不得不离开故乡时，泫然欲滴的泪。

我带不走你。带不走你花开花落寂静欢喜的年华，带不走你渴望远方却又不忍离开故土的忧伤。

我也不能留下自己。这凡俗的肉体，在尘世的江湖，早已身不由己。

　　我把心留在这里,留在来年你还会等我归来的枝头,伴你听风,听雨,听月色和星光。

　　——听我和你,这一世悲欢离合的故事。

长安月色

薄暮时分，夕阳把青色的古城墙和信步古道的人，都染上了枯藤老树昏鸦的情绪。长风徐徐吹过，脚下的大青砖，左右的垛口和瞭望口，青铜灯柱上牵手并立的红色宫灯，近处的箭楼和远处的敌楼，都与阔大的城墙一样，在暮色里静默无声。它们，把曾经刀光剑影的风云变幻和粉墨登场的灿烂辉煌，默守在内心深处，默守成历朝历代的典籍。打开，则风起云涌、日月旋转；侧耳，则李杜长吟、车辚马萧。而此时，它们都紧闭双唇，面容淡定，像每一天的日出日落和悲欢离合一样，像每一次的月圆月缺和四季轮转一样。

我站在朱雀门的暮色里，置身于垛口的晚风。八百里秦川之上，夜空清明，月华如水。那一轮秦时明月，看淡了秦皇汉武的江山霸业，看淡了唐宗宋祖的兴盛衰微，看淡了千年华夏文明的浮沉生息，今时，仍在俯瞰着这一片神州厚土，俯瞰着街市的车水马龙和摩肩接踵。

月，一贯低调温柔，惯于在日落后把一怀清辉捧奉给人间，不争不恕。而那一日，日月当空，幻影如魅。一阕大明宫词，把盛唐的天空涂抹得奇异而绚丽；一代至尊红颜，将千百年来的陈腐和狭隘颠覆得酣畅淋漓。谁说雄性的江山社稷不能由纤纤玉指挥斥指点？心之大舞台上，长袖善舞。一点胭脂，浸透了大唐盛世之霸业，贞观之治的遗风又传延了数十春秋。而身后，留一座无字之碑，任凭后世评说。只是那日月当空之奇盛景观，任时光打磨，仍千古流芳，万世景仰。

举目望，李太白曾经长吟的月光里，有美人乍现，广袖轻舒，回眸一笑百媚生，六宫粉黛无颜色，低吟浅唱着《长恨歌》，一曲霓裳羽衣舞，荡气回肠，肝肠寸断。集万千宠爱于一身的绝代风华，怎禁得三尺白绫如月华，一缕香魂为君绝！华清池的粉玉石上闪着幽幽的光，侍儿扶起娇无力的魅颜，在时空里忽隐忽现。一尊玉雕的出浴胴体，在今时月下不再有温润，那凉薄的，何止是千年骄奢。一场后世的水秀，又怎能重温彼时繁华旧梦。难再续，且随风去。

大长安呵，有多少英灵和冤魂，多少故事和史诗，附身于古城的每一块青砖，在水色月光里游弋徘徊？有多少阴谋和阳谋，有多少兴亡和盛衰，在时光的长河里浮浮沉沉？功名利禄、荣华富贵，皆付诸东流；王侯将相、美人英雄，皆归于尘土。

人，不过来自偶然，像一粒尘土，来这亘古尘世，栉风沐雨一番，即消隐不见。所有的爱恨恩怨、纷纷扰扰，皆生命之态，终将与自身一起消逝无痕。那么，何不看开、何不放下，何不脱身于俗世纷扰的枷锁，让生命回归至最初，安享这一世的喜悦。

这世界，正如你所愿

阳光倾城。松柏常青。往来者放轻了脚步，轻声交谈。偶有一两声鸟鸣传来，也是轻轻的。此刻，高台烈士陵园沉浸在庄严肃穆之中。一同前来的七岁的小女儿也安静下来，不再像进陵园之前那般叽叽喳喳蹦蹦跳跳。

慢步走在葱郁林木环绕的人行路，再一次放轻了脚步，心里自然而然涌出免得惊扰了安睡者的意绪。路的尽头是烈士公墓。碑文清晰地告诉来者，这座偌大的公墓里，安放着中国工农红军西路军数千名烈士为国捐躯的精忠英魂。半个多世纪前的一个个名字，那么遥远和陌生，却又那么亲切，仿佛我们的祖辈和父兄，用单薄但却坚毅不摧的身躯为我们遮风挡雨，为我们抵挡所有的外侵，捍卫和守护着家园。

中国工农红军西路军纪念馆里，西路军浴血奋战的群雕,和一帧帧与敌激战的黑白历史照片,让来者眼前重现当年炮火硝烟的激烈。在枪林弹雨中出生入死的父兄们,在饥寒交迫和敌我力量悬殊中誓死守卫的父兄们,他们的心中,信仰如金,坚不可摧。"枪炮声响了几天几夜啊,他们没有吃的,穿得破破烂烂,他们都知道会牺牲,但是他们没有一个人退下来……"我的耳畔响起亲历战事的当地老百姓的画外音,苍老的声音里有疼惜,有感动,更多的是敬佩和尊崇。红军西路军三十四师,担负历史转折时期艰巨重任的绝命后卫师,他们把每一滴热血,都洒在了长征西进的路上,洒在了一生热爱的土地上,洒在了舍生忘死保家卫国的坚定信仰里,洒在了建立美丽新世界和对未来美好家园的向往里……陈树湘,董振堂,杨克明,和无数安睡在高台这片土地上的英烈,人民记住了他们的名字,中国铭记了他们的名字,历史铭刻了他们的名字!

再一次来到烈士纪念碑前,久久仰望。蓝天下巍巍矗立的,那不是一座纪念碑,那是革命先烈巍然屹立的身躯和深情凝望的眼眸!他们依然守护着为之抛头颅洒热血的祖国大地。他们深情凝望着拂去硝烟的新中国,一步一个脚印站起来,百废俱新热火朝天干起来,改革开放日新月异富起来,科技兴国高质量发展强起来。他们和我们一起,看见了"两弹一星"的民族气概,看见了"神舟"寰宇、"天宫"问月、"蛟龙"探海和航母巡航的民族尊严,看见了"天眼""墨子号"不动神色间风云变幻尽在我心的大国之气。他们和我们一起,听见了黄河滔滔长江滚滚的盛世乐章，听见了白鸽在蓝天飞过的清脆哨音，听见了城市的欢歌和村庄的欢笑……他们为之献出生命的崇高理想和赴汤蹈火奋斗终身的信仰，已然如鲜花般在祖国大地上经久盛放。

轻轻走出烈士陵园。在门口，小女儿把一顶红军八角帽戴在头上，转身向着远处巍然屹立的纪念碑敬了一个标准的少先队员礼，红色的五角星帽徽和胸前的红领巾与一张稚气的小脸交相辉映。我想我不用再告诉她"红领巾是红旗的一角，是烈士的鲜血染红的"这样的象征意义和向上向善的能量，她的心中已然有了红色种子正在发芽。

此刻，沐浴在阳光清风里的高台，与所有的城市和乡村一样，生机盎然，欢乐祥和。它们用这样的美丽告慰长眠在祖国大地上的革命先烈：这世界，正如你所愿，国泰民安，励精图治，豪迈地走进了一个新时代。

第三辑

风吟时光

初夏记事

一

绿意浸透了这个城市。

内心的浮躁逐渐沉淀了下去,清凉渐生。

每一个清晨,打开后窗,满眼都是清新和鲜绿。无论是晨光辉映着蓝天和白云,或者阴云密布。每一声鸟儿的鸣叫传来,都是那么动人,都是那么让人感到时光的美。

我不再艳羡住在一楼的人们,不用开窗,随时都能看着自家的"后花园"。也不用梦想着有一天,自己也能有一个一楼的住所,茶余饭后,不用出门,就坐在自家窗台上,一边欣赏着"后花园"的美景,一边听着音乐,读着自己喜爱的书;或者搬一把小凳子,走出门来,坐在门口的花前柳下,闻着花香,听着鸟鸣,读着书,看着闲暇的人们悠然走过,看着蹒跚的孩子稚拙地学步、牙牙学语；看着老祖母们有一搭没一搭闲话家常的平静和安然。

黄昏时分，放学归来的孩子，贪恋着舒适的户外，追逐嬉戏，欢声阵阵。人们三三两两散着步，聊着天，陪着孩子们踢足球、打羽毛球。那些玩滑板车和骑自行车的少年最为耍酷，故意飞速穿行在女孩们集中的地方，惹得一群小女孩惊叫连连，少年的得意就随着一串笑声追风而去。

二

丁香开得恣意。

长长的林荫路，每天沐浴在晨光和暮色里，风来摇曳，雨来清润，一眼望过去，竟也有种路漫漫其修远兮的情景和意境之美。林荫间，丁香枝叶婆娑，白色的、紫色的花儿密密层层，花香馥郁而悠长。这一条长长的路，便有了每日沉浸在一路花香里的幸福和甜蜜，像极了初恋的人儿，十指相扣，或悠悠闲步，或悄悄耳语，却怎么也掩藏不住心跳的秘密。

每一次骑行在这条林荫路，我都会忍不住打响一个铃音，想要把内心的舒畅告诉近处的清风，和远处的雪山。

紫槐更让人心怡。

一树一树，高擎着紫红色的花朵，一串串、一枝枝，在繁茂的绿叶映衬下，在四周郁郁葱葱的绿树和绒绒如毯的青草簇拥中，傲娇的公主般，明艳动人。每一次走进园区大门的那一刻，都让人禁不住仰望,仰望那挺拔的身姿、荼蘼的花容,向着天空和云朵伸展的昂然姿态。

"作为一棵深怀紫色浪漫之爱的树,她不屑于向俗世纷争放低身段,不屑风声和风言风语。"但她毫不吝啬沁人心脾的花香,馥郁芬芳的气息氤氲,即使走出很远,依然不绝如缕地追随着你。

每一次仰望,每一次回眸,每一次等待相见,都让我感到内心的喜悦,都让我感到季节与时光的美,感到尘世的安然。

而那白色槐花,多么像我记忆里,身着绿底小白花的小妹,恬淡、淳朴、清秀可人。亮闪闪的眸子里,总是透着对人世的新鲜与好奇。即使很多年以后,经历生活之风雨的一次又一次洗礼后,只愿意在深色的衣着里深藏起疼痛和内心的灵魂,眸光却依然恬淡如初。

三

一场小雨,在期盼中姗姗而来。

细碎的,轻柔的,清凉的,甚而携着一丝清甜的味道。

小雨,落在城市的眉间心上,不留痕迹地拭去往日的尘埃,让眉目清秀起来,让心舒展开来;落在绿意葱茏的田野里,便可聆听到禾木欢唱的天籁之音;落在终日寂寂落寞的旷野之上,竟也勾勒出一幅烟雨蒙蒙、如梦似幻的动人景象。

漫步细雨中,不撑伞,任由这等待已久的清凉和温润,点点滴滴悠悠散散地亲吻在额头脸颊、跳跃在肩臂掌心,任由它无邪的小儿般恣意嬉戏。

绵长的栅栏上,密密层层的绿萝们舒展着挂满水珠的身子,满含笑意托举着新生的嫩枝嫩叶,亮晶晶的水珠在鲜嫩的枝叶上摇摇欲坠,像极了那破涕为笑的稚子。

刺玫瑰的几朵嫣红,害羞的小女儿般躲在了枝叶里面,悄悄地品尝着雨滴的甘甜,像品尝着羞涩的初恋。

紫丁香们落落大方,笑意嫣然迎接着天浴,迎接着行路之人多情的目光,还不忘捧上浓郁的花香。

这一时刻,林木安静,雨水动人。

天地间,一派温润怡人的模样。

一路走来,我心舒畅。

四

购得两部新诗集:《大地至上》《凿空》。

《大地至上》是宗海的第一部诗集。诗风明朗,诗意清新。是这些年读诗以来为数不多的愿意一首一首读下去的新诗集。读来,每每如叶片上的露珠映着晨光,晶莹、清润、清心、神怡。诗歌里,有宗海的信仰和追求,有他随遇而安的恬淡之心,和内心对生活、对休养生息的一方热土的深爱,因而,寂静天空、苍茫戈壁、风雨、鸟雀、羊只、一棵草、一朵花、一片麦……所有日常所见之物,都被他赋予了灵性、赋予了思想、赋予了诗意。而这,又何尝不是他的心灵世界!

诗集是几经周折才出版的。宗海诙谐地说，因为喜爱，所以任性。

大文史学家张岱曾说："人无癖不可与交，以其无深情也；人无疵不可与交，以其无真气也。"宗海之癖，终集成于《大地至上》。

《凿空》是思侠先生近期新作。厚重，苍郁。适合典藏，不妄评。就像那些窖藏的陈酿，不启封，醇香自醉人。

适逢一才女小友近日喜得千金二宝，心下琢磨：两本新诗集与婴儿尿不湿一起做伴手礼，应该不会有违和感吧？

五

彩虹剧场，五年级英语情景剧演出。

看着身着粉色公主裙、白色小皮鞋、头戴花环的小女儿在一旁安安静静地候场、大大方方地上场、认认真真地表演、开开心心地谢幕，之前忙着排练、做发型、化妆、打扮、赶时间的紧张忙乱甚而怨怒都一扫而光。那个紧张而羞涩的小姑娘，那个自从剪了短发就后悔、懊丧、甚而自卑的假小子一样的小姑娘，那个故意不修边幅、邋里邋遢、顶撞我、让我无限闹心的小刺猬一样的小姑娘，此刻，率真、自信、无忧、可爱、乖巧。

给孩子一个合适的舞台，她才能展示出最为阳光的那一面。

而你所付出的，也终究会回报给你。

六

清晨。

天蓝，云淡，风轻。

阳光带着晨露般的温润，轻抚着天空和大地，仿佛母亲的手轻抚着酣睡中的孩子，目光里流淌着满满的爱意。

形貌姿态各异的树们，迎着阳光，枝叶婆娑，青碧的叶片上闪着明净的光，像一早梳妆打扮停当的女子，把昨夜的慵懒一扫而光，神清气爽，裙袂翩然。

青草的叶子透着光亮，把草地上黄色的、白色的、粉色的小花们，映衬得愈加清新动人。

早起的小鸟儿们，在枝头唱着清脆动听的晨曲，追逐着早起的虫儿。

有槐花的馥郁浓香，合着沙枣花的清香，一路相伴。

幼小的孩童们，眼眸明净，牵着大人的手，蹦蹦跳跳，去往幼儿园。

那些背着书包自己去上学的小学生们，身形和脚步已经显出了些稳健和成熟，那是让年轻的父母、年迈的祖父母放心和放手的一种美好姿态。

有车辆驶过，略显匆匆。

弃车步行，才得以观赏这每日匆匆赶路而忽视了的美好景致。

所谓舍者，得也。

又想起木心的《从前慢》：从前的日色变得慢／车，马，邮

件都慢 / 一生只够爱一个人。

七

夏至。

倏忽间,半年光阴已飞逝。

此时的田野上,应是杏黄麦熟的景致了吧。多年不曾看到绿色麦浪滚滚和金色麦浪滚滚的景象了,每每想起来,这样的景象也只是留存在记忆里的家乡了。城市,有些时候确若樊笼,在大自然中存在,却又总是在无形中与大自然的本真保持着相当的距离。或许,此所谓命运,所谓人生选择。走了这样一条路,必然失去那样一条路上的景致。

阳光愈加热烈。想起一位诗人说"阳光咆哮着",虽也惊诧于这样的奇异语言,但推测一下不久之后的炎炎夏日,这样的词语和描述也应是不为过的。

夏至前一日,有一场小雨,让街巷、林木、池塘和大小河再现清亮动人的景致。

日落的时间越来越延长了。孩子们玩耍的时间也便越充裕了,空间也越广阔了。公园、湖边、运动场、书店、影院……尽管挥汗如雨,也不停下奔跑的身影。

冷饮和烧烤,也重回夏日宠儿的模样。

此刻,听着窗外簌簌的喷泉水声,伴着空调的凉风,我愿意把它们想象成潺潺的林间小溪水,和山野的清风……

初夏如歌

小雨唱着动听的歌

六月,小雨频频造访北方的这座小城。

一如情窦初开的人儿,怎么也放不下心上暗恋的那个人,揣着一颗小鹿乱撞的心,羞涩地来,远远地望一望他,却羞红着脸儿说不出话。

小雨下呀下。有时在清晨兴冲冲地来,给刚刚睡醒的城市和村庄洗一把冰冰凉清清爽的脸,转瞬消失不见。有时在夜里悄悄地来,丝毫不惊扰睡梦中的城市和村庄,只与青草花朵和树叶说着悄悄话,玩着星星和月亮看不见的游戏,偶尔也会调皮的小精灵般落在失眠的人的心头,用清凉和温润抚慰孤单失落的灵魂。有时在正午时分急匆匆来,与上班上学的人们抢时间似的,不管不顾呼呼啦啦一阵猛下,把匆匆忙忙赶路的没有带伞的人们淋个"落汤鸡",任性得像个与大人赌气的坏脾气的孩子。还有时,没有时间节点,没有轻重缓急,想下就下、想停就停,想大就大、想小想小,一阵儿一阵儿逗你玩。

我喜欢这样的小雨,喜欢这样时不时下点小雨的这座城市。地处西北偏西的酒泉,曾经的丝绸之路西行重镇,物华天宝,水草丰茂,年轻的骠骑将军以酒倾泉与将士同饮同庆,千古流芳。然斗转星移,岁月变迁,曾几何时,丰润如玉、风姿绰约的酒泉城,被光阴和风沙侵蚀得失去了妖娆多娇的姿容,干旱缺水让她多少世纪以来一直喊渴,一直渴望雨水的润泽。

小雨就好。间或下一场两场就好。大雨,或者长时间下雨,她都吃不消。干旱缺水的常态使这座农业小城的建设没有充分考虑地势和排水问题,一场大雨,或者时间长一点的中雨,就会把老城区浸泡在水里,尽管长年干涸的北大河能接纳全部的积水,但与老城区相距甚远,也是爱莫能助。某年的夏天,一场大雨中军警民齐心协力排洪的场景感人至深,但人们心里都清楚,这个城市经不起几次这样的冲击。想起那年夏天,大雨的中午,漫道奔流的近两米宽的积水隔离了小学的校门,进不了校门的孩子眼看要迟到急得直哭,情急之下,我不知从哪里来的力量,左臂一把夹起四五十斤重的孩子,一脚踩进没过脚踝的浑浊的积水,"噌噌噌"几步就把孩子送进了校门,返身又踩着积水出了校门赶去上班。第二天一早胳膊疼痛几乎抬不起来,才想起是拜"大力士"之举所赐。至今想来,也还是不知当时哪来那么大的力气,而且是左臂，大概所谓"女子本弱，为母则刚"？抑或源于情急生力？想当年飞将军李广"平明寻白羽，没在石棱中"之传说大抵也源于情急之下罢。

小雨。终究是温润的，甚至温柔的。尤其是六月的小雨，在气温一天高过一天和燥热侵袭的天气里，便更平添了一份善解人意的温柔。

草木出浴，花儿含笑，天空如洗的蓝，云朵清新的白。日渐焦灼的城市村庄和大野拂去了焦躁，变得内敛沉静和温文尔雅，恢复了本该有的样貌和涵养。

小雨后。看成群的小燕子上下翻飞，鸣声欢欣；看积水的地面上天空、树木和建筑物的倒影；看人们扶老携幼去往郊外、乡村、公园，或者街心花园，惬意地呼吸新鲜空气，赏花玩水，目之所及，皆为岁月静好的幸福模样。

好一朵美丽的茉莉花

去早市买菜，第一眼却被入口处的一盆花吸引。新鲜青绿的枝叶，洁白温润的花蕾点缀其间，宛如少女般清新动人的模样。俯身来，悠悠清香沁人心脾。卖花草的年轻女子很热络地说这是茉莉花。茉莉花！乍一听，立刻心动。连带它身畔的一小盆枝叶柔嫩小巧可爱的吊萝一同买了下来。

好一朵美丽的茉莉花。一顾心动，确是因为这一首经典老歌，婉转的旋律氤氲着那个时代的气息：着旗袍的美丽女子，摘下花一朵，想送给心上人的羞涩与婉约，吴侬软语，美目盼兮。再顾着迷，依稀仿佛那时青春时光，小溪环绕的村庄，清凉的溪水边，说说笑笑浣衣梳妆的豆蔻女孩们，淳朴的天然无雕饰的笑靥，自然散发的清新美丽。

好一朵美丽的茉莉花。她们含着洁白的蕾，亭亭玉立于房间的小木桌上，好奇地打量着这个陌生而新鲜的环境，一幅不谙世事的随遇而安的模样。我总是忍不住凑近了花蕾去嗅那迷人的花香。

茉莉花香钩沉记忆。记得那年上海，人群熙攘的豫园老街，那些精致的大大小小的店面里精致的大大小小的各种物件：白底描一枝红梅的小瓷瓶，用罐盖压着青花布的小青花瓷罐，插一枝小小的绿枝的造型独特的小瓷瓶，精美的丝竹小花艺架，怀旧的老上海脂粉盒，上海故事、阿拉丝语的精美丝巾……她们精致的美丽一如这个城市的精致美丽和令人着迷的魅力。偶然走进一间茶店。眉清目秀、温文尔雅的茶店青年礼貌地请你坐下来品茶，各种茶叶、茶道、茶香，让一贯不喝茶的人也会忍不住想坐下来，在相对安静清净雅致的小店里，享一刻茶的礼遇。最终钟情于茉莉花茶，那是一种来自年少时候的熟悉的花茶的气息，茉莉花的香气。青年娓娓道来：茉莉花茶属白茶，制茶时，一层茉莉花一层茶叶，花香自然沁入茶叶，既交融，又分离，茶叶有花香，花有茶气息。一时怦然心动于这仿若浪漫爱情的茉莉雪芽。很朴素的玻璃小瓶子，木塞子，瓶身原木色纸条上书"茉莉雪芽"几个青色的字，再无它赘。一瓶约五十克，一百二十元。千里迢迢带回两瓶，一瓶赠友人，那个心思细腻敏感多才多艺的美丽女子；一瓶自留存，不为喝茶，只为闻香和追忆。

好一朵美丽的茉莉花。清早睁开眼，看着她们清新动人的模样，会有笑意自沉寂已久的心海深处迅疾浮出水面，带着微微的清润，漾于眉眼间；夜深入睡前，再闻花香，梦里也芬芳。

高天上流云

天蓝，而清新。如少年初长成，攒着劲儿向上蹿，飞速奔跑，开怀欢笑。

云白，而温润。如绽放的花朵，一簇簇，一片片，不疾不徐，自由地流动，少顷，变幻出大河奔流的气势。千万年前如是，千万年后，亦如是。

绿树成荫。连日的小雨，将每一片树叶都滋润得发亮，在微风中浅浅吟唱着心中的歌谣。

花朵饱满，丰润，馥郁芬芳。那是我美丽的姑娘，初妆，倩兮，盼兮。

小燕子不见了踪影。小雀儿们叽叽喳喳在枝头上闹着黄昏。

刚刚过去的高考，像一道闪电，在风起云涌的天幕上划过瞬间耀眼的光，之后消隐于无声，熟人见面闲谈，是一定要避开这个话题的。而那些中考的少年们，则冲锋陷阵般，呼啦啦蜂拥上宽敞的大桥，积攒着三年后抢占独木桥的力量。

夕阳染画着西边的天。湖水低吟着"半江瑟瑟半江红"的浪漫。晚霞不经意间出落成了这个黄昏最美的姑娘。

夏至已至

已是八年级下学期的孩子，上下学不再需要家长接送了，自己骑小电动车飞奔，且乐此不疲。像她早已高出我一个头的个子，还有她一心想独立的心性，让我不再也不能再像翅膀护着小崽儿一样护佑她了。她在这个夏天长大，一朵初绽，可以经风沐雨，可以适度放手放心了。

于是，从一大早睁开眼便慢下来的清晨时间，让人有了未曾有过的闲暇惬意之意。这闲暇的空儿，可以在阳台上伸伸腿扭扭腰，给盆栽花草们喷洒沐浴，看她们湿润新鲜的动人模样。看几棵玉米在阳台的花盆里恣意生长，开枝散叶、拔节、抽穗，在心里叹服于一粒种子神奇的生命历程。

窗外，草木愈见浓郁的绿，或静若处子，或随风轻舞。那些闪着微微光泽的青色小苹果们，最是引人注目。我对它们的记忆还停留在绿叶白色花朵的时间里，一转眼，它们已经脱去稚嫩，结了果。在清晨，在午时，在黄昏，在夜幕下，恣意生长，向着生命的终极目标奔跑。多么像我的孩子，一转眼，稚子成少年，向着风华正茂奔跑。

看着清晨。看着清晨的天空，晴空万里的样子，灰色沉静的样子，朝霞微微的样子，沥沥细雨的样子。

听着清晨。听着早起鸟儿的鸣唱，听着年轻的父母催促孩子的声音，听着小轿车电动车自行车驶近又驶远的声音，听着我曾经置身期间而浑然不觉的匆忙之声。

缓步走过追逐晨曦影子的青草坪，走过与朝阳交谈的丝棉木小叶槐，走过果儿累枝的杏树，走过白色花儿密集绽放的珍珠梅，走过铁篱上绵延数百米新叶次第生长的爬山虎，走过渐次车水马龙的世纪大道，走过世纪广场上晨练晨舞的人们，走过和我一样走向办公大楼的人们……走过令人向上而愉悦的每个早晨。

小满。大江南北的稻麦，在大地上腾起层层细浪，蔚为壮观。

夏至。天空与大地，悄然开启生命的燃烧模式。空气里，充溢着万物成熟的气息。一群喜鹊喳喳喳叫着，在薄暮时分的树梢和屋顶之间来回飞旋。

不经意抬头，窗外的枝头，杏儿们已然脱去绿衣，换上了橙色的衣裳。她们还是在我稍不留意的时候就成熟了。像我刚刚步入少年的女儿，欣然奔向生命的下一个旅程。

春风吟唱的歌谣

印象中,玉门的春天,每年都是从扬沙天气开始的。

不像江南那般,在和风细雨里,在春江水暖时分,处处柳叶儿青青,百花初绽,姹紫嫣红里浮动着怡人芬芳。江南之春,是真正的春姑娘模样,一切都那么清新雅致,那么明艳动人,那么令人神往。

三月的玉门,乍暖还寒。早晚的风,还是裹挟着清晰而尖锐的寒意。一不小心,还会洋洋洒洒飘起雪花,任性得让人有点措手不及,忙乱着把已经收拾进衣柜底层的棉服、棉被再扯将出来。

尽管这样,天气还是一点点地暖和起来了。风也较之前的凛冽轻柔了许多,仿佛情窦初开的女子,懂得了一些羞涩,懂得了一些温柔。

一些时候,太阳会热烈地高悬起来,甚至有点耀眼。天空会随之呈现纯净的蓝，柳絮般的云彩铺设其上，令人神清气爽。

渐渐地，有点草色遥看近却无的景象了。惊蛰过后，一些向阳的角落，便有小虫子们醒过来了，小心翼翼地触探着曾经新鲜的周遭。

空气里有了丝丝缕缕草木初醒的气息。

这个时候，第一场扬沙如期而至。风有些尖厉地呼叫着，在楼宇的间隙里狂奔着。沙尘弥漫。

小城蒙尘。

小城不言不语。它早已习惯了这样的生存环境。它像一位睿智老者，惯看秋月春风，一任世事变迁，我自淡定从容。

小城里的人们不言不语。关门闭户，自行其是。不得不出门的人们，则用纱巾口罩稍作遮挡。

几场扬沙之后，风再一次变得轻柔起来。那是真正的杨柳之风，吹面，一如轻纱拂过，内心的一些愿景，便悄然且无法遏制地泛起层层涟漪。

冰封的湖面悄然融化开来。薄如蝉翼的冰层在湖水里若隐若现，折射出了阳光的温暖笑颜。侧耳倾听，周围湿地的小水沟里，便有小溪流轻快欢唱的歌谣传来，沁人心脾的清凉温润。

再有一夜无声之春雨过后，明净如洗的春天，便款款而来。

柳绿花红，蜂飞蝶舞，一派明媚，宛如江南。

这个时候，最美的是孩子们的笑脸，仿若枝头的花骨朵儿，在阳光下，在轻风里，在无限的爱的护佑里，轻轻打开最纯净的花瓣儿，纯粹的馨香，给躁动的心带来梦寐以求的安宁。

这个时候，最动听的是孩子们笑声。在偌大的广场上，随风传来，如天籁之音，如山泉叮咚。即使哭闹声，也令人心生爱怜。那些彩色的小风车、大风筝，那些唱着童谣的小碰碰车、小火车，那些不停地转啊转的旋转木马、不停地摆啊摆的秋千，那些布满迷宫的淘气堡……那些色彩缤纷的卡通游乐空间，无一不将孩子们的天性挥洒得淋漓尽致，无一不将孩子们的快乐童年刻绘其中。

田园之上，早起的农人们已经在翻整自家的庄稼地了，耕牛、犁铧、锨锹，合着土壤欣欣然醒来的气息，一幅"一年之计在于春，一日之计在于晨"的生动的农耕画卷便在春风里徐徐铺展开来，于无言中淙淙流淌出一股催人奋进的力量。

戈壁旷野之上，鹰在俯瞰已然醒来的辽阔大地，即将葱茏的春景，让它飞翔的翅膀愈加急遽，闪电般俯冲向那些蛰伏一个冬季之后，探头探脑出来觅食的野生动物们。

在春风的歌谣里，即使长年累月奔波在山的峰间谷里，习惯了春天在每一年都姗姗迟来的石油人，内心里的春草芽儿、花苞儿也都渐次颤动起来，在之后的一个清晨，便豁然在眼里绽放开来……

春雨洒落我心底

尽管睁大了双眼,隔着高楼的窗,我依然看不清你的模样。是细细密密绵绵的吗?是清新纯净温润的吗?还是隐藏了可人的模样,随微风无声缥缈?

窗外,偌大的世纪广场和宽敞的世纪大道上,那青色的水的印记,分明是你亲吻过的气息;空气里渐渐隐去尘土的腥味,一点点地清爽起来,分明是在你温柔的安抚下俯首称臣的功绩。

你是否知道,这些时日,在扬沙弥漫、尘埃滚滚的惨淡景象里,有多少双眼睛、有多少颗心在期盼你的到来,一如期盼春暖花开。

你看,小草已探出稚嫩的尖儿,柳树也已发芽,间或有一簇两簇的刺玫花儿,已在枝头绽放。还有一朵两朵的迎春花儿,悄悄地开在花枝最底层的枯草里,像早恋的少女,羞涩而又迫不及待……我最喜爱的丁香花，也在每天充满爱意的目光注视下，枝干泛绿，含苞待放。还有那些干涸了一个冬季的池塘、河床、戈壁、田园，无不在殷殷期盼着你的到来。

你来了！在无限的盼望里，如期而至！

烟雨蒙蒙，赛若江南！

多么欣喜！

不撑伞，漫步细雨里，我只想与你亲密再亲密地接触，触摸你的款款神韵，感知你的脉脉深情。你是多么善解人意的精灵呵！多么本真而率性！轻轻地，几乎是不知不觉地洒落于我头发，亲吻着我的脸颊，那样纯情而清香，那样诗意而浪漫，携着丝丝清凉，无意间却惊艳了整个时光……我的内心，倏忽间如花儿绽放，心底溢满芬芳。

在你的润泽下，那些柔嫩的春芽儿、草尖儿、花苞儿愈显得惹人爱怜。在你的抚弄下，草木在春天里生机勃发的气息愈加深浓，似乎听得到广阔的土壤之中，十万种子攒着劲儿，几欲探身而出的声音。

你看，田园欣欣然敞开了博大的胸怀，在热烈地迎接你的到来。那是憨实的农家小伙，披红戴花迎娶新嫁娘的渴望和欢乐。

你看，茫茫戈壁张开了坚韧的臂膀，在热烈地迎接你的到来。尽管你是那么娇柔，那么轻微，却依然让苍莽大地披上了温柔的轻纱，迷惘而喜悦。

热爱你的人，守候你的人，期盼你的人，纷纷漫步在细雨中，曾经失落而漠然的眼神，在这一刻，滋生出了些许温润的水色，变得明快而生动起来。

呵，你的来临，让北方的这座小城霎时间变得明艳生动起来，让一场盛大的开春大典，就此紧锣密鼓地启幕上演。

——你，在北方之春的辽阔画卷里，恰似那点睛的一笔！

蓦然想起去年这个时候，那个伫立在农家小院的门下，倚着一树怒放的杏花，笑意微微，轻轻挥手送别我们的素净女子。一餐亲手烹制的杏花麦饭之后，那空灵轩的女主，那内心诗情画意而又妖娆明媚的女子，今安在？她那杏花烟雨中的守候，是否已然如期盈满心怀？

在细雨中走了很久了，我依然看不清楚你的模样，无论是定睛，还是侧目。只是那惬意的清凉，不断地倾洒在眉梢脸颊，轻柔若无，绵绵不绝。

其实，真的无须看清楚你的模样。你来了，便好。我终于等到了你，便好。烟雨蒙蒙，绵绵密密，润物无声，用你最本真的情愫，抚慰着我心底的每一个角落，让心野在春天里再一次变得柔润轻快起来，充满了生机盎然的气息。

春深深几许

天,还是昨日的青色。似乎一夜春雨沥沥,仍未让它释怀的样子。

清寒,却是热烈地不管不顾地扑面扑怀,久别重逢的人儿一样。

枝头桃花零落成泥,绿肥红瘦,暗香残留,也是意料中的。却仍难掩眉头那一丝摇摇欲坠的失落。

那日在墙角下点种的豆和南瓜,应该发芽了吧?像那些随风遗落的快乐,在某个地方悄然生长,有一天,蓦然出现在面前,令人惊喜,继而惊艳。

天青色愈加深重。那些未曾释怀的物事,拧巴着,直到无法承受,倾盆而下。多么应和心境!

不用打伞。也就不用分清面颊的雨水是凉透的,还是混杂了温热的。

倾盆而下。毫无掩饰和遮挡。多么率性,多么畅快!

　　四月的北方，渴望这样的率性，渴望被雨水浇灌和洗刷。一如此时刻拧得出水来的心，渴望阳光灿烂和温暖。

　　窗外，雨水在操场上打起一串串泡泡，像极了孩子们在课间追逐嬉戏的快乐身影。依稀，那个梳着马尾的小女孩，小脸瞬间绽开花儿一样的笑容，欢叫着，小跑而来……

　　如果没有墙壁和考题的阻碍，和小女孩一起漫步在春天的小雨里，看一看树叶儿上滚动的晶亮，闻一闻花瓣儿的芬芳，该是多么惬意!

　　雨水应该落满了池塘和河床吧？青草禾苗们应该在欢笑着攒着劲儿往上蹿吧？

　　风有点大没事吧？姑娘们的花裙子即使淋湿了，也风情别样吧？

　　雨停了。忽而，雪花如羽，携风漫天飞舞。沁心的寒瑟，恍如冬日。这次第，在春暖花开的北方四月，怎一个奇字了得！心下便想围着热气腾腾的火锅取暖了。

　　墙脚下的豆芽和南瓜苗儿，不会就此夭亡吧？

　　再拉紧一点被窝，重温冬天睡懒觉的幸福感觉。

　　也不过是打个盹儿的工夫，却被炫目的光线惊醒浅梦。睁眼，一帘烈日倾泻，活脱脱愣头青的模样，让人笑不得，也恼不得。

　　还好，不是六月飞雪，也没有那么深重的冤屈。

　　那些鹅毛雪，已然不见了踪影，调皮捣蛋的孩子似的，在大人们发现之前早已四散而逃。只是，没有掩藏起满地的花瓣儿和她们委屈的泪珠。

匆匆碌碌的日子里，错过了多少动人的风景呵。总以为它们会一直等待着我慢下来的时候去欣赏，总以为它们的美丽会经久不衰。一如青春，总以为可以恣意挥霍，稍一转身，却已别过。

窗台上，唯有那些安居于小小花盆里的豆苗们，隔着窗外的世界，葱茏着方寸之地，安抚着这一刻的无语。

春天纪事

题记：与爱同行，没有一个冬天不可逾越，没有一个春天不会来临。

老家，谁安慰了谁的灵魂

年初。年关又临近。

对于离开老家的人来说，老家就成了这一生中惦记着永远也放不下的事儿。离家这么些年来，逢年回老家，那是比过年这个概念更为重要的事儿。

早些年，回老家是一种精神需要。离家在外的日子，累了疼了哭了笑了的事儿，拿不起放不下的事儿，迷惘彷徨中不知何去何从的事儿，似乎回到老家，心无杂念地自由放逐几日，热热闹闹说说笑笑几日，一切便都云淡风轻了，都不算个什么事儿了。过了几日，作别亲人，踏上归程，看着越来越不那么熟悉的城市和村庄，在列车飞驰中倏忽远去至消失不见，也只能收回不舍追随的目光，扯断不绝如缕的惆怅。返身复投入滚滚红尘中，再次淹没于烟火人间的爱恨恩怨。日复一日。年复一年。对于老家，你是过客，还是归人，全由你自己用心去拿捏。

这些年，回老家更是一种精神需要。白发高堂，病体羸弱，深浓的忧悒，每每才下眉头，却上心头。在病房里，在药与器械的纠缠里，在困于卧榻的日子里，与时间较量，与不舍和不甘较量。大多时候，母亲在氧气机的辅助下，沉沉睡去；父亲坐在客厅的沙发上，神色渺茫。人生暮年，这段旅程，是何其艰难呵。

记忆里，父亲母亲壮年时候，春种、秋收、夏忙、冬藏，教书、育儿、持家的场景还是那么清晰，怎么恍惚一转眼，满头青丝已然皓首白发，大步流星变成步履蹒跚，为我们撑起一片天空的臂膀变得虚弱无力……离家这么些年，一直觉得自己像一个漂泊无着的人，现在看来，多么像一个背信弃义的不肖之子！

不善言谈。在这么些年这么长久的时间和距离隔离之下，更让人无语闲话家常。

"再没有什么放不下的了。"老父亲不再清澈的眼里露出难得的一丝笑意，"儿女们都成家立业了，也都很孝顺。孙子孙女们该工作的也都工作了，也不用再费心了。现在的条件都这么好，你们都好好地过日子，就什么都好了。"

往后余生，我们都好好地过日子。

口罩，挡不住春天如期而至

1月23日。除夕前一天。

下午。下了出租车，抬头正好看到一家诊所。略一思索，便走进去买口罩。诊所里有几个输液病患和陪护，都没有戴口罩，诊所的医者也没有戴口罩。这个城市的街巷像往常一样，安静祥和中充溢着春节即将来临的喜庆，像我离开时的那个城市一样，像来时乘坐的列车上一样。在这里，在这个时间，人们都不会联想到一场病毒会由远而近，让每一个日常都发生前所未有的改变，更不会想到封锁一座城所引发的重大社会和历史的变革。

武汉，离我们很远，新型冠状病毒离我们似乎也很遥远。就像我们习惯了每一年的春天，江南已是花事荼蘼，而北国依然在羽绒服的包裹里看千里冰封万里雪飘，耐心等待着三月风暖四月青草萌芽一样。

网络媒体信息铺天盖地而来。武汉被笼罩在病毒的阴霾下，纷乱，恐慌，病患，死亡。大数据与日俱增。邻城，邻市，邻省，开始蔓延，至全国。医疗驰援，军管。封城，封市，封乡，封村，封路，封小区。一场全民战"疫"阻击战全面打响。

去了多家药店和诊所，再也买不到口罩。从此，每一天都是紧张和担心的。病中的父亲母亲，不出家门，反倒显得与平常无二。只是，没有了以往的家庭聚会，郁郁寡欢也是显而易见。但显然二老心里装着明镜，不怨不靠，平静地拖着病体，缓慢地给自己侍弄着简单的一日三餐。这个时候，相对于那个叫武汉的城市里遭遇突如其来病毒之祸的人们，心里也许会有一种幸福感吧。

28日晚间。回到我生活的这个城市，那种紧迫的感觉显而易见。所到之处，万人空巷的寂静；所见之人，形色口罩遮面。出站口和进站口，有着白色防护服、护目镜的医护人员逐个测量体温，民警逐个登记身份、行程信息。车站小广场和附近禁止车辆停靠。寥寥几辆出租车玻璃上都贴着"不戴口罩禁止乘车"的标语。司机小哥又询问了我的来去行程，如实相告。在车上，大概是长时间没有喝水的原因忍不住咳嗽了一声，就看到司机小哥欲言又止的神色，赶紧声明刚刚在出站口测过体温正常。我们都暗暗吁了口气，好在我来去的城市目前都没有病例。

按规定居家隔离观察14天。单位和社区都这样要求。这倒像是补了一个不长不短的假期。上班第一天出门，看到小区外面马路和行人路面密密匝匝停满了各种各样的车辆，绵延数百米，颇感讶异。人员和车辆进出小区大门查验通行证，进办公大楼查验证件、测体温，办公场所全程口罩。禁止自家以外的小区人员和车辆进入。铺天盖地的防疫抗疫标语规定文件，一刻不停播放的小广播。菜市场和超市以外，所有商铺场馆闭门。上下班之余，街道公园小区几乎空无一人。这又让人感到紧张寂静甚而诡异。那个似乎无处不在无孔不入的"敌人"，让人们不得不"潜藏"。

总有勇敢的人把我们保护得很好。钟南山。雷神山火神山，方舱医院，不计生死冲锋陷阵的白衣战士、人民警察、子弟兵、志愿者……他（她）们废寝忘食奋战在一线的疲惫身影，他（她）

们争分夺秒与死神殊死搏斗的勇敢身影,他们舍小家为大家的伟岸身影,在共克时艰的新时代的国画上,留下了最为生动和最美的色彩!

3月。方舱医院次第休舱。各省驰援湖北和武汉的医疗队有序撤离。英雄的战士们回到了热爱的家乡。不曾吃一碗热干面,不曾看一眼武大的樱花,不曾看一次春到江南的如画风景,却与这座城市结下了生死情缘。

有序复工,加快复工复产,一切都在回归到正常轨道的行进中。

口罩,还没有摘下。

但摘下口罩的时间显然已经不会太久长。

江南,春已深。北国,草木已然吐绿。

春天,正如期而至。

春天露出了最美的模样

四月,风已暖。

湖水泛起了温柔的鱼鳞波。

小桥下,成群的锦鲤争先恐后抢食着游人撒下的食物。

几只大白鹅悠悠然浮在水面上。

湖边的垂杨柳迎风恣意摇摆,浅浅的新绿,长长的枝条,像极了照影弄妆的少女。

雕栏画栋前,浅浅粉妆的杏花绽开了清丽的笑脸。桃枝却是有些羞涩了，含苞待放的一点嫣红，让人莫名地有了心动的期待。

溜滑板的少年，踩单车的青年，骑着彩色童车的孩子，最是这些年少的年轻的人们，按捺不住踏青赏春的心，像按捺不住逆风飞扬的青春。

偶有蹒跚学步的幼儿，婴儿车里的宝宝，稚嫩而纯净的模样，让人相信无论自然灾害再大再多，这世界依然会不断生长着美好的物事。

人们在疫情防控下居家两个多月，现在能够自由出行，即使戴着口罩，也掩不住眼里的欣然和惬意。

我们都珍惜这失而复得的自由。

从高楼望出去，目之所及的树冠都已披上新绿，让沉寂了一个季节的家园焕发出了生机和活力。

天气一天天温暖起来。宅前，绿柳扶风，杏花已然荼蘼，清香扑鼻。桃花仿佛一夜之间出脱得娇艳动人，一树一树的粉红，温柔了整个四月。

愿我们都心存美好

一路舟车劳顿。到杨浦区入住酒店已是夜深人静。准确地说，是更静。疫情防控下的这座大都市，整洁依然，草绿春深依然，时不时的小雨依然。但显而易见的车稀人少，店铺早早打烊。偌大的酒店，入住的只有我们一行几人，用餐也如此。简单的早餐免费送至房间里。

酒店周边还是往日的样子，不同的是一些小的店铺或关门大吉，或转手。

没有公交车。也鲜有的士。我们也几乎不出酒店。偶有进出，遇见的也只是酒店轮流值班的工作人员。

这样的静，这样的门前冷落车马稀，对于一座繁华的南方大都市而言，意味犹深。

酒店门口草木葳蕤，花朵动人，渗透了这个城市的质感。

一些往事，在烟雨里淡淡飘散。

时间，是多么无情，让你记忆，也让你忘记。

"我是过客，来去匆匆。你是主人，是这座城市的根。"

"你心安处，就无所谓客人主人。"

"我也在这里。有空约起呀。"

"这次没有留给我约起的空儿。"

"你来了。请你吃饭呀。"

"这样的防控下，哪还敢约餐。"

不见。不代表不念。

愿我们都心存美好。

愿全球疫情向好，世界恢复健康的模样。

愿家园美好安宁。珍惜所拥有。

在你的怀抱里，此生安然

记得那时俯瞰，土黄的山峦延绵不断，一条大河在其间九曲回旋，飘带一样让你的苍莽荒寂有了一点点动感。

城市和乡村在你的褶皱里，总是一副缺失了生机和活力的模样。

这让我想起我的祖辈，土黄的面色，消瘦的身形，和年复一年总是装满忧伤的眼。

想起那片贫瘠的土地上，那个柴门小院，一日三餐的小米汤和白水煮面。

这一次俯瞰，满目是你冰雪冷峻的容颜。十里，百里，千里，壮阔绵延。

你张开辽阔雄健的臂膀，风来挡风，雨来挡雨。挡不住的雪霜，就当作铠甲披挂在头顶扛在肩。白头又何妨！来年化作溪水潺潺，滋养这片土地上生生不息的生灵万物，换得吉祥和安康。

从此后，再看你，不再羡青山如黛的柔婉，不再慕花开四季的秀丽。不再怨冷硬耿直不解风情，不再叹黄土万里春意迟迟。

你的刚毅是与生俱来的。

你冷峻的外表下深藏着热血奔流的英雄情怀。

在你的怀抱里，大河滔滔，麦浪滚滚，生灵鲜活，大地安然。

落日挂在巷口，你伫立在我窗口。

风吹五月

风走过金河大桥，就看到了日夜思念的那个人：花枝招展，裙袂飞扬，笑容里含着露珠的光。海棠在她的左肩，丁香在右手。

胸前有牡丹恣意绽放。

青草簇拥的毯上,蒲公英和金银草举着金黄的灯盏,松柏白杨杉柳的卫队奏响迎宾的乐章。

锦玉湖和美溪湖这一对美丽的女儿,眼波荡漾,按捺不住的欢喜漫过了堤岸。

风走过村庄。枝头的喜鹊急切地把桃杏初孕的喜讯送到了他的耳畔。

春麦苗壮豌豆抽枝,大棚里瓜果菜蔬长势喜人,一茬一茬畅销的喜讯也不能落下。

风走过城市。车水马龙的街市,人声鼎沸。

风穿行在楼宇间,吹着欢快的口哨。

风在窗外,与月光一起,守护着万家灯火和世间安详。

雨落酒泉,美丽"动人"

时至五月,喜迎第一场春雨。

雨下得大方。洋洋洒洒,下了一天半。

这对一个冬季几乎没有下过一次像样的雪的这座边远的北方小城来说,无异于天大的恩赐。

雨水涤净了所有落在城市、乡村和大野的扬沙,驱散了堆积在人们心头的沉郁。

草木出浴。

天空澄澈。

鸟声清脆。

即便是随之气温骤降至零度，瑟瑟冻人，也丝毫不影响穿着棉毛衫撑着伞雨中漫步的舒畅和惬意。

久旱逢甘雨呵，岂可辜负！

捧一杯热饮，听窗外的雨欢快地唱着动人的歌谣，看花草树木闪着水光仿若情窦初开的少女般楚楚动人的模样，呼吸着清新的似乎有着丝丝缕缕清甜味道的空气，所有那些俗世烦琐喧嚣都在这一刻悄然遁形。

何若人生。所有的蒙尘，终将被洗清。

打开春天

远处，祁连雪山冷峻了一个冬天的面孔，渐次柔和起来。如果凝神屏息，依稀听得见积雪储存的故事，悄悄萌芽的窸窸窣窣的声音。阳光像个淘气的孩子，总喜欢扯着云的白纱，在蓝得透彻的画布上恣意涂鸦。直到暮晚，羞惭地捂着染成小花猫似的脸，从山的这边，躲进山的那边。姗姗来迟的一场大雪，湿润了边城焦渴的嘴唇。遏制住了扬沙几次三番的虚张声势和浮躁。更远处，冰裂的激越之声，乘着东风的辇，一声接着一声，传入城市的耳朵。近处，便有锣鼓喧天和花灯闪闪，怀着一腔中国红的热望，打开了春天的故事。

回家的路呵，总是那么漫长。离开经年，陌生的城市总是会模糊了熟悉的村庄。我的容颜，交汇了太多的尘世苍凉，早已改变了模样。可那等待的炊烟呵，却总是把秋水望穿。白发高堂，把三百六十五个日夜的担忧和期盼，高高悬起在眉间心上。电话的那端，一声声叮嘱切切：回家过年。热泪呵，总是饱胀着我的双眼，像饱胀着的即将绽放的春天。

马蹄声嘚嘚。近了，又远。远了，又近。草木枯荣，岁岁轮回。只是，我脚下的路，永不能返回。那些远去的春光，青涩而明媚的滋味，已然无从回味。那些远去的夏日，热烈的芬芳也不再重现。那些正在远去的秋风，释怀的身影尚隐隐可见。唯有眼前，这银色冬装覆盖下，即将打开盛典的春天，让我确信：我的马车，还驰行在路上，很快，就要走进一个新的春天。

那些最远的人，总是心里最近的牵念。就像那些不曾到过的地方，总是让人心怀梦想。山近了。水也近了。风暖了。云也暖了。雁字回阵，写下春天的第一行致辞。爆竹声碎，念出春天的第一个故事。草木就要醒来，花儿就要含苞。远方的人呵，请告诉我：十里春风，能否追得上你的踪影？

话别 2019

一

坐在 2019 年最后一天的晨光里,我还是不能说心静如水。

我知道,终究是要迈过这最后一步的,无论愿意还是不愿意。

像故友话别,虽意犹未尽,但终究还是要挥手离去,各自天涯。

像一段旅程,赏尽了春花秋月,也尝尽了风霜雨雪,到了终点,只要生命不息,终究还是要开始另一段旅途。

此刻,窗外,城市的一切安然如常。

马路上车来车往。

摇篮广场上的人们,欢快地跳着各式各样的广场舞。

锻炼轮滑的人，也不畏三九严寒，一圈一圈绕着喷泉的外圆，像自由的风一般。

楼宇，屋舍，还有远处的祁连雪山，都安静得佛陀入定一般，不起一丝波澜。

东边的天空泛起绯红，鲜橘般的太阳藏在梭子楼的后面，只露出小半边脸。

置身于逆光里的形形色色的高楼屋顶，烟囱，甚至浓黑色烟柱，都那么美轮美奂。

我能说的是，时至今日此时，内心已然没有了以往欲罢不能的不甘，和两手空空的惘然。

这应该归功于我越来越好的忘性，它总是让我在短时间内，成功地忘记与人与己与事与物之间的恩怨和悲喜。

又或许，归功于流光不动声色却一刻也不曾停息的打磨，磨平格楞拐角，也磨平坑坑洼洼。

或可谓之，放下。

二

午后的阳光透过玻璃窗，照着我的背影。像一只温和的手，抚摸着怀里慵懒的猫。

迎新的锣鼓声，还是硬钻进安静的室内。让人想到即将到来的春天。

想到狂欢的人群之外，一个客居异乡之人的孤单和落寞。

我很清楚，这种无根的漂泊感，源自何时。

这无雪的冬日，这没有炊烟的城市，这寂静的午后，终究让我怀念起那时雪野茫茫的故乡，怀念起贫瘠却拥有浓郁亲情的美好时光。

其实，自多年前，我已然不敢怀念故乡。

每每想起故乡，闪现在眼前的，都是父亲和母亲憔悴而愁苦的病容。

一生辛劳的父亲母亲，曾经健硕的身影撑起了我们的家园，牵引着我们走上了不再像祖辈和父辈一样辛劳苦难的生活之路。

而今，病魔却不肯放过这一对年近耄耋的老人。

偶有生活的欢欣，但在一双病人前，都会自感愧疚。

惧怕这陌生。惧怕被这陌生所改变的物事。

三

过往不念，未来不期。当下不负。看透世间万象，却不看破。

时至今日，才明白，这并非一种境界，而是一种自然状态。

谓之，顺其自然。

不逆。

不被逆。

相信，所有经历，都是在沉积人生的阅历，都将被赋予惯看秋月春风的能量。

这一天，与余生的每一天，并没有什么不同。

四

太阳已在西山顶上。

云色苍茫。

天空,有一队大雁飞过。

人去楼空的寂静。

忽然发现,盆里的三叶草长出了幼苗,毛茸茸鲜嫩的样子,多么像一个新生的婴儿。

鹅掌木稀疏的枝叶间,居然也长出了一支小小的新枝,鲜嫩的浅绿,多么像一双探寻世界的清亮的眼睛。

告诉自己,今天之后,明天,明年的每一天,新鲜的阳光都将会洒满大地。

我们只需要打开心怀,把美好的新时光迎进来。

聆听春天

  一日得闲，临窗望远，蓦然感觉窗外塔形的松柏已然返青，在那些尚披着枯黄外衣的杨树柳树们之间，有些格外醒目。定睛，那些冠状的馒头柳，也依稀有鹅黄的底色。有多久没有这样闲暇地静下来，看看窗外、路边的景色了？冷寂枯败的冬景和干旱灰白的城市，每日的匆匆行路和碌碌琐事，让我的大脑一直陷于沉睡。室内三两盆绿植，四季常青的模样，一些时候也让我恍惚忘记了季节的变化。朋友圈里，南方友人们时常发的春暖花开的动人景色，欣赏之余，心里多少也会生出些艳羡和对身处边城的失落。

  东风渐暖，寒意渐消。一些臃肿的物事也渐觉清瘦起来。一起清瘦的，还有远处的祁连雪山，那些因雪白头的慈悲，应是化作潺潺溪流，携着一片冰心，从远处出发了。

惊蛰过后，阳光普照的地方，有些小小的虫儿们听到指令似的，开始行动了，也爬，也飞。雀儿们的叫声，没有了抖动起全身羽毛的寒瑟后，也显得动听多了，甚至有了些欢快的意味。临窗向阳，沉寂了一个时期的花盆里的土壤，忽然一日冒出嫩芽来，那绿意和生长的速度与日俱增，不几天，青碧的三叶草便骄傲地占据了盆里所有的土壤，恣意盎然，孕育出小小的蕾。不经意间，粉色的小小的花朵开始绽放，映着阳光的鲜嫩模样，初生婴儿般洁净无瑕。多么令人欣喜！这听从季节的召唤，在春天里自然生发，让生命自由而自发光彩的物事！

放缓匆匆的脚步，走过平日里熟视无睹的林木、草坪、景观带、灌木丛，谛听，分明有一股苏醒的力量在悄然萌发。垂杨柳曾经僵直生硬的枝条，已然随风摇摆着柔软；桃树杏树梨树，这些引领北方春色的树们，褐色的枝干有了些微油光，枝丫上苞蕾微微，近前来，还能嗅见它们在春天里特有的迷人气息。在大片枯黄里新绿微微的草尖儿们，也开始童声诵读起"春风吹又生"的诗句了。空旷的世纪广场上，晨练的人们和孩子们的身影渐渐多了起来，几只风筝开始重温乘风飘摇在天空的欢乐时光。

那些刻意找寻的东西，往往是找不到的，就像那些刻意想回避的，却终将要面对一样。北方早春里惯有的扬沙也如期而至。数次大风蓝色预警之后，便冠冕堂皇粉墨登场。被扬沙笼罩的城市和村庄，习惯了春天里这必经的"一劫"，静默地等待尘埃落定，等待明艳动人的春天随后款款而来。

一些纠结的物事,伴随着春天的到来而完结。尽管如此,目送着那些离去的背影,欣喜还是多于失落惆怅的。就像春之盛典已经奏响序曲,蓬勃得无可抵挡的绿叶、丰草、花朵、鸟语花香……所有令人充满向上力量和欢乐的物事,将一幕幕上演一样,我苏醒的内心,纤指素弦的音律也渐次清越起来。

漫步夏日

一

一场小雨后，小城恢复了眉清目秀的模样。

黄昏时分，阳光透射出密集的云层，炫目而热烈，像极一个睡饱了的人，容光焕发、精神抖擞。密布的灰白的云朵倏忽间变得洁白，仿若雪浪花般翻腾在蓝色大海之上，天空一派清爽怡人景象。

暮色渐浓。

倦鸟归巢。

林木花草愈显得安静，娴雅的少女般，更添一番赏心悦目的韵致。

漫步暮色里。有凉风习习。

那些叫不上名字的花朵，裙衫鲜艳，面容清新，悠闲地散落在青草间、树荫下、小径畔。这些为美而生的精灵，总是不分昼夜，总是孜孜不倦，把六月的北方装点得名副其实。

小孩子在路边停下彩色的小童车,在青草间走走停停,寻寻觅觅,在惊喜的叫声里摘下那些雨后迅速冒出来的小蘑菇,摘下清脆的童真和纯净,小蝴蝶似的身影、花蕾似的脸容,涂抹着我眼里的风景,涂抹着这个城市里流动的诗情画意。

遇见一个花园。在不断扩展的城市的一边,傍着新建的柏油路。成片成片的鲜黄色的花儿,举着别致的小喇叭似的花朵,在为数甚少的间隔的几株绿树的指引下,举办盛大演奏会似的无声而喧闹。小片的低矮的紫色太阳花,置身于湿润的泥土里,开得自信而恣意。石子铺就的花园小径,有着城市的面容。花园绵延近百米,黄花如织,长椅处处。间或有金属色的雅致的亭子停留于小径边。那个独自坐在亭子里的静默身影,无意间竟也成了夜的一景。越过数米宽的花丛再往里,赫然发现一大坑,周边土石堆积,不远处还散放着一些金属质地的健身器材。看看花园四周一些新建的高楼和施工地,看看不断缩减的村庄和农田,看看繁荣初显的新城区,看得出这个开满黄花的花园,应该是一个在建的城市小公园。

我们,是否可以不再叹村庄、农田和炊烟,不再叹逐渐远去的稼禾与麦浪,不再叹逐渐消逝的那时故乡?

华灯初上。

一轮皓月当空。

开满黄花的小花园,在明亮的月光与柔和灯光的映照下,大家闺秀般娴静温婉。她在诞生的那一刻起，不，准确地说，从孕育的那一刻起，就带着城市的气息，丝毫没有柴门出身的落魄感。她与那些在消逝的村庄和农田上拔地而起的高楼大厦一样，被一个时代赋予了新的身份、新的命运和未来。

月色清明。

夜风清凉。

遛弯儿的人们三三两两慢慢悠悠往回走。摇篮广场上空，还有不舍收手的夜风筝在悠悠荡荡，长长的星星般闪烁的灯光，像一个今夜不想入眠的人在独享夜色。

环形道上，迎面遇见跑步健身的年轻人，一身蓝色运动短装，颜容清俊，身姿挺拔，跃动的身影又为这清朗而宁静的夏夜平添几许风致。转弯处忽又见三小儿在灯下玩耍，一副专注得浑然忘我而乐不思归的模样。

我的窗户亮着灯光。那是出门时候自己留着的。会让自己觉得有一盏灯在忠实地等我回来。

有梦，打开了翅膀，去往梦想的地方。

二

打开窗户的那一瞬，沙沙沙的密集的雨声，带着清凉扑窗而入。那气息，仿若稚子柔嫩的嘴唇亲吻在脸颊，融化了所有的倦慵，让身心惬意地舒展开来。

沙沙沙，沙沙沙……

在这样舒缓的早晨,这是多么美妙的天籁之音!

眼帘里,只有雾蒙蒙的天空,错落有致的绿意,静静地沐浴在小雨中的屋舍、车辆。那些每天一早醒来的忙乱和莫名烦燥,都在沙沙沙的雨声里消隐不见。

枝叶间的小苹果,露出了欣喜的闪着光泽的小脸。多么像我年幼时候的孩子,坐在童车里,在我走向她的时候,欢欣地咿咿呀呀着,张开小胳膊,扬起乌溜溜黑眼睛的小脸,扬起融化我心的人之初的洁净与纯粹。而此时,这个长大了的孩子,眼见得身高要超过我的孩子,还酣畅地流连在睡梦中,暂时把休息日的美术课、舞蹈课、陶笛课、羽毛球课和诸多的家庭作业拒之睡梦之外,也把这样难得的夏日早晨的小雨和美妙的雨声拒之睡梦之外。我不叫醒孩子的梦,她的梦里应是各种美丽的动画公主和王子,各种小女孩之间的小秘密和小烦恼,各种美味的零食和冷饮,各种漂亮的发卡、笔记本和小饰品……或许,此刻正像《小马宝莉》中那个它最喜爱的叫云宝的小马那样,有着酷酷的彩虹发型,在云中城闪电般飞驰而过,身后留下一道长长的"彩虹音爆"。

嘀嗒、嘀嗒、嘀嗒……

有檐雨滴落。

雨滴从高楼的窗台上,一层一层滴落下来。水珠闪着微光,也带着屋檐的尘埃。也许,那些久居屋檐,被上一个季节的大风吹送而来的尘们,也是渴望这样的飞翔的罢。这样的飞翔,不再有被料峭春寒撕扯的疼痛和无助,不再被人间嫌恶和怨怼,而是带着清凉的梦的翅膀，融汇于天籁之音的浩大里，在一个凭窗听雨之人的眼里和心里，留下无限遐思和美丽。

叽啾——叽啾——

一只雀儿飞落在窗前，灰色的小身子小心翼翼地在窄小的飘窗外檐挪动着。

是躲雨么？

是觅食么？

是在呼唤爱恋的另一只雀儿么？

这只早起的鸟儿，在这样的小雨沥沥的早晨，确然惊艳了我眼中的风景。多么像一个乐章里掀起高潮的那部分音符！

三

半夜，被蚊子叮咬，痛痒醒来，极为懊恼。

夏至以来，气温陡升，导致胃口不佳而食不知味，加之蚊虫恣意肆虐而夜不能寐，打羽毛球次数增加而出汗剧增，极力保持并力争增脂的体重便一路下滑，镜中人也显憔悴之色。

今又被恶蚊夜袭，肿痛难忍也便罢了，但扰我清梦导致睡眠不足，明早必定又是容颜憔悴精神不振。心下懊恼，索性一不做二不休翻身起来打开大灯，缉拿恶蚊。环视卧室一周，不见恶蚊踪迹，再仔细环视一周，仍不见。心下不甘，拿一条枕巾挥舞着，从地下、床柜、屋顶、窗帘，制造缉拿风声，迫使恶蚊现身。折腾了十几分钟，徒劳无益。看看酣睡中的孩子，从头到脚严严实实地捂着夏凉被，只露出半张小脸儿呼吸，鼻尖上汗津津的，颇让我心下疼惜，暗下决心：不灭恶蚊，誓不罢休！一抬眼，却见一只恶蚊就在床头上方的白墙上趴着。嗬，分明是看好戏、藐视我的姿态啊，岂有此理！当即以迅雷不及掩耳之势挥拍杀之，哪知拍子大而无当，眼见恶蚊自拍下跌落，俯身地板查找，却遍寻不见。嗟呼！再环视搜寻屋子数遍，仍是活不见蚊、死不见尸。罢了罢了，深更半夜，我且休战，伺机再战。

给胳膊上、脚上还在痛痒中的肿包涂抹了风油精，再环屋喷了驱蚊花露水，戴上眼罩躺下。开着大灯，且让大灯这个稻草人抵挡一会儿那恶蚊。极力调整呼吸，祛除所有的胡思乱想，让嗡嗡作响的脑袋慢慢平息下来，不知过了多久，竟也有了些睡意。忽而，脸上一阵刺痛，惊醒瞬间即知是恶蚊又袭，迅速出手盲击，自然徒劳无果。摘下眼罩，看天色不像先前那般暗，估摸应是清晨五点左右，算了，不睡也罢，誓死缉拿恶蚊！翻身起来，再舞枕巾扇风迫使恶蚊显身。一而再，再而三，不厌其烦地搜索。

功夫不负有心人，在一次枕巾扫舞过衣柜的瞬间，忽然觉得有蚊子从眼前飞过，心下甚喜，我且再搜索、搜索、搜索！哈！那恶货果然现身在卫生间门侧的白墙上！握紧拍子，踩上小柜，急速出击，拍起蚊灭！这一次，验尸为证，恶蚊确系身亡。舒口气，这才给火辣辣肿疼的脸颊上涂抹了风油精。再放心地睡个回笼觉，直到闹铃响起。胳膊、脚丫和脸颊上共计5个肿包，除了脸上的还有些肿，其他的都只剩下一个小红印子了。面容自然是睡眠不足憔悴色了。

孩子一骨碌爬起来说，我昨晚梦见妈妈打蚊子了，咦，蚊子为什么没叮我呢？

四

一早看到家姐的微信留言，得知父亲重病住院，脑子"嗡"地响了一下：怎么会！

定了定神，决定即日返家探望父亲。

病中的老父亲，比春节见到时候更显瘦骨嶙峋，愁容满面，虚弱。

老父亲坚决要看诊断报告。得知重症所受到的冲击，是他自己也没有想到的震撼。他无法像自己想象的那样乐观。忧心忡忡，易躁，连带一直养病中的母亲也更忧戚。老父亲的心中还有太多的不如意和放不下。

每天卧床七八个小时输液化疗，加之思虑重重，让老父亲快快虚弱，须发皆白，茶饭不思，夜不能寐。

转院至兰州。每天面对海量的病患、各项检查和无床位的等待，老父亲时常忧思过虑的面容和孤苦身影，彻底覆盖了城市繁华。

每天，在陌生的地方，在希望里等待和盼望，又在落落寡欢里来到更为陌生的地方。老父亲更加沉默寡言，紧蹙的眉头仿佛一座大山压在心头，不忍卒读。偶尔牵强的笑容，却更揪扯着心。

在电闪雷鸣狂风暴雨的夜晚，茕立于异乡的窗前，看着狂躁而模糊不清的世界，独自面对内心的暗沉如海，再一次深刻领悟：一个人的痛与孤独，唯有自己能够承受和消解。

我的老父亲呵，我病中的父亲母亲呵，愿天佑苦难的灵魂！

五

入伏。

炎炎流火。

病痛中煎熬的父母。

一些让人触目惊心进而彻底灰心的真相。

目之所及乱糟糟的物象。

犹豫不决的决定。内忧外患纷杂汹涌、泥沙俱下。

拿得起，放得下，看得透，想得开。这一部人生之经典，打开扉页后，每一页，都读得那么艰涩，那么愚钝不堪，那么浑浑噩噩。

晨曦中，毛茸茸的绿草和清凉的水雾，没有说出接踵而来的流火。

暮色里，淡淡炊烟笼罩的乡村，没有说出即将消逝的怅惘。

夜空下，安睡在梦里的人们，没有说出明天的悲欢离合。

向死而生，活在当下，于我，亦如几个词语或句子。

当所谓正果修成，我已在生命之尽头。

六

深深感谢我的小女儿。

我越来越感到,她对我活着的意义远大于我自己的想象。

离别时候,唯有她,有依依不舍的眼神和拥抱,有切切的等待和盼望;归来时,唯有她,有欢喜的笑容和热切的拥抱。她会一遍又一遍不厌其烦地询问归来的日期、到家的确切时间,会在好几天前就欢欣鼓舞地告诉我,那个时间点,不睡觉,等我。在我进门的前一刻,她会告诉我,回家一定要先打开饭锅,有惊喜哦,然后我在饭锅里看到她用米饭、排骨和菜精心摆出的心形。

她会记得每次把我的米饭都用小碗扣成整齐的圆形,会在白米饭上加一筷子肉和青菜,让我赏心悦目之际食欲大开。

她会在早晨等待出门上学的空隙里,给忙乱的我递上一杯温开水。

她会在我偶尔陪同她步行上学或放学的时候,牵着我的手,开心地笑着告诉我,和妈妈一起走路的感觉真好。有时候,还会把我的一只手拿起来放在她的肩头,让我揽着她,说最喜欢妈妈这样揽着。

她会在和我一起骑自行车出门玩耍时,一路打着响铃,飞快地把我抛在身后,然后远远地停下来,得意地开心地笑着等我赶上来。

她会在我光火发脾气时候一言不发,等我气咻咻独自待在卧室里的时候,悄悄地推门进来,一声不吭地躺在我旁边,陪着我。

她会把对家庭矛盾的担忧悄悄藏在心里，偷偷掉眼泪；也会在家庭气氛融洽的时候，开心地唱歌、开心地笑、开心地玩闹和撒娇。

……

若干年前，看到有人说，孩子是上天派来帮助我们修行的。其时并不解其意。

时至今日，回首往事，目视眼前，有一个健康活泼可爱的孩子，有一个无论远在天涯还是近在眼前，都会牵念着自己的孩子，夫复何求！

我的孩子，在我一生的罪孽与修行里，唯有你，才是那个正果！

美丽清秋

清浅的风,微微的雨,在初秋的眉目间流连。携着一脉槐花的芬芳,往昔在清秋里徜徉。

那时候,祁连的山林正将异域风情的葱郁稍稍调画上秋初的写意,在斜阳余晖里漫不经心却愈加散发出迷人的情致;扁都口的油菜花正渲染着铺天盖地的金色诱惑,惹蜂蝶翻飞、引游客沓来,置身其中,乐不思归。有落雨纷纷,泥泞难行,却也阻挡不住去往祁连牧场一睹驯鹿的游牧之心,伞下,每一双眼睛都充溢着惬意,每一个身影都充满了假日的欢乐。看黑河峡谷里奔腾翻涌的浊浪,在沉思的目光里激情澎湃蜿蜒而去;看点点帐篷和群群牛羊闲适地遍布在自己家园的土地草场上。仰首蓝天白云轻风,远眺青山连绵含黛,俯首牛羊牧场悠然,如诗如画的景致愈加将一颗游牧的心和一段柔肠抚慰得百转千回。

那时候，滨海之城的海水正蓝。带着很久以来对大海的渴望，带着久居北方而对滨海之城的无限向往，独自飞越崇山峻岭，飞越云海，一路追寻着海的气息，飞落在美丽的大连。沥沥小雨中，直奔星海广场。嗅着海水特有的气息，眺望远处波平浪静的茫茫海面，看脚下海浪一波一波地涌向岸边，听波涛拍岸的激越之声，第一次感觉到在一个陌生的城市里没有了陌生感。和我一样从远方来看海的人们，在小雨中撑着伞，光着脚，任岸边清凉的海水亲吻着肌肤，诉说着它对远方客人的友好和热情。岸的另一边，长长的白色栅栏上间隔挂着盛开着鲜花的花篮，簇拥着造型别致的西餐厅和咖啡屋，充满了别样的风情和浪漫。在阳光晴好的日子，再次来到星海广场，赤足在海滩漫步，捡拾被海水冲上沙滩的小贝壳和那些被海水打磨得光滑晶亮的白色小石子。那些或在浅水中游泳戏水或静坐在沙滩上观望或拍照留念的人们，无一不是闲适惬意的样子。独坐岸边，听涛声，看浪涌，任思绪缥缈。此情此景此刻，多么适合一次美丽的邂逅呵。夕照下，远山静谧，军港静谧，我心静谧，在远离了纷杂世事的静好初秋里。

那时候，你满载着一切美好跨越万水千山而来，笑意微微，驱散了秋日的几许清愁。多少悲欢，多少离合，多少起起落落，却依然能够在生命之初秋微笑面对。风起的日子，秋雨飘落的日子，走过那片叶子即将变成金黄的枫林，走过那条菊花开得灿然的小径，走过那些还残留着不曾凋谢的花朵的玫瑰花圃，依稀仿佛你的身影在一瓣落花里，在一叶红枫里，在淡淡菊香里……

一个季节都不曾去看望的田园，不知现在是什么模样；离别多时的原野，是否被漠风吹得红颜零落？其实真的不必叹息，不必遗憾和失落。当清晨醒来，推开窗户的那一刻，看着或晨曦初照或小雨沥沥或云天绵绵的天气，看着绿树沉静青草含露的景致，听着鸟雀清脆的啼鸣，间或嗅到附近农院丝丝缕缕晨炊的气息，想到安静平和的一夜过去之后生命中新的一天又将开始，该是心存喜悦的吧，为这静好的时日，为这记载了过去的美好和正在记载现在的美好的美丽清秋。

倾听春风

人间春生,你兀自好看

清早打开房门的那一刻,扑入眼帘的金花盛放,让我瞬间心花怒放!多么惊喜,多么美好!

多么贴合这一句:人间春生,你兀自好看。

左看,右看。近看,远看。

轻闻,细嗅。怎么也看不够的爱怜。

不过是几粒随意埋在花盆里的南瓜子,却一夜之间,如此惊艳:偌大的金色柔润的花朵,在绿叶掩映的小藤上欣然挺立,泛着金色微光。

两朵金花,仿佛黑暗里金光乍现的小太阳,让我在迷途中遇见一束温暖。

但你却把生命活成了昙花。在午后阳光里,慢慢地慢慢地收敛起光芒,像美人儿卸下红妆,褪却霓裳;

慢慢地慢慢地收拢起华美与惊艳，布衣荆钗低垂下眼睑。

也许你等待的人，是我。因而，你在暗夜的寂静里，在我沉睡的梦里，把月光和星星的密语藏纳入怀，用金子和火焰精心装扮，在我梦醒之时，把一生的最美展现在我见到你的那一瞬间。

也许，你等待的人不是我。只是借我之手轮回。因而你失落，忧伤。一次绽放，已然倾尽你一生之力量，倾尽一生之爱。

错爱。成殇。

看着你一点点蜷缩起的身姿，看着你无声无息在暮色里凋落。

我，不知你内心的悲与喜。

无法挽留你离去的决绝，或许无奈，或许看透，释然。

你，不知我心里的泪水，又噬出一道新鲜的伤。

春天说

春天对我说：来，让我牵着你的手，去郊外听冰裂的声音，听她挣脱沉重的枷锁和蛰伏的困顿，

即将融冰为柔软为清澈为暖流的呐喊。

让我带你去看阳光温暖的墙角下，一棵青草、一粒种子发芽的生命之痛之力量，去遐想她即将青葱丰茂花枝招展的动人模样。看小虫儿小心翼翼的触角，打量着生命轮回的新世界，遐想它即将蝶变，即将展翅飞舞的美丽浪漫。

让我指给你看旷野之上峡谷之间，那些昼夜不停歇的石油红的身影，看他们日复一日穿行在风沙和寂寥中，却让石油的花朵

迎风绽放，让风电和光伏筑起奋进之路的荣光。

让我们一起听春风的号角，听它响彻每一个角落，鼓荡起每一颗心为之燃烧的律动。

春来

春天来了。万物待发。

你说你两手空空，没有一粒能够播撒的种子，连一颗草籽都没有。就像上一个秋天一样两手空空。

你看着大地上草木复苏，看着虫鸟追逐春风，看着蓝天白云的天空渐渐被大朵乌云遮蔽，看着沙尘滚滚碾压着旷野的沉默。你咬紧牙关，把一座山从左肩换到了右肩。

我看着你年复一年在风沙里踉跄而行。青丝已然白发。我想让你停下来，停止经年逆风而行的艰辛，停止愤怒和悲伤，停止一个人孤独的理想枝枝蔓蔓。

我想揽你在怀里，抚摸你内心的坚韧和伤口复发的疼痛，想让你忘记辗转难眠，忘记世间的谎言和伪善。

我想听你再说一次：春天里的疼痛，会把我生命的年轮，雕刻出独一无二的风情。

春暖，花开

匆匆然，四月已至。

风声收敛起锋芒，一如征战已久的人回归家乡一般，洗却征尘，打量着熟悉的家园，眼里流露出来自内心深处的欣慰和安然。

时间的手，握住了春风的温柔。相携着，在大地上恣意游走。

湖水泛起清凉的涟漪，一波一波荡漾开来，笑逐颜开般，忘记了之前被冰封的暗黑与寂寥。柳枝儿婀娜，新绿衣衫，临水弄妆。一派你来或者不来，我都将旧貌换新颜、重回新世界的兀自安然。任谁，也无法阻挡，这春来万物迸发的盎然生机与活力，无法阻挡这青春的身影，青春的笑声，青春的容颜，青春的肆意张扬。

鸳鸯在水中央，成双，不疾不徐，不前不后，不离不弃，徜徉于属于它们的浪漫。

青草蔓延，不动声色地把枯枝败叶颠覆于足下，不动声色地将其化作自己成长的养分。不必喟叹，也不必悲伤，更不必无谓联想，从来，自然万物的命运即是如此。生物，自然万物，之所以能够年复一年生生不息，贫瘠，或者富庶，在环境的和人为的主导因素之下，内生的残酷与无奈或者无私也是必不可少的条件。

桃花开了。仿佛被春风一夜之间催绽。清新，温润，娇艳。丝毫没有被世俗的暧昧之词污损的意味。一朵两朵挺立的娇俏，一枝两枝横斜的诗意，一树一树的灿然与纷繁。与之对视，她的眼眸是纯洁的，她的面容是明净的，她的衣衫是优雅素锦的，她的心，是纤尘不染的，她是我想要的美丽姑娘的样子。她的绽放，让灰蒙蒙的混沌的城市，打开了一扇阳光的窗，说出了开春大典的第一句致辞。

杏花，梨花，迎春，丁香，黄刺玫，榆叶梅，次第登场。好一派姹紫嫣红、花香鸟语的怡人春色！好一幅人间四月芳菲无限的魅力画卷！

杏花村：一个叫小芳的姑娘

我还是想叫你一声"小芳"。尽管你被越来越城市化的外衣包裹着。但你淳朴的眼眸，还是那时的模样，还不曾沾染世俗的风尘和欲望。

如果说，山村是一座城市最后的净土，那么，你就是这片净土上最纯真最纯粹的一朵花、一棵青草，抑或一缕炊烟，悠悠的，袅袅的，牵动着客居他乡的旅人，一生也挥之不去的乡愁。

山村是你的根。也是我的根。我们在这里，在这个远离人世纷繁和喧嚷的地方，曾经生长过的童年和少年，依稀还在一个柴门小院追逐嬉戏，还在山脚下的杏花林里，面容清朗，笑声清亮。

我们无法抗拒时代的浪潮和洪流，也不必抗拒。立身于潮头，则放眼万里，翻手潮起潮落，覆手纵横捭阖，一路高歌猛进，奔流入海。裹挟于洪流，也不必凌乱，更不必彷徨。心里有方向，眼里有光，脚步从不停歇，终将会到达梦想的远方。

然而，我们忘不了的，还是年少时候，那个叫小芳的姑娘。她依然淳朴的杏花般的眼眸，似一湾春泉，能够洗净我灵魂的尘垢，能够让它抛却世间贪嗔痴的纷扰，能够让它回到人之初的纯真模样，在今夜安然入眠。

梨花开，春带雨

初春四月。这座北方小城的气温总是有些凌乱。忽而冲上二十六七度，忽而降至零下三五度，衬衣丝袜小短裙忽而被招摇上街头，忽而又被秋衣秋裤无情取代。纷乱中，忽一日，撞见梨花盛开。

一条狭长的，两侧布满了商铺、高楼和形色各异的石头的街，此刻被两条数百米长的洁白如雪的梨花系上了美丽的飘带，顿然一扫往日灰扑扑的沉闷相，清新动人的模样，宛如邻家初长成的少女，一颦一笑都那么惹人爱怜。

近前来，有丝丝缕缕的清香，薄纱一样笼罩在周身，心，也便忽而温柔了起来。

梨花的洁，也是只可远观而不可亵玩的，即使是被人们移植在城市的景观街用以观赏。她们不同于身畔众多的形色各异的石头景观，可以坐，可以摸，甚至可以踩。她们柔韧的水墨画般的枝丫，都生长在主杆一米六左右的高度以上，也便注定了一般好事者无法采摘践踏。她们如雪的清新柔润的白，她们新绿的裙衫，她们向上仰望而不垂枝招摇的身姿，她们纯洁而纯粹的美丽，瞬间提升了这座北方小城的颜值，让热爱这座城市的人们更加心生爱意，让心绪低沉的人们抛却沉重，呼吸和脚步都变得轻盈起来。

一场小雨，出乎意料却又善解人意地落下。梦想成真一样令人欣喜不已。

小雨携着一丝清寒，恣意徜徉在天地间。侧耳倾听，仿若孩童般纯真的嗓音，唱着一首春天的赞歌，歌声里有着无尽的欢欣喜悦。又仿佛一双柔软的小手，抚慰着人们终日奔波于纷繁人间的疲惫之心。更像是爱人的眼睛，彼此注视的深情。

小雨落在梨花的眉角眼梢，清纯的人儿愈加姿容隽永。"……此生只为一人去，道他君王情也痴。"一曲颂歌虽也情深，却多少沾染了世间的贪嗔痴，与眼前梨花春雨的绝世清颜不甚相关。小雨落在杏花枝上，花儿们虽也窈窕淑女般不喧不闹，却难掩静默欢喜。小雨落在连翘的金色裙衫上，为这个轻熟的女子更添一抹楚楚动人的温润气质。小雨落在丁香含苞待放的蕾上，她们的即将绽放的梦便插上了展翅欲飞的羽翼。

小雨恣意徜徉。追着单车少年的一路铃声清脆，轻拂着梦幻少女倾斜花伞仰望的脸颊，想听她说说心里的悄悄话。小雨落在牵手漫步的年轻恋人的心上，那甜蜜爱恋的味道便愈加深浓，直至心心相印的沉醉。

梨花开。春带雨。万物皆沉浸于春暖花开的欢欣。

我的天空不再低垂。我的心，洗却纷尘，不再悲伤流泪。终至清净。

世界读书日

第二十七个世界读书日。市作协读书活动在三味书城进行。书山，书海，书香氤氲。喜欢读书的人，在这里，仿若灵魂皈依原乡，沉静安然。

我还是喜欢这些读书的身影，还是喜欢书店书城书屋这样的地方。

这些年，书读得少了，书买得也少了。书柜里，也还是有几本未曾打开塑封的大部头书；床头边，也还是散落着只读了几页或者几十页的书。茶几上，阳台上，永远堆放着一摞摞的书。

书虽然读得少了，但只要进了书店书城，不论是陪孩子买辅导教材，还是办点别的什么事儿，也还是必不可少地要在文学类书籍的展台流连一时半会儿，必不可少地买回几本。越来越觉得，书成为一种精神依靠，读与不读都不那么重要了，重要的是无论何时何种境况，我都有书可以读；即便是百无聊赖，也还能有一件没有任何障碍就可以去做，而且是愉快地去做的事情，那就是读书。

曾经有个梦想，想做个图书管理员，以近水楼台之由，终日与书为伴，天文地理、社科文艺、故事神话、童话纪实……以书为餐为饮为寝，为喜乐悲欢。至今，仍心怀这个梦想，但唯心怀。像我们一路走来的漫长人生路，有太多太多的此时所梦、彼时所想，一路走，一路消散或者遗忘，但总有一个梦，或深或浅，或隐或现，始终在内心深处不曾改变。

优秀的读书人，在台上侃侃而谈，神采飞扬。沁透在骨子里的书香，让他们自带光芒。

我在台下翻阅余秀华的散文集《无端欢喜》。在她红得发紫的时候读过她的一些诗，诗作非常好，读得感觉也非常好，并非网络暴力骂捧、炒作的那样。此后看了她电视采访演讲的视频，的确属于"泥里生活，云端写诗"那样有着独特的灵魂。在三味书城偶遇《无端欢喜》，完全出于对她散文集的好奇。随意打开第一篇读来，只一段，便被文采斐然、才华横溢的文笔惊艳，继而征服。文字里的赤诚、通透、豁达、热爱，令人仿若看到她那颗独特的灵魂呼之欲出。毫不犹豫地买下这本书。

毫不犹豫地买下第十届茅盾文学奖获奖作品之一徐则臣的《北上》、李洱的《应物兄》，同行的友人买下梁晓声的《人世间》、陈彦的《主角》、徐怀中的《牵风记》。我们说好了，交换读。

春雨吻上我的脸

雨点儿欢快地跳跃在车挡风玻璃上，多么像等了一个下午的孩子见到妈妈那一刻的开心地叫着笑着扑到怀里的欢喜！多日来被琐事纷扰和沙尘侵袭的油腻低落心情，顿然感到出浴般清新喜悦。仿若一朵花开，笑意从心头浮起，漾在唇角，爬上眼角眉梢。

这是周末。下班的路上。车辆往来如梭，不知是否都如我一样，在五一小长假即临的周末，按捺不住欣喜，急着忙着赶路。

地面上很快水润如洗。路的两边，刚刚打开叶尖儿的小叶槐、黄金树、柳树，青嫩新鲜的脸更加柔润，身段儿更加动人。整排的毛茸茸圆润的榆叶梅，虽已凋落了花朵，万般不舍地挥别了花开荼蘼时张扬得不可一世的风姿绰约，但此时着一身鲜绿裙衫，在小雨的滋润里微微摇曳的样子，更显得楚楚动人。

一路迎风，一路沐雨。一路目之所及，都那么柔情似水的美。

天空是低沉的，铅色深浓处，小雨沥沥。我最爱的紫丁香，花瓣儿含露，深情地等我在必经的草坪地。每一次回眸，每一次目光相接的欲言又止，每一次含笑无言的灵犀，日渐加深的眷恋，让我时常在朝九晚五、按部就班的无趣游走中，维系着最后一点人间值得的趣意。此刻，灵犀的目光再一次在春雨中交汇，在春风里相拥，忽然觉得，万般纷尘，皆是为了这一刻的安心。

小雨滴落在我脸上。柔润，清凉，多么像那时我幼小纯真的孩子那甜甜的吻。

时光从不停步，转眼间，那柔软的小女儿已长成亭亭玉立的花样少女。每次站在镜子前洗漱，看着镜子里超出我一个头的身高，她总是偷偷在我身后开心窃笑。她骑着单车，背着吉他，风一样一路飞奔，在街角转弯脱离我视线。她骑着白色电动车，一身黑色衣装，牛仔布帽，背着大大的沉重大书包，风驰电掣般去往课外补习班。她每天学习至子夜或凌晨，揉着困顿的双眼，坚持刷题背题做练习。她清晨早早起床独自梳妆吃早餐飞奔向校园。她把时代少年团的图片贴满了自己卧室的墙……她与要好女同学一起，吃烧烤，在蜜雪冰城买饮料，开心得忘了回家的时间，自己挨过批评后，还坚持要去向同学的妈妈解释……

长大了的孩子，在自己的世界里，欢笑、哭泣，忧伤，沉思。长大了的孩子，把来自父母的关爱当成了束缚，总是想要挣脱，总是扎刺。

窗外，几个孩子打着红的蓝的小雨伞，在雨里嬉戏。暮时的风稍有些大，吹得小桃树们在雨中疯狂起舞，像一群长大了的少年，怎么按捺不住飞扬的青春。

雨点儿随风，俏皮的精灵般跳进窗子，落在我脸上。

呵！这春天里温润的小雨呵。那一去不返的美好时光呵。

节日里，与往事和解

五一小长假。在疫情管控下，在自己的城市里度假，虽然有点空负美好春光的遗憾，但毕竟是这样春暖花开、阳光灿烂的假日，还是格外令人轻松愉快。

三两好友相邀，去了丝路公园。这个城郊偏西建成才不过几年的公园，以其碧湖映雪山的空旷，草木葳蕤、休闲运动、宜动宜静的大气格局，吸引了肃州新城的人们每逢假日驱车而来，静享假日时光。夏日犹盛，扶老携幼，悠闲惬意。

北方四月，公园里的草木都是初春的模样。海棠才开，丁香才开，桃花才开，芍药、牡丹含苞待放。杨树、小叶槐、柳树身姿高大，皆一身新绿的衣衫，鲜润的模样，清新怡人。唯有杏花，迫不及待地结了小小的绿色果儿。

置身于幽静小径的白色珍珠梅，蓦然入眼，姿影摇曳，遗世而独立的清绝，一顾惊艳，再顾心动！这世间太多的美，我们终究不能够独占或者拥有，能够遇见，本就是彼此的缘。树下，镜头一闪再闪，笑靥里，一丝难掩的忧伤若隐若现。

许是彼此明了这初遇的两情相悦，终将散场，那么就让它再热烈一些，也好记得在彼此的世界里，曾经来过。善解人意的天空，青色愈加深浓，有风大作，一树繁花枝叶伸展将我揽入怀中。少顷，一阵冰雹雨铺天而下，一树繁花出浴般风姿动人！而我，眼含笑意，"泪"湿春衫。

我想，我也该与往事和解，在这样风含情水含笑的春天。

春天，最适合种下希望和快乐的种子，秋来，即使不会硕果累累，但也不会两手空空。相信，我们的努力和付出，终将会以某种形式回馈给我们。我们不该在春天种下怨怼的种子。

清空经年的积尘，何尝不是善待自己的心。

还是那样熟悉的气息。还是那样熟悉的默契。

终于与往事和解。

往后余生，且行且珍惜。

秋风送你

梦里追寻的田野,不必在远方

裹挟在城市的滚滚红尘里摸爬滚打的这许多年,眼里看到了太多的恩怨情仇,心里沉积了太多的不堪回首。胸腔里,那只囚禁已久的鸟儿,总是不安地振翅,一心想要逃离。它清楚地记得远方的故乡,记得美丽的田野,记得风吹麦浪。它更不曾忘记垂枝低的累累果实,收割的火热和汗水,黄昏时分的炊烟和母亲的呼唤,入夜后深邃静谧的星空和悄悄对着流星许下的心愿……

年少时候向往的远方,千山万水跋涉而来,却在年复一年的碌碌烦琐里身陷囹圄,心锁桎梏。眼见得曾经健硕的父母风烛残年,苦苦与疾患缠斗;眼见得曾经青春灵动的少年人到中年,风华正茂的青年双鬓染霜;眼见得又一个秋天到了尽头,落叶飘零万木萧萧。看看心野空空双手空空的自己，辜负了半生时光，不觉心头悲凉。

所幸，得一神奇的方药，用辽远和宁静，用花香和云朵，用田野和芦苇荡，不动声色地除尽了所有罹患。它们的名字叫四坝海子和六分西湖湿地。

四坝海子，形貌像它的名字一样。一个置身于田野的水库，碧波荡漾，周遭林木葱茏，原本孜孜不倦地滋养着几个乡村。在急速城镇化的今天，它镶嵌上了木质栈道和栅栏，拱起了九眼桥，配饰着吊索桥和大片的花木。尽管游人稀少，但一点也不影响鲜润的格桑花夹道欢迎的热情。大规模的各色菊花虽有些凋谢，却无意间烘托出一种古色如画的诗意来。

与海子接壤的，是田园和村庄。田里的庄稼大多已收获，一些叶子干透了的风一吹咔啦啦作响的玉米还留守着，像等待着谁，又像什么都不等，任秋风把几许落寞和苍凉吹落在额头。忽然想起今季流行的麦色系列时尚色彩，与眼前的秋色多么巧合：那些着麦色系列服饰的模特，敛了些时下的焦躁与狂野，添了些质朴与亲和，有着珠玉的温润，丝楠的尊贵。

有鱼苗在海子里游动。像一棵游走在田园里的庄稼，在自家的地盘上自由自在。

乡村公路安静而洁净。偶有村人出得院门，直走十数步便会走上公路，左右可出村，可环海子闲步。城市的气质和乡村的质朴，在这里美妙而自然地融合在一起，不露痕迹。采菊东篱，争渡藕塘，多少流年奔波之人寻寻觅觅的梦想的理想的皈依之所，蓦然回首正在这里。

六分西湖湿地是归隐者的家园

其实，湿地完全分离于六分村，像一个归隐之人，不与俗同，但也不与俗异。只是很久以来，我们都不曾接近于他。

也不同于一般概念的湖。空旷，水湾相连，每个水湾几乎都长满了丰茂的芦苇。水澄澈，照得见人影。偶有水鸟凫在远处的水面，或者一头扎进水下觅食。风吹来，荻花飘摇，宛若一群一群迎风舞蹈的妩媚女子，裙袂翩翩，引人入胜。

长长的木质栈道蜿蜒而向远方延伸。一座木质拱桥，一间凉亭，或者一个观景台，一道小木桥，都是栈道的岔路口，都是大同小异的一片芦苇荡。

野渡无人舟自横。贪图享乐的孩童，悄悄解开桥上的绳索，想把外形奇异的筏子拖曳到水面较开阔的地方。怎奈那低矮的木桥拦路挡道。但很快，那一丝沮丧和遗憾就被岸边垂钓者的身影吸引而消失殆尽。

垂钓者头戴渔夫帽，手持鱼竿，专注于观水，丝毫不为络绎不绝的擦身而过的人们所扰，也不为孩童的好奇所动。尽管脚边的桶里一条鱼也没有。仁者乐山，智者乐水。也许，他并不为钓鱼，只为卸下凡尘思虑，只为这一刻的无我无世之境。

一片芦苇荡深处的亭子里，坐着一对年轻情侣，愉快地交谈着，恰如一幅水墨画中动人的一笔。

木质拱桥上，人到中年的妻子斜依栏杆，眺望远山夕阳；桥下，一样人到中年的丈夫手持相机，找角度，对焦，按动快门。也许，半生相伴，在这一刻，沐浴在秋风夕阳中的妻子，才是丈夫眼中最美的风景。

被一枚银杏叶温柔了的秋天

似乎，秋天路过这里的时候，放缓了一下脚步，恋上了金城西滨河路上的一个校园。像一个少年时出走，中年之后归来的人，蓦然看见了曾经的青春，难以置信地轻抚着，欢喜着，徜徉其间……

天空，是时下最为时尚和高级的烟灰色。空气是温润的，零零星星飘落的雨点里，满含着黄河水穿城而过的气息。风，也收敛了萧瑟，温和的样子，有了些儒雅之气。

——它们，让我一时恍惚，忘记了来时身后风沙漫卷和枯叶飘零的肃杀，忘记了如期而至恣意渲染的莫名悲凉。

我该珍惜这遇见：湖面一样泛着微微涟漪的绿茵地，安静的小径缓缓蜿蜒，似乎在等待着一个安静的身影漫步而来，面容恬淡，有着内心的欢喜。松柏枝叶繁茂，伫立在秋天的天空下，宛然着一袭青衫的智者，惯看春风秋月，洞悉红尘恩怨。云杉无言，难掩一个迁徙者的冷艳。

当然，也不是所有的林木都崇尚以静为美，它们有着与生俱来的北方气质：古老而高大的梨树，是鸟雀们欢聚的天堂，叽叽喳喳寻欢作乐的疯狂里，啄破的梨果不时落下来，喧嚣的欢乐和果香，让行走在秋风里的人，不由驻足仰望。不由想起消失已久的遥远的年少时光。

紫薇的花朵还鲜润如常，她是我每每离开后就十分想念的娇憨的小姑娘。

几株低矮的樱花树微微颤动了一下枝叶，低声吟哦出"最是那一低头的温柔，像一朵水莲花，不胜凉风的娇羞"。

粉色的果实像花朵一样缀满枝条的树，夹道向我颔首致意。我不知道她的名字，但我对她的一见钟情的情意，却翻涌在心里。这轻熟的女子，风情何止万种！

——所有这一切，又怎么抵得过一棵银杏的高贵和典雅。

她面容沉静，笑意微微。

她优雅的身姿散发着浅金色的光芒，令人身心舒展的暖。

她不语，却胜似万语千言。

她不怒，却有薄霜的微微寒意。

她莞尔，凉薄的秋天为之而暖。

她让我想起，那年深秋，南方都市，安利芳大厦前，金色银杏叶翩翩而下，你恰好走过，衣袂飘飘，如梦似幻的美。在那段漫长而寂寥的时光里，让空茫茫荒芜已久的心野，在那一刻，海市蜃楼般绿洲荡漾，星光灿烂。

她将一枚浅金落于我掌心，赋予我被这个世界温柔以待的祈愿。

我该珍惜这遇见：被一枚银杏叶温柔了的秋天。

爱，是一棵常青树

周末。难得一个人的安静夜晚。一首名为《evergreen tree》的乡村民谣静静流淌。一听倾心的温柔旋律，深情倾诉的温柔声音。

单曲循环。在黑暗中，像一只温柔的手，轻抚过疲惫已久的身心，经年的结痂在神奇般消隐，被尘世烦琐磨砺得坚硬的心，悄无声息地复苏了曾经的柔软。

爱，是一棵常青树。年轻的我们，恣意穿行在青春的丛林。你的笑容，像春天的花儿一样。你的眼眸，像一江春水流淌着欢畅。我心中的山水，你眼中都看到。我们在一起，世界如此美丽，岁月永远不老。夏花灿然。如我们燃烧的爱。当我独自走在秋风里，披一身斜阳，寻觅你的身影，追寻你的气息。一枚金色的叶子落在我手心里，依稀你眼带笑意。雪霜悄然染白我的发。亲爱的，我终将会带着一生挚爱去往天堂。我知道，人世间，唯有爱，是神奇的能量。

医院一日

在浓烈的来苏水的空隙里，弥漫着病患与愁苦。导医台的白大褂，很闲适地聊着天。诊疗室的白大褂，目光和语调都很平静。

像那些金属器械和设备，与肌肤的触感冰凉；像收费单上那些不动声色的数字，和处方用药透出的冰凉。其实这一切都很平常：习惯于每天面对生死的人，就像习惯于每天吃饭、喝水、睡觉一样。

医院栅栏外的花儿，吹着鲜艳的小喇叭，惯看人来人往和车来车往，惯看去而复返和来而无往。不动声色地提醒我：这世界，除了生老病死，还有鲜花怒放。

秋风送你

大朵的棉花糖飘过窗前，夜雨后的天空清寒着脸。再也没有你的嘘寒问暖，秋天来得有些猝不及防。

说好了一起看晚霞夕阳，说好了一辈子把手儿牵。听着秋风看着天高云淡，我却怎么也把你找不见。

人世间的多少海枯石烂，终究敌不过这似水流年。好吧，好吧，你去寻找你的田野远方，我还在这里把梦想守望。世界之大，不过你我之间，当你疲倦，当你停止流浪，就让秋风送你回来相见。

人不若草木

人不若草木，生而无趣

不曾在春天里坐下来，阅读自己的内心和窗外的风景。

这样的辜负，让我时常背负愧疚感。那些碌碌与烦琐，每每回首，了无意趣。

记得读到过一句话：人不若草木，生而无趣。这句话一直萦绕在脑海，每一次碌碌烦琐之后，疲惫地躺卧下来，却无法入眠时，这句话就像一根刺扎一下，然后又扎一下。麻木而疼痛。生命就是在这样碌碌烦琐而了无趣意中，被浪费，被耗费，却万般无奈。

想去的远方，总是遥不可及。

想做的事，总是被俗世的烟尘湮灭。

一棵小草，正努力冲破冰冷的土层，探出头来，欣欣然拥抱新世界。

枝头，含苞待放的花蕾，内心一定欣喜满满，渴望满满，梦想满满。它有等待，等待即将绽放的最美年华的到来。

它们的样子，让你感动生命的向上和力量，让你感悟生命本来的样子，是在生长的过程，而不是结果。

当它们枝繁叶茂，当它们花开荼蘼，生命便归于平静，继而平淡。

草木，有生命的轮回，有重新回到新世界的喜悦。

而人，生而无趣。

陀螺一样转个不停

像一个浮影，抓不住光阴里的宁静。那种无力感，让人对无休无止、昼夜不息的碌碌烦琐时日感到厌倦，继续厌烦。

无数次深夜归来，园区寂静暗黑，人们早已沉入梦乡。偶有一两扇亮着灯的窗，也是浑浑噩噩的模样。夜空深邃，星子清冷。有时，一轮明月高悬。有时，弯月清寂。城市的夜晚没有犬吠。也没有人等候你的归来。

这不是我想要的宁静。

我的疲惫无处诉说，无法言说。

那些紧锁的眉头，那些或忧郁或彷徨的眼神，那些或担忧或虚张声势的声音，还有那些或跋扈或不知所以然的面容，在脑海里不停旋转，令人眩晕。令人躁郁。

无法停止，无法退出。

只能拼命奔跑。

只能拖着疲惫的身心陀螺一样旋转。

没有人关心你的日渐消瘦。

没有人关心你的饮食起居。

更没有人关心你的心境与心态。

只有一个信念支撑着你：会有结束的时候。

好好活着

比起在医院病榻上的时候，休养在家的父亲精神有了些好转，曾经被病痛和心魔折磨得形如枯槁的面色也有了些好转。眼神不再那么迟滞，偶尔还会说笑，会有些喜悦的光泽。

近一年的手术辗转和化疗，让年近耄耋的老人终于想明白了世事无常。

他不再怨天尤人，不再整日愁眉不展，不再太过于忧心关于儿女子孙的事情。这是一个好的转变。彼此都感到比以往轻松一些了。所谓身心煎熬和疲惫，只有在自己真的放下的时候，才感觉到前所未有的轻松。

老父亲开始每天认真地按时按量服药，按时按量饮食，按时按点睡觉和起床。即使是同样患病休养的老母亲不听劝慰执意不肯按时按量服药，也只能忧心地叹口气，不再生气和争吵。

天气好的时候，老父亲坚持下楼出门散步，走累了，就坐在公交车站檐下的简易座椅上休息一会儿。看看眼前街上的车来车往和人来人往，看看喧闹得鲜活如常的日子。

偶有老友相遇，也能互相笑谈各自的病情和休养状态。自从在攀谈中得知一位老友也患有同样肠疾，老父亲一下感觉身心轻快了，不再是以往总怕被熟人知道患病而不愿出门更不愿遇见熟人的莫名患得患失的心境了。为此，那一天他很高兴地吃了一大碗饭。

老父亲还是担忧老母亲。说母亲受了大半辈子苦，还没怎么享受好生活呢，就过早地患病。他担心自己先于母亲离开，儿女子孙们各自忙于工作和生活，不能够像他一样每天陪护在身边。

他说我要好好活着，再活上几年。

安静下来的母亲更让人心疼

十二年前，母亲罹患重症。手术之后休养的这些年里，又身缠糖尿病、心肺病。

虔诚拜佛诵经这么多年的母亲，始终不肯向疾病低头，倔强地不认可自己所患的心肺病。她厌烦每天不可遏制的咳嗽和呼吸困难，厌烦吃饭服药，厌烦去医院治疗。她想用自己不妥协的倔强来对抗病魔。她听之任之，不予理睬。她无法安睡，整夜独坐，无法喘气地不停咳嗽。

病魔也如此对她，得寸进尺，肆无忌惮地侵蚀着她的身心。

我们其实无法感同身受。所有的劝说等同于无。顺着她，但却无法减轻她哪怕一丝的病痛,也无法给予她哪怕一分对抗病魔的力量。更无法替代她承受哪怕一丝一毫。

医院治疗还是必须的。我们都知道,母亲其实不愿轻易放弃。

母亲躺卧在病榻上。肋后插入抽液管、背着止疼泵,面上戴着氧气罩,手臂上插着输液针。她暂时不再咳嗽。她终于安静下来。她不得不安静下来。

安静下来的母亲,虚弱得像一片棉絮。

安静下来的母亲,面容平静。

安静下来的母亲,苍老而沧桑。

生命中不可承受之轻。

生命中不可承受之重。

仿佛我自己,在病榻上安静下来。

冷冽夏至和热情暴雨

夏至。

却出奇地冷。矿区的人们重新穿上了棉服。山区飘雪。忽冷忽热的天气让人分不清究竟是春寒,还是夏至。

经常有莫名其妙的扬沙和沙尘暴席卷而来。

尽管天气恶劣,但似乎对草木的生发没有多大影响。处处葱茏青碧,那是无可遏制的生命之力。也正是因为这无惧无畏无声坚守的绿意,让人在颓废中还心存希冀,让人相信那些该过去的终将会过去,该到来的终将会到来。

花儿次第开了。在冷风中，在阳光下，在沙尘暴侵袭时，在一场小雨中……在飘忽不定的气候中。

我还是看到了花儿最美的样子，有时映着晨光鲜润欲滴，有时沐浴月色温柔宁馨。

我愿意忽略那些暴烈的风雨。像忽略那些不堪回首的过往一样。我想抚平记忆的皱褶，忽略所有的令人不快的物事。

像忽略六月这一场热情的暴雨。当它们由轻快的小雨润泽万物，营造出恍如江南的景致，到逐渐地加大和持续无休，再到倾盆如注的丝毫不节制的任性。街巷浊水横流。趟水艰难行走中，被疾驰车辆扑溅的懊恼和无奈。

但我愿意记住积水淹没车轮的老城区里，人民子弟兵和消防救援人员坚守和守护市民群众的忠诚和温暖身影。

蜗居，与自己和解

一些被烦琐和碌碌破坏的物事和心境在慢慢恢复中。像一个病中的人在慢慢疗愈和康复中。

终于能够俯首细看青碧的草坪，听听彼此久违的心声。终于能够与映着晨光而精气神十足的林木对视片刻，交换彼此内心的安宁。终于能够俯身凝视一朵无名小花的倔强与骄傲，悄悄听听她与蝴蝶的情话。

终于能够久久地仰望湛蓝的高天，让心追随一片云漫步，漫无目的。不用思虑谁的行为和对错，不用担心谁的命令和斥责，不用考虑谁的饮食和起居。

终于能够闻到花儿的馥郁芬芳，能够听到鸟儿的快乐鸣唱。

终于能够看到老人目光中的慈祥和安宁，能够被稚嫩孩童的纯净眼眸触摸心动。

终于能够闲看斜阳西下，染红天边的晚霞。

终于面对"半江瑟瑟半江红"的湖面，解开了眉间心上紧锁的忧愁。感到天地的阔大，世间的壮美，和我一直想要的内心宁静。

终于能够，与自己和解。

家里来了个"新成员"，喜忧参半

一只巴掌大小黄白相间的斑点小狗趴卧在孩子的怀里，神态萌蠢，瑟瑟发抖。孩子乞求的小眼神和一脸如若弃之不顾则不厚道不人道的神情，还有急切地叽叽喳喳表述收养的所谓合理理由，终究让我妥协，同意把这只"从放学路上的草坪上的纸盒里"捡来的小奶狗收留回家。孩子顿时喜笑颜开。

小动物之所以让人心生怜爱，就在于其毛茸茸懵懂萌蠢的模样。如同婴孩。

牛奶、温开水、煮熟的肉末，悉心饲之；买漂亮的狗窝、餐具、狗粮、玩具、链子，起了个响亮帅气的名字"辛巴"，希望它茁壮成长像著名动画片《狮子王》的那只最终崛起在动物王国的雄狮辛巴一样。我和孩子有模有样超有爱地对待这个家庭"新成员"。下班回家进门看它摇头摆尾的欢喜模样，或在楼下看它懵懵懂懂地溜达跑动,看它安静温顺地趴卧在狗窝里酣睡,也倍感趣意。

辛巴渐渐长大。头疼的事儿也便随之而来。随处拉撒问题,不吃狗粮只吃熟肉问题,喜欢撕咬鞋子袜子衣服家具问题,卫生间脏乱差和男主人强烈反对并数次扬言弃之门外的问题……"铲屎官"们的耐心和爱心濒临崩溃。以至于有一天辛巴不见了踪影,男主一言不发。孩子失落万分。三四天过去了,从略感失落到颇有从此"解放"的轻松感的时候,一天清晨出门上学的孩子气喘吁吁按门铃,打开门孩子居然怀抱辛巴!急匆匆说在园区后门口与一个怀抱辛巴的老奶奶几番辩论后对方终于愿意归还,便满怀失而复得的欣喜一路奔跑回来了,说完就"闪人"了。

好吧。既来之,则安之吧。所有存在的和不断发生的新问题都一个一个想办法解决吧。谁让咱们都"妇人之仁"呢。自己找的事儿自己面对和解决吧。

忽然一日发现辛巴原本很温顺地耷拉着的两只耳朵竖了起来。挺奇怪。晒狗图被人笑称其为辛巴兔。却不幸一语成谶。这只狗儿从此开始喜欢在楼下土地上挖坑挖洞,两只小前爪飞速地扒拉着土地,神情专注得像淘宝似的;在家里,开始刨挖门槛下的土质。不"挖墙脚"的时候,就啃咬家具鞋子。

忍耐啊忍耐!想想每天下班进门小狗儿兴奋地扑上来,久别的孩子见到娘亲一样的亲热和依赖劲儿,想想狗儿能听懂一些简单的指令、能理解一些简单的手语,做到令行禁止,想想狗儿在草地上撒欢儿、跟在身后出门跑路的欢快情景,想想狗儿黑黝黝亮晶晶无辜的眼神……还是友好和平相处吧,就像这波平浪静的生活,偶有溅起小浪花,但再不会惊涛骇浪。——希望能够长久地不离不弃。

娜娜是个匆匆过客

晚上加班很晚回家,孩子还在家里亮着灯等我。等我的还有拴在门口的辛巴狗儿。这让我感到被惦记的一丝欣慰。

孩子有点儿神秘地低声跟我说,有一只小白狗在楼下,在爸爸的摩托车底下藏卧着,但爸爸坚决不允许再把狗儿带回家。执意让我去楼下看看。孩子的意图其实很明显,想收留它。

果然又是一个毛茸茸圆乎乎的小东西,懵懂无知的蠢萌,不由人心生怜惜。

抱回家。找了原木盆弄干净,又铺垫了新买的狗尿垫。小东西就乖乖地迷迷糊糊地蜷成一团睡了。这小东西的待遇可比辛巴初来时候高多了,一切都是现成的。

脑子灵光一闪,给这个纯白的小不点儿起名娜娜。也就是《狮子王》里那只与辛巴终成眷属的漂亮母狮的名字。好吧,现在,辛巴有了,娜娜也有了,一对儿流浪狗崽崽有了伴儿,该热闹了。

临睡前,把娜娜连木盆放在卧室。不料,半夜,小东西开始吱吱咛咛不停叫唤,从一开始的哼哼唧唧到后来变成很带情绪的拉长声调提高音量的叫唤。大概是饿了。孩子也被吵醒了,担心地说如果把爸爸吵醒会被扔出去的。只好起床给冲了豆浆,用玻璃小碗温热好端来，但小东西拒绝吃，极力抗拒。随它去。继续睡觉。但小东西不停地拉长声调叫唤。气恼地爬起来再给弄吃的弄水，仍不管用。拍打了几下。终于安静了。开始后悔收留了这个小东西。很多时候，事情并不像我们所想象的那样美好，并不会像我们所想象的那样发展。一厢情愿，总是会受伤。

早上匆匆忙忙上班。照顾狗崽的事儿交代给孩子。

中午下班回家。到楼下看到一群孩子和几个家长围着昨晚收留的小白狗娜娜喧闹。以为是想收养，却答不想要。邻家的几个小孩嚷嚷着说娜娜是流浪狗小白的孩子，昨天他们从小白窝里抱出来的。我孩子说爸爸不让娜娜在家。吵吵嚷嚷着，邻家小胖子就抱着娜娜说要还给小白，溜溜达达到草坪去玩了，也好，我赶紧回家。

孩子回家来，自我安慰说我家有辛巴就够了。

好吧。所谓娜娜，就此匆匆别过。

辛巴走丢了，还是喜忧参半

孩子满面凄然眼含泪水哽咽着说：辛巴走丢了，爸爸去遛狗，回来时在春光丽都走丢了。然后泪珠儿纷纷滚落面颊。

娃爹坐沙发上玩手机，一声不吭。他一口咬定，就是去遛狗回来半道走丢了，找了，也等了，都不见踪影。想到中午外出回家后狗儿挣脱绳索在家中"拆房"并再次咬坏我的另一只鞋子，全家人怒不可遏地责罚，还是怀疑娃爹是有意而为之。顿时，狂风乍起，乱云飞渡。

时已近子夜，和孩儿出门找寻。分析研判一下，找到的概率不大。但为了安慰孩儿受伤的小心脏和情感，还得走一遭。

揽着孩子的肩头，一路走，一路安慰。忽而看到前面灯光下有只小狗。欢喜叫着辛巴跑过去，却大失所望。

站在深夜的十字路口。再往前是陌生的新城区。

安慰孩子明天再找。

一天又一天。还是不见辛巴的踪影。开始想念。往事历历。

心里喜忧参半。家里没有狗儿，也便没有了异味，不用每天费心管它吃喝拉撒睡的问题，不用担心狗儿挣脱绳索"拆家"；不用进出家门和阳台不便，不用出门时候对带不带狗儿的问题颇费思量。但也少了些休闲乐趣，少了些轻松愉快的氛围。对于不愿独自出门溜达的自己来说，带着狗儿出门溜达到底是比较愉快的。

偶尔在手机里翻看照片，看到狗儿成长的各种点滴，还是会怀念。

但渐渐淡忘。在雨天路过楼下养狗的邻居家门时候，飘出的狗儿的异味，不由让人庆幸。

孩子在长大。有很多需要她费时间和精力去做的事。

有些物事，终将会驻留在时光的某一个点上。譬如，小狗儿辛巴。

菊花粉墨登场

看到路边林荫丛里新鲜欲滴的紫色菊花时，忽然感到很久没有慢下来行走了。很久没有在每天往来的这条路上漫步了。

以车代步和车水马龙匆匆碌碌的繁杂喧嚣，让我忘记了步行的感觉，忘记了路边的菊花已开，忘记了暮色里有清凉的风拂过。

林木尚且葱郁。那种花开荼蘼般的葱郁，人到中年般的身形和气质。

菊花盛开在国道隔离带中央。和往年一样。它们热烈地聚集着，金色的，紫色的，橙红的……一群鲜活动人的姑娘一般，惊艳了时光。

云朵密集，雨水动人。原野的风姿达到了鼎盛。

时日渐渐变得醇厚起来。

菊花不语。

像一个人走过一个季节后，开始静心沉淀。

人间四月天

　　没有风沙肆虐的四月,阳光温煦,微风拂面,仿若回头浪子一般,与以往判若两人的变化令人在欣喜之余心生安宁和渴望。

　　枝头嫩芽次第探出头来,露着新鲜的笑脸,为自己重新来到这个美丽的世界而欣欣然,而每天变化着成长的模样。青草们欢叫着掀开了厚厚的枯草被,在阳光轻风里舒展着身子;迎春、桃花、杏花、榆叶梅你争我赶似的,竞相绽放……浓郁的复苏气息在空气里弥漫着,让身心一点点地变得愉悦起来。放风筝的人儿,悠然牵着手里的线,那些心底的梦想和情思也便随着风筝越飞越高,离蓝天和自由越来越近了。一只肥硕的花猫,眯着眼慵懒地蜷在草坪上的一簇榆叶梅下,很惬意地享受着阳光温和之手的抚摸,有花瓣儿随风飘落在花猫的周围。这次第,恍惚间,仙境一般。

这个时候，一场春雨翩然莅临，将四月的边城揽入温润的怀中。多么欣喜！在经过一个无雪的冬天之后，淅淅沥沥的雨丝在焦渴的期盼中如期而至，甘露般滋润着边城万物，滋润着多情的心田，生发出梦想成真的欢欣雀跃。多么唯美！在春意盎然但依然浮尘茫茫的边城四月，一场细雨，洗净了天地，让花儿尽显清新娇媚之容颜，让草木尽展英姿勃发之情态，让终日浮躁的心沉静了下来。漫步细雨中，看到我最喜爱的白丁香清丽怡人的模样，闻着淡淡的花香，我心温润而舒畅。

这个时候，有友人相邀去乡村农院采青。驰行在绵绵不绝的雨丝中，空气清新，肺腑清爽。广阔的田野之上，一派温润清凉。田间青苗仰着湿漉漉的脸享受天浴的开心模样，仿佛听得到它们欢喜的吟唱。绵密的雨点儿像一群群微小的精灵般在窗玻璃上欢快地舞蹈着，嬉笑着，间或好奇地钻进车窗，亲吻着我的脸。轻轻的微凉的天使之吻，让我想起婴儿的呼吸。心下不由叹服友人，多么善解人意多么浪漫的人儿！即使不为采青，只为第一场春雨姗姗而来温润倾城的时候，一个想要迫切离开高楼去雨中漫步的愿望，在这一刻成真！我的心在细雨中轻舞着，像田间的青苗一样，温润而洁净。

乡村笼罩在细雨里，没有鸡鸣犬吠，没有走动的人，很是安静的样子。村院的门户一应闭着，像一个个贪恋午睡的人，或许它们的主人真的在难得这样舒适且不用劳作的雨天里，正惬意地酣睡着呢。唯有友人的小院落，敞开着门户，几枝含苞欲放的杏花自低矮的院墙上探伸出来。这样绝妙的景致,让我相信,同行的几位心里都会一闪而过"一枝红杏出墙来"的诗句的。

门扉处,小女子面含淡淡微笑,迎候我们。同行的几位友人应是跟小女子相熟已久,故而稍作寒暄便直奔后院的小菜园而去。我因之前第一次在聚会就餐时见到这个80后长辫子小女子,她的言谈举止便给我留下了很新鲜很特别的印象,后又闻知她是自由画家,在本市文化馆开有工作室,平素喜住在乡村,自己种菜、种豆,便又多了几分想近距离接触的念头。此时,便总想零距离观察她。小女子身着浅色大毛衫牛仔裤帆布鞋,长发在脑后一侧挽成一个髻,始终微笑着,在小院里安静地进出,没有了初见时候的伶俐和张扬。在我们摘菜的当儿,她怀抱一只很小的狗儿来到菜园,恬淡的情态像极了油画中的人儿。她在墙角架起了锅灶,加柴烧火,要为我们做"苣蓿麦饭"。我以帮她添柴烧火的名义在灶前坐下来。灶是那种野炊式的:在地上挖一小坑、边上几块石头、中间一个铁制三角支架。旁边的棚下堆着码放整齐的树枝木块,还有一些煤炭。我们简单地攀谈着。我看着她一双纤纤素手熟练地洗菜、切菜、搅拌、蒸煮、炒制,还是不能相信这样一双创作艺术作品的手会做这些凡俗烟火之事。她告诉我,这小院里的月牙形菜地、石头镶边的水井、屋檐下围吊的玉米和辣椒串、后院的小菜地都是她亲手劳作而成,她还给我看她亲手用铁丝制作的烤鱼工具。"你不觉得很像一条鱼吗?"她一如初见时那样自信地微笑着说。这个时候,才看到她小屋的门匾赫然书着"空灵轩"三个大字，还有小院里的两个石板桌上，各置一古朴的陶罐，一个陶罐里插满了含苞欲放的杏枝，另一个陶罐里插满绽出青绿嫩芽的杨树枝，这是刚进小院的时候没有的。这个娇弱的外表下藏着一颗柔韧、玲珑、浪漫之心的小女子呵！

风味独特的"苜蓿麦饭"，因了一双艺术之手和玲珑之心的烹制，更有了一种别样的风味，俨然成了久居城市而被"无机食材"损伤了嗅觉和味觉的我们的饕餮盛宴。没说几句话的功夫，各人碗中的麦饭便都被一扫而空。小女子告诉我，这个吃饭用的石桌是祖辈用来磨制粮食的磨盘，那个陶罐是早已故去的老祖母盛放调味料的，还有这个农家小院，是母亲留给自己的。再一次环顾小院，那些古旧的气息渐次浓郁起来。这气息又被杏花、桃花、豆苗、青菜的新鲜气息所渗透，愈加显得这小院的独特，和这小女子的独特！其实这一切，又是多么自然地吻合相融！

终是要离别。天空又飘起绵绵小雨。小女子倚门而立，淡淡微笑着轻轻挥手。在古朴的矮墙和四月杏树的映衬下，她再一次化身为油画中的人儿，仿若这一场杏花春雨，温润了这个四月。

日光倾城

日光倾城。高远的天空，没有了云的影子，那安静的蓝，便更显得纯粹，澄澈，宛如处子。风是无声无息的，悄然拂过深秋的眉梢，一些红色的黄色的或者红黄相间、黄绿相间的叶子，便打着旋儿，飘落下来。仿若一群不知忧虑的孩童，嬉笑着，追逐着。没有鸟儿的鸣叫声，没有人声，没有车辆的噪声。唯有阳光和安静的温暖。

阳光透过窗，倾洒而来，像一只温暖的手，轻抚着发，轻抚着脸颊，轻抚着周身。合着若有似无的长笛声，合着手中如莲如禅的文字。有一种久违的惬意和轻松，从心底一点点漫开来，氤氤氲氲……

沐浴着阳光坐在书桌前的孩子，安静地书写着，神情专注。我们似乎都忘记了往日的纠结，焦虑，愤懑，忘记了每天急行军似的生活节奏，忘记了眼泪和委屈……忘记了所有不和谐的一切。

阳光温暖。仿若一双洞悉世事的眼,知道你所有受过的伤,所有经过的痛。知道你内心埋藏的深情和未曾放弃的爱恋。知道你的每一个或大或小的梦想和追求。

这双眼,目光清澈,和煦,甚而微微慈爱。在我欢喜抑或悲伤的时候,在我安静抑或喧闹的时候,在我寂寥落寞荒芜苍白的时候,在我迷惘彷徨不知何去何从的时候,在我看得见抑或看不见他的所有时刻,其实,他都一直在,一直注视着我,一如注视着人间万物的生息枯荣,注视着人间的悲欢离合。他知道,人总会走向自然了悟的那段时光,回首,对曾经的过往轻轻付诸一笑。

这一刻,在我内心真正安静下来的这一刻,我真实地看见了这双眼,目光清澈,和煦,甚而微微慈爱。

如这个油画般唯美的深秋之晨,沐浴阳光,静享时光。

谁打翻了春天

一

早上,与上小学的女儿在学校与景观带岔路口道再见后,我便快步走进景观带,踩着脚下的小石径,整个人都忽然放松下来,把一早闹铃响起后就开始忙碌的纷杂和紧张全都抛之一空,把熙熙攘攘、匆匆忙忙赶路的人群和车流也都避之视线之外。

三月至末,临近四月。小城在渐暖的东风里欣欣然醒来,草木萌芽,花枝含苞,空气里万物复苏的气息和蕴含的力量,时常让我心生喜悦,让我的脚步轻快起来,让我的心野清朗起来。

连续几日恣意横行的扬沙,在昨天夜里尘埃落定。此刻,晨光明亮,垂杨柳们在微风中轻轻摇曳着少女般的长发,清新的、毛茸茸的样子,让人油然心生爱怜。青绿的塔松和翠柏上,缀满了浅绿的不断萌发的细碎叶片，宛如手工刺绣的春装一样，清新怡人。花蕾初绽的连翘，在高大的松柏左右呵护下，金黄的花瓣儿还藏着些许羞涩。泛青的枫树和樱桃树枝上，有雀儿在鸣叫，一贯的单音循环之声，竟也是那么清脆，甚至有了些婉转的意味。

转角，黑色铁栅栏映着一树早开的桃花，粉色弥漫，温柔了整个清晨。春天的最明媚的色彩便从这里开始了。

二

扬沙又至。

四处都听得见春风的哨音。

风不再有寒意，但显然还不够温柔，喊醒大地万物的气力显见得大了一些。西北历来干旱，那些尘土们被风卷扬着，四野蒙蒙茫茫。

花朵不需要尘土，但青草林木是需要尘土的，待到尘埃落定，它们今后的日子必然会更加丰润一些。

这样想的时候，其实内心更多的是焦躁和无奈，眼睛里落进了沙尘，迷离和难受得想要用水来清洗；即使不张口说话，口罩遮面，也生生感到沙尘在口唇恣意张扬的样子。马路口，无遮挡的风更张狂，推挡着拉扯着我，让我迈不动步子，让我趔趔趄趄狼狈不堪。黄尘漫漫，能见度不足百米。令人窒息。

心下更为怜惜的，是那些刚刚绽放的花朵，梨花、桃花、杏花、迎春、榆叶梅，她们娇美的模样又将被摧残失色。这多么像一个少女的不幸人生。更为不幸的是,每一次,我对此都无能为力,眼睁睁地看着她活生生在我眼前被毁灭去。

期待一场雨是必须的。但也是奢望的。

三

听到小女儿在电梯门口道再见和电梯闭合的声音后,关门返回客厅,一时轻松了下来。房间里还氤氲着醪糟鸡蛋小汤圆的气味。慢悠悠收拾了桌上的碗筷。原本想睡个回笼觉,却在一番忙碌之后了无睡意。也好,继续看书吧。

《解忧杂货店》,是东野圭吾数十本小说之一,最近风靡了书店和朋友圈。乘兴从"读来读去"书店买回来,并没有马上去读,已搁置了很多天,与一大堆买来不曾打开的书一起。买书,是必须的,而读与不读,则比较随性了。大多时候,是随当时心境,抽取一本想读的,读一段儿;或者放在手边、枕边,手里却在浏览手机信息。一些时候,是想歇息一会儿,又担心睡不着,便也拿一本书搁在枕边,很快也就入睡了,比催眠音乐更为灵验和让人安心多了,呵呵。平日最想读的却是雪小禅、张小娴的文集,不急不躁、清风徐来的感觉,让人心怡心静,进而净心。

《解忧杂货店》信手来读的第一天,确有点儿诡异之感。当时也是一早送走孩儿去上课外班,然后拿起这本来读,第一章讲到深夜里三个年轻小偷在破败的浪矢杂货店躲避,却遭遇到四十年前的人们连续不断投递进来的咨询烦恼的信件并随性答复的情形：在周遭毫无人迹的情形下，答复信件刚放进后门的牛奶箱，即刻不见踪影，而店前的卷帘门投递口里紧跟着会有同一个人再次咨询的信件投进来，仿佛时间在杂货店里停滞在四十年前，只要不打开后门就一直如此。与三个惊诧继而有点惊悚的年轻人一样，我也略感叙述的诡异。后来感觉看得脖子有点累了，便放下书站起身活动一下。估摸着时间差不多九点半了吧，该吃点早点了，早上只给孩儿做了早点，自己并没有吃。拔下已经充满电的手机，打开想看一下时间，却听到敲门声，心想谁呢这么早，听节奏感应该是孩儿，心下一边疑惑一边打开了门，果然是孩儿！"咦，今天怎么回来这么早？""早什么呀，都这么迟了！"孩儿一脸不开心，说我干嘛不接电话。心下更疑惑了，拿过手机一看，呀！居然十一点五分了！然后看到有孩儿打来的3个未接电话。我告诉孩儿我在看《解忧杂货店》，时间跟书里一样停滞了，孩儿一脸的迷惑不解，我告诉她这本书很有意思，有点诡异，让她以后也看看。

今天从"听着披头士默祷"看起，之前的"深夜的口琴"读来有点平淡。这一章的叙事方式用顺序和倒叙相互结合，很有点读头，故事的结尾也颇有些出人意料，但是整个故事很不错，很合乎正常逻辑，合乎父母与子女的爱与情感，也反映出那个金钱至上的时代里一个中产阶级人家的悲欢离合。感觉这部书的叙事方式与同获诺贝尔文学奖的莫言的《蛙》颇有些相似。《蛙》的章节是以写信的方式展开故事，《解忧杂货店》把浪矢杂货店的烦恼咨询信作为一根连接不断的线以此展开故事。《解忧杂货店》算是这三年来第一本能够让我惦记着想看的书，比那些买来后就束之高阁至今未打开的一大批书有些看头，不沉重、不厚重、不拖冗，是读来比较轻松而且让人心怀一点好奇的。后来发现，此书的文字编排也略不同于其他书，基本都是一小段一小段的，一段叙述不超过3个句号，大多是一个句号，也就是一句话一个自然段，这大概是它读来让人不觉得拖冗的缘由吧。

四

午后，太阳忽然收起了热烈，被云层藏了起来。

草木安静。

花朵翘首枝头。

似有若无的花香，令人心动。

这样美好的时光最是不可辜负。窝在沙发上看故事书看得津津有味的小女儿，哼哼唧唧不愿意下楼去，左说右劝，最后许诺陪她去大铁门里的活动场滑滑板，才欢欣雀跃地下得楼来。

穿过草坪里的石板小径，穿过桃花含笑，西边活动场的大铁门半掩着，偌大的场里只有两个绿化工人在侍弄林木。前年亲手种植的小树林横看成排、竖看成行地直立着，树枝上齐扎扎顶着鲜嫩的绿芽，一派苗壮少年意气风发的样子；几株迎春、桃树和杏树，花枝招展点缀其间，却也更添了些少男少女活泼动人的鲜活景致。小山坡上的小树林们，长势恣意，甚至有了些得天独厚和居高临下的优越感,肥沃的土质和充沛的水分,让它们的气色比同龄的小树们丰润多了,精气神儿也似乎更胜一筹。一会儿,又有工人的三轮机车拉来满满一车青绿的小树,看来,小树林的队伍还在不断发展壮大。但我知道,这里最终还是会被高楼占据,小树林们只是暂时守着这片土地,一年,或者两年。几样简单的铁质健身器材,落寞地待在一小片硬化后的砖石地上,周身落满了尘土。一条不长的硬化后铺了砖石板的大道通向铁栅栏尽头,栅栏外,春光集团的大招牌在高楼上醒目而霸气,似乎在说,再往西,那些有些纷乱的正在平整的村庄和农田,不多久也将在建筑机器的轰鸣里变成钢筋水泥的样貌。

最是小儿无忧。滑板车来来回回在坡道上溜滑,把早春里的花朵都开在了小脸上,开在了欢快的笑声里。

几个年轻的父母见状,也带着小孩子来到大铁门里的活动场,放风筝,追逐,嬉闹。

暮时,园区里飘来近郊淡淡的炊烟气息。

含饴弄孙的老祖母们,坐在小灌木丛畔的休息椅上,只顾了攀谈说笑,怀里的小儿趴在肩头,使劲儿伸着小舌头舔着自己下巴底下能够得着的淡蓝色小衣服。我稍微放慢脚步,看那皮肤白皙、乌溜溜黑眼珠的嫩芽儿一样的可爱宝宝,不承想小家伙开心地冲着我笑了起来,一边还兴奋地扎撒着两只小胳膊。我的心瞬间被萌化了!这世间,还有什么能比天使宝宝的笑颜更为纯净的呢?我几乎想要俯身触摸一下这萌萌的甜蜜的小宝贝儿了。对面的老祖母也和善地冲着我展开笑颜，怀抱小儿的老祖母觉察到身后的情景，扭过头来，也冲着我和善地笑了。

夜深人静。

窗外，月光清冷。

看看身畔熟睡的小女儿，再想想那天使宝宝开心笑的模样，不觉纷杂顿消，心下安然。

五

明日清明。

今日降温，大风扬沙。天地灰蒙蒙阴沉沉，有些贴合人们的悼念与哀思之情。

只是可惜了那些桃花、梨花、杏花……这些遵从时令和气温而欣欣然绽放的花朵，一日春光明媚，一日失色零落。

昨日暮时，途经一树一树繁花盛开，柳丝扶风，心恐近日变化无常的天气会毁损了她们无辜的花容，用手机一路拍下，留作纪念。此时，寒风袭窗，扬沙恣意，想着那些娇媚红颜零落，心下颇感怜惜。随感吟几句，又觉期期艾艾，怎地惹得心思沉郁。在多变的境遇里，我们更需要随遇而安的心态和心境，以鼓舞自己保持向上而不沉陷于郁郁寡欢。写下几句，以记之，以慰藉：乍暖还寒骤降温，风卷扬沙欺边城；红颜何须叹薄命，且待来年笑春风。

六

孩子是上天派来帮助你修行的天使。

真正领悟这句话的含义,必定要无数次经历现实生活里的种种际遇。从若干年前看到这句话开始,不论是一些具体的事件,或者平素生活琐事,都让我深感如此。

从孕育开始,你的生活轨迹、生命意义即开始发生改变。新生命诞生,所有的负累背后,是亲眼看着一个小生命与日成长的幸福与甜蜜,甚而对生命的新奇思索和探寻,对未来的构思和遐想。一个如水滴般纯净、如空气般轻柔、如春芽般柔嫩的小生命,依附着你,不知不觉地唤醒着你潜藏的爱与力量,改变着你的心性、气质、形貌,让你的内心渐趋稳重、厚重与强大——为新生命撑起一片自由晴空,打造一个快乐王国,让自己所有的累和泪、付出和努力,有了明朗的方向、抵达的目标和奋斗的意义。

孩子是天使,是爱的化身。因而,对孩子,要发自内心倾注于爱。基于爱,所有的问题和困扰,都将迎刃而解,包括自身的、孩子的、家庭的、社会的。反之,脱离了爱,问题将成为最大的问题,困扰将成为更大的困扰。

无眠之黑夜里,思绪纷杂,而身畔安睡的孩子,沉静纯真的小脸、均匀香甜的呼吸,终将会让你清空烦忧、安心入睡。怨怼纠结的时日里,一双小手递上的一杯温热的水,终将让干戈化为玉帛,春风化雨般平添温润、驱散浮躁。天使的爱,把生活对你的伤害,一再降到最低;把触目之伤痕,疗愈至了无痕迹。

"我要看着你们!"

"我就是要看着你们!"

她并不知道要看着你们什么,只知道,怨怼已久的两个人,重归于好的样子,需要她看着,或者她害怕失去,需要看着。

七

梨花落,春渐深。未曾赏花的遗憾又积压了一年。

边城春日,多风沙。也便多了些难以静心的浮躁感。想着去看梨花,看杏花,看桃花,看冰消雪融后一湖春水涟漪微微的美,却总是在一而再、再而三的犹豫和多虑中,止步不前,空留惆怅。

草地上,间或有一片片与青草比肩,却先于青草吐露绿芽的不知名花草,小小的枝叶间绽开了同样小小的蓝紫色花朵。它们似乎不惧风沙,叶子和花朵与日俱增,似乎与春天和时间在赛跑,即使身畔高大茁壮的松柏青柳们日渐丰茂,成为春天的代言,这些小小的花草也不羡不躁,在自己的方寸之地上,展露着自己最美的样子,静享着春光。

与之相呼应的,是点种在盆里的几粒南瓜子儿。昨日暮时,发现它们正在努力破土,那鲜嫩,那努力生长的模样,竟惹得一颗浮躁的心有了一刻的安静和柔软。今早,它们赫然蹿出一指高来!饱满深绿的叶片已然不是初绽的鲜绿,仿佛呱呱落地的婴儿一夜间会爬会笑了似的,确然令人惊诧!

梨花落了,有果儿在枝头孕育,一刻不停地进行着生命的下一个历程。

　　杏花和桃花，也在一场接一场的风里，落英缤纷。它们自不必叹息，它们有各自生命的历程和轮回。

　　苹果花快要开了。更多的花儿，即将绽放。

　　它们都在春天里奔跑。而我，却仿佛停滞在某一个时段，踌躇不前。

　　踌躇不前。我怕这匆匆流逝的春光，如同我过往的时光，一去不返。

八

　　立夏之日。

　　正午的阳光铺洒在草地上，柔和，温煦，让我想起慈母的目光注视着自己孩子的样子。

　　那些新生的毛茸茸的草儿们，仰着稚嫩而甜蜜的笑脸，向阳而生的欢欣模样，让我的内心也油然而生欣喜之意。把鲜黄的花朵变幻成白色小宇宙的蒲公英们，似乎在静静地等待这风的到来，等待着让生命在飞翔中新生的时刻。

　　草地上，树木已然枝繁叶茂，郁郁葱葱。那些曾经繁花满枝头的树们，褪去花朵的春衫，换上青春的绿衣，更添了风华正茂的向上的力量。一如不知愁滋味的少年，一场风雨之后，迅速成长为用头脑思考的青年，让我看到未来生命更加强盛。

　　池塘里的水很安静。杨花柳絮们放下了漫天飞舞的身段，此刻,漫不经心地游弋在水面上。丢一颗小石子,那一池春水便被淘气揉皱,惊散去慵懒的睡意,活泼生动起来。

岸边的藤架上,绿萝们身着簇新的春衫,节节攀高。间或,有鸟儿们的鸣唱,在不知哪个枝头响起来,清脆,欢快。

这次第,似有清风拂过我的心坎,五脏六腑里充满了惬意和舒畅。

多么美呵!这春末初夏的时光,这流淌着蜜之清甜、风之轻语、花之清香的五月。

多么美好的一场告别:豆蔻之年的女儿,站在即将转弯的路口,一脸阳光的笑颜,向着我挥手。

夏日的风，已走远

沙枣花儿香

初夏。风暖。

绿树已成荫。每个清晨和暮晚，扑面都是丁香和槐花的馥郁芬芳。

虫鸣鸟叫，车水马龙。

偌大的世纪广场，每天从日暮黄昏到灯火渐熄，都是人声鼎沸和热闹喧嚣。人们似乎都忘记了两个月前居家隔离的萧索，抑或都可着劲儿要把曾经足不出户的憋屈都宣泄出来，不疯不累不罢休。

晚间，友人说在一棵沙枣树下闻香，意绪纷繁。

是了，沙枣花也正是在这个时节盛开。该去看一看闻一闻了，那些细碎的金色的带着记忆的花，那些能淘洗灵魂的悠远清香。

在这样绿意葱茏的初夏，那些沙枣树远远看去枝叶泛着银灰白，很是显眼。隔着一段距离，就闻到那股沁人心脾的清香。那是带着一丝悠悠甜蜜的清香，有着婴儿般的纯净无邪，有着花季少女般的清甜，有着沐浴晨曦的清新，有着月下露珠的清润。近了，便看到那些细碎的密密麻麻的金色小铃铛似的花朵在枝头喧闹着，你会不由得想侧耳屏息听一听它们在窃窃私语着什么。

折几枝是必然的。为了记忆。

一些时候，时间真的很无情，在流光抛人的时候，还会模糊甚至清除你的记忆。唯有那些镌刻在内心的东西，在时隔多年后拂去积尘，依然清晰如初。

我还清晰地记得那时你什么都没说就分担我生活负累的样子。你默默地拥抱着几近崩溃的我，陪我流泪。你在我加班的深夜帮我照看年幼的孩子，我坐在楼下的车里，仰望着楼上我家窗户的灯光，尽管疲惫不堪，却仍想再坐一会儿，再看一会儿那温暖的灯光，那有人等待我回家的灯光。你为我准备的每一顿餐饭。你那只温顺可爱的小狗。你陪我打球。你让朋友烤制后特意送给我的大面包。你带我去郊外折沙枣花……你安静的眼里满溢的温情和关爱。这一切，却不知何时，都让我丢失了。

丢了，就再也找不回来了。就像我们之间，多年再不曾相见，偶尔的对话也是淡淡的，甚而小心翼翼的。我们都怕受伤。

这个初夏，再折回一大束沙枣花。

清香依旧。

而往事难留。

怀揣梦想活着

沿着驻军哨兵指的进山的方向，车子从一条狭窄的路开进了后山。转过一个弯道，眼前豁然开朗。

初夏的戈壁草原，广袤，辽阔，远看草色近却无的景致向着远方无限延伸。远山如黛，天空碧澄。山与天空接壤的地方，白云如飘带萦绕。自然流动的风带着清凉。不由使人感到神清气爽的轻松与惬意。

远处，驻军的训练工事时隐时现。覆盖着迷彩篷布的样子，颇感神秘。唯一的一条进出山的水泥路一直向前。

路遇野战训练的兵士，年轻的被风吹日晒得有点黝黑的脸上，还带着一点稚气，但荷枪列队穿过水泥路去往训练工事的训练有素，不由人心生敬意。

下车。迎着风舒展四肢。空气干净清冽，让人五脏六腑都像被淘洗了一样恣意而舒畅。俯仰天高地阔，人仿若一棵草、一粒石子在群山的怀抱里微渺却安然。

茫茫戈壁上的生物，都有着柔韧而顽强的生命力。那些不知名的灰白得近乎碱土色的植物，低矮得几乎是匍匐着贴地而生，却还开出微小的米粒一样的花，甚至结出更微小的籽粒，让风吹散，在能够存活的一星半点的土壤里扎下根来，在极度干旱和贫瘠里，拼命吸取水分和养分，延续物种与生命。

看着脚下隆起的泛白的砂石小土包上的小洞口，想捅开看看是不是沙地壁虎的窝。你说别捅，它们在这里存活着太不容易。

砂石的沟沿上，一株稍高的蓬蓬草，麦色的外形像极了一枚漂亮的树叶，在风中亭亭玉立的样子，分外惹人爱怜。想拔下来带回家插在花瓶里观瞻。你说别拔，它们在这里存活着太不容易。

确然。那些被戈壁风沙侵蚀得露出发白而干枯的根的矮小的树和草棵们，仔细看，那些根都是盘根错节左右延伸着，而不是扎入地下。地下没有土壤，也没有水分，它们只能拼命延伸到能够让自己存活下来的地方……这生命，何其艰辛！何其坚韧！

我们都看到远处的戈壁上，挺立着一棵树，枝繁叶茂的样子。在这样荒芜而辽阔的戈壁滩上，这棵树并没有显得突兀，却像是王者般傲然挺立在天地间。也许，这片戈壁，这山，这天空，正是他的疆域和领地。你说，这棵树像自己，栉风沐雨，不屈不挠。

忽然感到人世沧桑。

确然，这一生的路，或长或短，或窄或宽，或坎坷或平坦，但不管怎样，都要一步一步走过。汗水和泪水，伤痛和苟且，并不是这一生的全部。心里有梦，有对远方的向往，眼里就有碧水蓝天，有清风和阳光，有田野和花香……一路走来，终会有一天，会活成我们想要的样子。

一如这无意间遇见的天高地阔和群山如黛白云环绕，如这戈壁上坚韧生长的物种，如远处那棵王者般挺立的树，如这和平年代野战训练的兵士——在天地间，怀揣梦想活着，何其美丽。

在烟火人间，爱一座城

你说，越来越喜欢这个城市了。

喜欢它的四季分明的节奏感。像极了千百年来休养生息在这里的北方人，粗犷直率却不乏细腻温柔的性格。

春天，这座城市在强劲的风沙洗礼后，草木缓缓泛青，花儿缓缓含苞，树叶缓缓舒展。虽然每年的春天都让人在期盼和等待中姗姗来迟，但这等待，是有结果的，是能够等到你想要的结果的，因而是让人心怀希冀的。像丑小鸭长成美丽天鹅，像毛毛虫蜕变为美丽蝴蝶，这不会落空的等待，自有一番滋味在其中。很快，金色迎春绽放，粉白杏花儿招摇，温柔桃花含笑，梨花海棠各自喧闹，与鲜绿的青草碧树，与和煦的阳光，与吹面不寒的风，与大地上复苏的万物喧腾起来，把春回大地的喜庆渲染得淋漓尽致。

夏天最为恣意、热烈。像一个人把一生最强劲的生命乐章演奏至高潮和巅峰。街市上，车水马龙。田园里，稼禾丰茂。就连苍苍茫茫的大戈壁，也抛开荒寂拼尽全力滋生出浅浅绿意。热汗挥洒的运动场，避暑休闲的农家乐，远足放飞的草原牧场，近郊漫游的湿地湖水，人头攒动夜夜乐而不疲的大大小小的广场和夜市……城市和乡村，天空和大地，草木和生灵，都在沸腾，在燃烧。

秋来。菊花粉墨登场，槐花儿簌簌，暗香幽幽。云朵密集，夜雨悄然。不觉间，有黄叶落下。城市渐趋内敛。而田间饱满丰收，枝头硕果累累，汗水和着欢颜，怀抱满当当沉甸甸。当天空越来越高远,云朵越来越缥缈,虫雀敛声,草木暗哑,大地沉静之时,一颗躁动的心也便沉静下来,细数半生的爱与恨,恩与怨,得与失,在回首和回味中,放下了曾经扛不起、放不下的物事,打开了曾经自我束缚的枷锁与禁锢,看淡了奔波劳碌地追名逐利,参悟了生活与生命的本真意义。

冬至。雪花纷飞,万物沉静。一切的纷杂与喧嚣都被雪温柔地或者凌厉地覆盖,甚而化解。独自闲步,看草木敛声,抱紧了身子,抱紧了生命的体温,孕育着来年春回的梦。看头戴雪绒帽的海棠果在枝头露着鲜红的小脸,簇拥着,美成了雪野里最后的动人风景。侧耳,仿佛听得见它们嘻嘻哈哈的欢笑声。多么像那些在雪地里堆雪人、打雪仗,在雪上打滚儿,小脸儿冻得通红却乐不可支的孩童。看远处祁连雪山须发皆白,冷峻而又慈祥的模样。看一只穿着棉衣小靴子的小狗儿在雪里跑动的幸福宠溺模样。

喜欢在每一天清晨打开窗户,无论春夏秋冬,都能望见远处祁连雪山的"白发"。山本无愁,因雪白头。这"白发"是祁连雪山千百年滋养这片土地和子民的恩泽。它让我想起白发的祖辈和父辈,他们一辈辈给予后辈的从不索取回报的爱。

喜欢它一天天大踏步发展的速度,和不断变化着越来越美丽的风貌。

喜欢它蓄水造湖,建公园、广场、体育场、图书馆、博物馆……它向着阳光向着梦想奔跑的身影,洒脱,动力十足。

后来喜欢它的风土人情。喜欢它的方言。

你说,以后哪儿也不去了,就守着这里养老了。

当一个地方融入了个人的情感,那么,你一定会深深地依恋它,无论爱,或恨,都是这一生走过的最美丽的历程。

人生之暮,唯愿康健

天还没亮,老父亲已早早起床洗漱。穿戴整齐,把早餐奶和一块饼装进昨晚收拾好的小袋子里,开始催促出门——要赶在医院交班之前去抽血化验。身形依然高大的老父亲,大步流星地走在我前面,晨曦照着他的背影,一点也看不出他是一位年近耄耋且与病魔抗争了数年的老人,更像是赶早去上班的人。在医院门口下了车,他还是大步流星地往医院里走。进到医院的大厅里,仍是大步流星地去赶乘电梯。进了十五楼病房的门,还寒暄着与病友打招呼。值班台的小护士面容疲倦,但语调很柔和地告知需要等一会儿抽血。老父亲微微低垂着头坐在病床上,沉默着。那座病的大山和未尽的心事,又重重地压住了他的身心,也压住了我的思维。他催促我去照顾住在十楼病房的母亲。

匆匆下楼梯到十楼重症呼吸科病房。老母亲坐在病床上,浮肿消去了一些,精神稍好,说陪夜的兄长早早去了学校上班,早点是从一楼医院餐厅买的,吃了一点。静脉滴药大概在九点以后开始新一轮,泵药凌晨两点输完了,下一轮在十二小时以后。同病房的另外三位老妈妈都很安静地躺卧着。靠窗的那位三天前新住进来的大嗓门老妈妈,各项检查后开始治疗,没有了刚来时候那样的新鲜兴奋劲儿。邻床的老妈妈,喘气还是那样费劲,单薄的纸片儿一样的身体,在被子的覆盖下几乎看不出来,只露出一头蓬乱的白发和发暗的面颊。母亲又催促我去看父亲。

匆匆再回到十五楼。老父亲已坐在化验治疗室门口等待,间或与一起排队等候的几位病友寒暄一两句。

抽血,换留置针,回病房继续等候热疗。躺在热疗仪器床上的老父亲,单薄、安静、虚弱。负责热疗的护士是个敬业热情的人,说话的声音总是给人一种积极向上的能量。看着病中的老父亲,手术后两年多来坚持化疗和间或一些小手术治疗,顽强地承受着身心的磨砺,支撑着虚弱的病体,支撑着老母亲的精神。每天按时默默地服药,每月按时去住院做化疗,疼痛加剧时独自到自己的卧室躺卧在床,闭着眼紧紧地攥着双拳忍受着。他相信坚持治疗病情会有所好转,我们也愿意相信。唯独病魔不信。

父亲来到母亲的病床前,神情忧伤,默默地坐在一旁。病中相伴久了,彼此心里都明了,相看无言。

在我们年幼无力的时候,父母含辛茹苦,给予我们物质的和精神的力量,我们便会一天天长大,壮大,有了自己的天地和世界。而当父母年老无力的时候,我们再多辛苦和付出,却都无法注入一份力量,无法替代一份病痛。草木枯荣,年年岁岁有轮回。人不若草木,在枯萎面前任谁都无能为力。

我的父亲母亲,暮年之艰辛,始终让我无以言书……

唯愿,人生之暮年,康健,平安。

风吹草原

草原这两个字，于我，眼见即有辽阔感，出口即无限向往。十年前，甘南草原广阔逶迤的绿、神秘的喇嘛庙、森森的天葬台，诵经的喇嘛，从阿坝州一路等身长头到达仓郎木寺朝圣而来的信徒，而今想起，记忆犹新。若干年前，青海草原的纯净如洗的蓝天白云和微波荡漾的蓝色湖水，飞鸟，草原上骑马奔驰的小小少年和彪悍汉子，毡房、牧羊犬和炊烟，羊群和牦牛，而今也仿若近在眼前。再往前，有天山草原，它的样貌在记忆里却是有些模糊不清了，但那辽阔无垠的自由感觉，却还不曾忘。

多年以后的八月，来到肃南草原。那是一路从荒芜的戈壁滩颠簸着，翻过一座又一座几乎寸草不生的荒秃的大大小小的山坡，再翻过绿草渐显、渐密、渐浓的一座又一座大大小小的山坡，然后来到了一个名叫盖斯柯塔拉草原的地方。下车踩上草原的瞬间，脚底传来的那种柔韧的触感异乎寻常。眼前几所民族饰品装饰的小木屋和炊烟，极大地满足了与童话相遇的梦之心愿。环顾，绿色群山层叠，像极了曲线柔美的女子。大朵大朵洁白的云朵在山坡的上方悠悠飘荡，仿若触手可及。

午后的风，吹过那些曲线柔美的一个又一个山坡，绿草在风中惬意摇摆，不知名的小虫儿在耳边叮咛，不知名的小花儿迎风摇曳着动人的舞姿。散落的珍珠般点缀在绿草间的小白蘑菇，偶尔飞过的小蝴蝶，蓦然出现的可爱精灵般的小旱獭，悠然自得食草的羊群和牛群，潺潺的河水，由远及近又渐渐飞远的鹰隼，影影绰绰的巴尔斯圣山，在澄澈的蓝色天空上不断变换着模样的白色云朵，暖暖的阳光，远道而来的宾客与热情奔放的草原人的欢歌笑语，青稞酒飘散的香……这一切，都让人身心彻底地放松下来，忘却了所有的尘世纷杂和喧嚣。这一刻，恍惚置身世外：仿若一朵云，悠然徜徉于无垠之天空，不问飘向哪儿，不问飘游到何时何处，也不问飘游成什么模样、什么姿态；仿若一缕风，吹过任何想要去的地方，吹过能到得了的任何地方，不论山高，不论水长，不论大地辽远；仿若一棵青草，不论长在山坡，不论生在谷底，不论置身山巅，都绽放生命的绿，遵从自然枯荣，不争，不馁，一棵棵一片片一坡一山密密连接成草原的内敛和辽阔，勾画出生命天高地阔的经纬，阐述生命本身的宏大与无量。

  风吹过我心的草原。

  云朵在我心的天空徜徉。

  我心的大河复归滔滔莽莽……

小雨来得正是时候

　　总是在清晨看到车身的泥点时，才知道昨晚有雨悄悄来过，却在狂风漫卷沙尘飞扬跋扈的余威里，仓皇而去。

　　总是为那些刚刚绽放枝头便被摧残得灰头土脸狼狈不堪的春花们扼腕叹息。

　　但春天还是来了，虽然有些姗姗，却是不可阻挡的。被催赶着的绿，一天比一天欢喜地蹦跳在田间地头、园囿坪间。脱掉了枯败外衣的花草树木，跟爱美的女子一样，欣欣然换上了缤纷的春装，黄的明艳，粉的娇俏，红的热烈，紫的典雅，白的纯净……一派春意盎然，一脉芬芳迷人。当轻风拂过大地，带着阳光的温煦，带着田野的勃勃生机，带着碧波的清净，带着炊烟的悠然，平静而自然地来到面前的时候，发自心底的安宁和温馨是那么清晰，那么令人感到生活的美好,和生命的美好。

小雨也来了。晨起拉开窗帘的那一刻,看到地面的湿润和草坪如洗的绿意时,窗外正细雨沥沥。清透的空气扑面而来,温柔地包围了周身,轻柔而俏皮地袭入肺腑,令人舒展、清爽、惬意,恍如窗外正沐浴在小雨中的青草和花木。呵,多么令人欣喜的清晨礼物!

赶路的车辆疾驰而去,溅起一路水花一路欢唱。人们撑着伞,或步履匆匆在路,或悠然信步在景观道,那伞,便如盛开在雨中的花儿般,成为流动的风景。最开心的是孩童们,小小的身影撑着色彩鲜艳的小伞,笑颜如蕾,或追赶嬉戏着,或好奇地仰脸听着雨点儿打在伞上的滴答声,倾听天籁般入神。有可爱的小朋友指着花朵上的雨珠儿问妈妈:花儿是不是哭了呀?妈妈笑了:花儿不是哭了,是笑了,因为小雨为花儿洗净了漂亮的衣裙,花儿更好看了。

细雨笼罩下,这座北方小城褪去浮躁,恢复了往日的清秀和淳朴。农人们眼含笑意,隔着雨帘望着田间的青苗菜蔬,像看着自己健康成长的孩子一般,欣慰而满意。那些往日里携带着闹意飞舞的蜂儿们也悄然栖息在蜂箱里,暂停了劳碌;喜欢在烈日下叽叽喳喳的小雀儿们也藏身巢中,无声无息。只有檐下笼里的画眉鸟儿,间或发出几声鸣叫,以示欢欣。北大河干涸了很久的河床该是复苏欢唱了吧,还有洪水河被大大小小的白石头倾覆了很久的河道,也该水流潺潺了吧。

也许该放下手头的、心头的烦琐之事，置身于小雨中，或静听雨点儿们在耳畔私语轻笑的秘密，或欣赏雨点儿们轻舞于脸颊的俏皮；看看那些往日里过于匆匆而无暇欣赏的碧草花木们在此时此刻的娇媚容颜，看看花瓣儿、树叶儿、草叶儿上轻轻滚动的晶亮的水珠儿，合着沙枣花香的甜蜜和紫丁香的浓郁芬芳，用全部的身心感受这一刻天赐的美好，用全部的身心感受生活和生命的美好。

雪落酒泉

作为北方，下雪历来是天经地义的，不足为奇的，尤其是酒泉这样一个地处西北边陲的地方，终年饮着祁连雪山的水而一代代一辈辈生生不息，大冬天不下点雪，那确实有点儿知恩不报、有悖孝道的意味了。

但有些时候，就是天不遂人愿，你奈我何？就像这一年，从立冬到眼见得快要立春了，硬是没有一点儿雪的踪影，背负着不孝的骂名，一天又一天、一月又一月，那心里，别提有多憋屈了。你看吧，每天看着红彤彤的太阳高悬着，骨子里却跟笑面虎似的，冻得让人抓狂，尤其是那些爱臭美的年轻的或不年轻的女人们，短裙裘皮掩盖不住的瑟瑟发抖和面色青黑，枉费了一番化妆打扮的功夫。那普通流感、异型流感们也扎堆儿乘虚而入，肆虐着年少体弱，当然，一些身强力壮的躺枪的也不在少数。看看各个医院、社区的急诊输液室里，数以半百的挂着吊瓶的人们，和室外排着长队堵塞了走廊的壮观景象，就知道我这说得毫无半点夸张之意。更令人沮丧的是，朔风起时，原本应该蛰伏至三四月才要威风的沙尘，也肆意而起，洋洋洒洒、迷迷蒙蒙、横冲直撞，让本来还有些矜持和优雅的酒泉，失尽了颜面。

气温已至零下二十二摄氏度，但我坚决不下雪，你奈我何？我就喜欢看你干不掉我又不能把我怎么样的样子！

有一日下午，大概是十二月初的某天，顶着冷飕飕的小刀子一样的风出门，送孩儿上课。本来犹豫着不送了，太冷了，心疼孩儿冻着。但你知道，现在的孩子，不，准确地说是现在的社会，凡事不从娃娃抓起，就别想着以后孩儿能有个好的前程，别说前程，连个好的工作甚至一般的工作都不好找，待业啃老的风险太大太大了，也就是时下风靡的"毁人不倦"的说法"输在起跑线上"。话说，出了单元门，正要打开车门，忽然听得身后一声猛烈爆炸的声响，本能地回头，瞬间似乎还看到二楼走廊窗户在震动。惊诧着，是不是二楼的高压锅或者燃气管爆炸了，却一直没看到窗口有烟雾冒出，"大概是暖瓶爆炸了吧"，安慰了惊惧的孩儿，想着应该问题不大，也不用报消防警了，赶紧上车送孩儿上课要紧。送完孩儿，去上班，电梯里就听人们议论说适才人工降雪，高射炮距离住宅小区太近，遭到人们诸多非议了。哦，原来又是人工降雪，近些年，总有人工降雪的操作，但也没见过今儿这样大动静啊。不多时候，从高楼的窗户往外看，迷蒙的天空有些沙土沫儿飘落的样子，地上也覆盖了浅浅一层灰白。没办法，天不如人愿，只能发挥人的主观能动作用了。但也不过两个小时，地上的那层灰白就烟消云散、渺无踪迹了。嗟乎！

今儿，也就是2018年1月28日，下雪了！

至于什么时候开始下的，是不是人工降雪，都不得而知。反正早上出门送孩儿上课，出了单元门才发现下雪了。不大，薄薄一层，基本覆盖了地面，细看，不是雪花儿，还是雪沫儿。但有人说，昨夜寒风怒号一夜，伴随降雪。灰白的一层，没有雪的微微晶莹之光，没有雪花的清凉之意，有的，是奇寒，那种滴水成冰的寒。因此我没有多大的欣喜，这毫无喜感的人工降雪，它在颠覆我们对雪的认知感。这执拗的无雪的北方，它在颠覆我们千里冰封、万里雪飘的壮阔北国风光。想想北京，一样的一冬无雪，酒泉也就无语了，也就心理平衡了。但让人匪夷所思的是，前几天，朋友圈被南方好大雪的美图刷爆了！上海、江浙、安徽，普降大雪，葱郁的林木和姹紫嫣红的花朵，身披白色雪裘的模样，更显万般俏丽，风情别样。河水潺潺地流，两岸覆盖着童话般的雪绒毯，间或有几个俏皮的、憨态可掬的、别出心裁的雪人儿伫立一旁，围观、谛听奇异世界的美妙歌声。更有杭州断桥残雪的真实再现，把神话故事演绎得如梦似幻。还有，暮时的天空，会有一队接一队的大雁飞过。唉，南飞的雁们又提前飞回来了，是不是一边飞一边懊丧着今年又飞错了呢。想想那遥遥万里的路途，翻山越岭的辛苦，觅食的不易和躲避人类伤害的惊惧，想想那生存的种种不易，那不时传来的鸣叫声，竟也是有些悲怆的意味了。故此，已时值五九，所谓数九寒天，居然还不见雪的踪影，是可忍、孰不可忍！更让人激愤的是，小孩子对人工降雪的雪沫儿，竟然不屑于打雪仗、堆雪人，语出淡然：连一个雪球都捏不起来。再无限神往地说出：新疆的雪，都到我大腿了，我一趴下去就直接把我埋进去了。

或许，一忍再忍，是上天对人性极限的考量。忍得过，云开雾散；忍不过，徒伤身心。

忍到了二十九日。从各种纷杂的播报天气的网媒上看，无一不预报着小雪，气温零下二十摄氏度左右。天是灰蒙蒙的白，跟地上昨天落下的灰白的雪沫儿一样，一副不太令人舒爽的神色。小刀子一样的小风，嗖嗖地割着无法包裹起来的耳朵和眼眉。太阳探出头来，虚张声势一会儿，很快就被灰色的云层拖拽了进去。所幸我刚刚隔窗拍下了他尚显温和的样子，还有他一旁的大烟囱里一堆乱草似的浓白烟雾。喝杯热水暖暖身子的功夫，就见得窗外星星点点的飘飞物，定睛看来，确实是在飘雪。很细碎的、稀稀疏疏的、漫不经心的小雪花儿，优哉游哉地飘呀飘。一会儿又没影子了。像淘气的孩子，躲着藏着逗你玩儿呢。尽管如此，临近中午的时候，新的雪还是完全地覆盖了昨儿尚未融化的灰白的雪沫儿，闪着微微银光，白茫茫一片了。

环卫工们敬业守责，已经在楼下通往两个出口的地面清扫出了两条无雪的人行路，呈八字形、像两条细长的带齿纹的叶片，自楼下小喷泉池边向东西两面延伸二十多米，直至与312国道的大马路接壤。大概是同一个工人用长长的扫把左一下、右一下扫的，无意间，竟扫出了雪地里的艺术景观。这让盼雪已久的人，心里倍感诗意。

弃车步行，这是必须的。我要踩一踩那久违的茫茫雪地，听一听雪的小精灵们"咯吱吱——咯吱吱"欢唱的天籁之音。

走出高楼的门厅，与迎面扑来的冷风撞个满怀。但此时的冷风分明携着一股清润，报喜似的兴奋和招摇，那些随之而来的小雪花儿们就乐不可支地往眉眼往脸上又亲又吻了。呼吸瞬间变得清爽，心里忽而变得清朗，那些在高楼里久坐不动、埋头思虑的无趣和烦累都一扫而空。不走那条"叶片儿"路，一脚踩上雪地，动听的"咯吱吱"的欢唱立即传入耳朵，呵，我心舒展，欢畅！

一路踩着，一路听着，特意找没有被踩过的雪地，惬意地踩上去，走直线、走斜线、走圆圈……想怎么走就怎么走，不用在意旁人怎么看怎么说。其实，下班回家的路上，独自流连在雪地上，方圆百米早已没有人的影子，人们都急急地回家了，或许，热腾腾的饭菜和家人的笑脸才是他们心之所向。

"咯吱吱——咯吱吱——"，听雪地上欢乐的歌咏。这欢乐里，一定有北方大地舒畅的叹息声，一定有冬眠的生物们翻动一下身子的苏醒声，一定有林木花草即将返青开花的梦之声。

一路向南，是家的方向。在飘雪的天空和不薄不厚的白雪的加持下，这座背负骂名的城市，敛去了浮躁，流露出了本真的温润之态。

骑单车的中学生,永远都是那么青春飞扬,春秋冬夏,不论酷暑严寒。他们轻快地谈笑着,丝毫不担心天寒路滑,几辆单车从我身边疾驰而过,几条车辙时而交汇时而分列,甩下几串笑声,与雪花一起飘飞。

我不知道这雪花能飘飞多久,能飘落多厚,不知道它能不能像以往那样,慷慨大方地把迟到的白雪皑皑的冬日景致恢复如初。但我知道此时我决不能辜负这迟来的垂爱。脱下手套,打开手机,一路走、一路拍,拍下手挽手漫步在雪地上的年轻情侣的背影,或许有一天,这柔情蜜意的雪地情景,将成为他们的美好生活的回忆。拍下迎面蹦跳着走来的小狗儿,它穿着姜黄色毛绒衣、眨巴着乌溜溜黑眼睛的可爱样子,让安静的飞雪的天地,有了动人的景致;而它的主人,那位孤单的、上了年纪、身形臃肿的妇人,她内心应是充满着对生活的热爱,才会在这样路滑人稀的安静时段里,带着宠物狗儿在雪中悠悠漫步。拍下手中拎着菜蔬急步匆匆赶路的女子,她们无暇欣赏这飞雪,家里的孩子和一日三次可口的热气腾腾的饭菜,才是她们每天作息的规律。拍下身后的脚印、银装素裹的松柏和小灌木,拍下广场的小木屋、扫雪的环卫工人,拍下被白雪装扮得有了童话模样的河床、荒草和河岸的石头。几只觅食的雀儿,叽叽喳喳地叫着,啄食着树丛里的半颗果子。烤肉串店门口的炉火、浓烈的烟雾和娴熟地烤串的胖厨师,此时此刻竟也显得那么温暖动人。

这迟来的雪,这原本属于酒泉之冬的雪,竟成了我心里失而复得的小幸福!

这迟来的爱,应是出于亏欠,一鼓作气洋洋洒洒下了两天。再出得门来,积雪几欲没脚踝。行路便有些难了。车慢了,人也慢了。远处的祁连山白雪皑皑,巍然屹立,也名副其实了。每天,踩着厚厚的积雪,听着咯吱吱的声音,也有些习以为常了。

还是该珍惜。这眼下虽然成为常态的北方之冬,它的迟来,它的短暂,和它近年来聚集萦绕的雾霾,还有或频繁或疏离但从不曾消失的沙尘暴、越来越稀缺的雨水……这渐次发生着变化的物事,需要这座城市的每一个人、每一代人,为它重整行装,为它实现绿水青山的美丽之梦而勠力同行。

雪之恋

也许是离开你太久？你将我温柔地包围，随我而行，或快，或慢，不离不弃。时而，飘向我眼眸，浅笑着印一记清凉的吻，在我眨动眼睫的瞬间，又欢喜地快速逃开去；时而，落在我鼻尖、脸颊，携一丝无限清润的气息，静静等待着我的温热融汇那惬意的清凉。

呵，雪，雪花。清晰地看见你在天地间飞舞的模样，无限柔润，无限宽容地纳万物于博大而无私的怀中，无论车马、屋舍、行人、枯枝败叶，甚而流浪的猫狗。

多么柔美呵。片片如羽，飞旋，飞旋，漫天花雨般。我的鼻翼似乎嗅到了幽幽暗香，不同于花香，不同于脂粉的伪香，那是一种远离尘世烟火与纷扰的无以言表的芬芳，一种用心才可以捕捉得到的清润之香。也许，香，都是俗了的，你是无法用凡俗的言辞来描绘的。

那么，飘落凡间，你是否心甘情愿？是否是为了让湮没于滚滚红尘中的人们一睹天使之容颜、梦想天堂之模样？你浅笑不语，翩翩而舞，而行，而降，或堆叠起童话世界的墙院屋顶，或落地遁形，唯余点点滴滴水的印记。

你与广袤的田园热烈拥抱，与苍莽的戈壁缱绻缠绵，给所有的萧索枯败与晦暗空寂披上纯洁而华美的锦裘，让博大的温情驱散瑟瑟的冰冷，复苏曾经的欢颜。

堆雪人。打雪仗。多么纯真的愿望和喜悦。我的脑海仍回响着清晨见到你的那一瞬间，小小的孩子欣喜的欢叫声，纯净，如你。也许，在厚厚的雪地上打个滚儿，抑或在空旷的天宇下伸开双臂欢呼，可以唤回曾经的童真？抑或化身为你的一羽，与你一起翩飞于天宇，俯瞰红尘烟火世界，是不是会有一种灵魂的轻快与解脱？

你仍浅笑无语。坦荡无邪的笑靥快要将我的心融化了。多么想拥你入怀，让你听听我此时此刻热烈的心跳；多么想对你倾诉，我所有的爱恨悲喜。多么不忍离你而去，却无法脱开命运的羁绊。你在天堂呵，多么缥缈多么遥远！多么漫长的等待之后，你才会悠悠莅临我焦渴的心田！等待，是不是一种幸福？是不是一杯苦涩的甜蜜？你不曾经历，也不曾饮下，何以知。

也许离开你太久，请将我包围，用你的温柔。请随我而行，不离不弃，此生来世……

第四辑

时光之爱

花开的声音

我想象得出，放学铃声响起后，那小小的身影背着大大的书包，急匆匆地穿过嘈杂的校园，穿过熙熙攘攘的人群，穿过马路，一步也不停留地经过零食和小吃摊，奔向那个小精品店。店里有很多挑选物品的学生，她小小的身子挤过人群，来到店老板面前，小脸涨得通红，一边喘着气，一边羞涩地说"我要买一枝玫瑰花送给妈妈"，然后摊开手心里攥得有些汗湿的零钱。

而此时，她把小脑袋埋在我怀里，开心甜蜜地笑着。忽而又仰起头问我："店里的阿姨说没有鲜花，只有绢花，可是我不知道鲜花店在哪里，就给妈妈买了假花，妈妈你不生气吧？"她已经忘了刚刚因为她放学回家太晚而被我训斥后委屈的泪水。

我被愧疚和幸福感纠缠着。想起她进门后看我在家里，欢欣雀跃地叫着，让我闭上眼睛说要给我一个惊喜，我却不由分说训斥她回家太晚。在节日里，给妈妈送一件小小的礼物，给妈妈一个惊喜，对她来说，是多么重要、多么幸福的小秘密呵。为此，她不再害怕一个人走路、一个人做决定、一个人面对陌生的人群、一个人挑选礼物和付钱、一个人穿过几条马路走回家。

少顷，孩子更为开心地说："店里的阿姨问我是不是用妈妈给的钱给妈妈买礼物，我说是我自己攒的零钱。还有，巧克力也是我挑选的。"语气里满满的自豪感。

抚摸着孩子的头，看着她稚嫩的小脸和单纯快乐的模样，看着她亲手制作的两颗红心相印的卡片和卡片上"祝妈妈节日快乐"的彩色童体字，真实的感动让我的心柔软得快要溢出水来。之前所有的失落、怨怼和不快早已消散殆尽。

想起去年今日，孩子心怀小秘密送给我一支红色的康乃馨、一小条士力架和一小袋怡口莲的时候，我和她分享的甜蜜和快乐，我内心因为孩子长大懂得感恩的喜悦感，还有她能够记得我说过喜欢士力架和怡口莲的话而特意买来送我的感动和幸福。想起她更小的时候每年自己制作送给我的生日贺卡：白色的纸片上，用铅笔画一个妈妈，画一个自己，都是笑眯眯的眼睛，用稚气的字体写上"妈妈我爱你"，悄悄放在梳妆台上或者我的枕头边，花瓣上的露珠一般纯真的爱，慰藉着我的心。想起这些年来，与孩子在一起的欢笑和眼泪，想起她三岁时候从幼儿园回来留给我的那颗水果糖，想起她四岁时候搭在我发烧的额头上的凉毛巾，想起她五岁时候第一次为我做的早餐,想起她六岁时候独自去陌生的地方舞蹈演出的坚强,想起她七岁时候要求放学后自己回家的模样,想起她每晚睡觉前仔细检查门和窗是否都关好、每天早上按时起床后自己吃早餐上学……一棵幼嫩的小苗儿,仿佛忽然间就长成了一棵小树,与我同在一片林子里,迎风沐雨,攒着劲儿生长着,渐渐地,竟也能给我以生长的能量和行路的力量。

我看见,所有为了孩子而付出的汗水和泪水,已然化作爱的种子,在春天里破土而出,长出枝叶,含苞,绽放,它将我平凡的生命点染出一脉馨香。

画秋

秋意渐次深浓起来。

窗外的天，愈加湛蓝起来，高远起来。

云，不再是浓得化不开的一朵朵一簇簇一团团，不再是遮天蔽日的霸气，却是仙女般轻盈，衣袂翩然，柔肠百转，如梦如幻。

风，带着一丝凉意，轻轻拂过林木，一些金色的叶子，便迷失般纷纷落下。

色彩斑斓的雏菊们，在这个时候占尽了秋色，深红的，玫红的，橘黄的，紫红的，争先绽放着一生的最美。其实它们不必争抢的，它们忘记了自己与生俱来的油画般的美，忘记了自己亘古不变的油画般的色彩。

最为醒目的，是万寿菊。在长长的道路隔离带两侧，低低的，静穆，鲜亮，无须描绘，兀自成画。

铁黑色的栅栏上，绵长的爬山虎们早已褪下了碧翠的夏装，一派酒红洋装。俨然走过张扬的青春时光后，迈入稳重成熟季节的女子，在晨光晚霞中，愈见姿容绰约。不动声色，却渲染着无尽的魅力。

午后的阳光里，有老人们坐在小马扎上，有一搭没一搭地说着话。有推着童车的年轻妈妈，目光温润，静静地走过。还有刚刚学会走路的宝宝，在老祖母的目光追随里蹒跚着，稚嫩纯净，笑容无邪。间或，会有几个骑着山地车的少男少女，快乐地嬉笑着，风驰电掣般远去。偶尔地，还会有一两只宠物小狗，卷着小尾巴，溜溜达达。

路的一侧，忽然看到一层黄色落叶，数十米。闪念间，已将车驶了过去，并提醒后座的小女儿看车后。果然，听到了小女孩惊喜的叫声："哇！太漂亮了！妈妈，树叶都在车后面跟着飞呢，像电视里一样！"

这个时候，还是会想起多年前，一样的深秋，那个远道而来的年轻身影，驾车在铺满落叶的林荫道飞驰的情景，还记得车载音响播放的是肯尼金醉人心神的萨克斯《回家》。

也会想起，林叶金黄的小径上，举着相机拍摄秋景的那个中年身影。不知他心里的梦想，是否还在深藏。不知那一年他独自在华山之巅挂起的那把锁，是否还在等待来年的解锁人。

多年后，我已能够自己去实现一些梦想，一些诗意浪漫的景象。曾经的艰难，走过了，便如曾经的青春，笑过哭过痛过挥霍过之后，无可逆转地走到人生之旅的秋。伫立在时光里，不再叹息过往的繁华，不再徘徊或者止步不前，会安静地走接下来的路，安静地面对花开花谢暑往寒来。

这一路上，或长或短，相伴一程的人，已然定格为内心深处最美的风景，在时光里触及念及，依然灿烂，鲜活，动人，温暖着流年。

转角处，叶黄，如枫红。我的小女儿小脸上带着神秘的笑，闪身入林。

听从小女儿的指令闭上眼睛，听到她数了一二三之后，睁开眼睛。小女孩伸出藏在身后的两只小手，使劲儿抿着嘴，眼里却是怎么也掩饰不住的笑意。

眼前，小小的手掌里，满是色彩缤纷的叶子：长的，椭圆的，圆的，大的，小的，红如枫叶的，金色的，鲜黄的，碧翠的，一半鲜黄一半青绿的，一半枫红一半金色的……

这些美丽的叶子呵！

我可爱的小女儿呵！

小女儿清脆的声音在微风中不停响着：等那棵枫树的叶子红了，我要给妈妈摘最红最红的叶子。等我长大了，给妈妈买最好吃的东西，最漂亮的衣服。我还要带妈妈去最美的地方旅游……

　　仰首，天空依然湛蓝高远，流云缥缈。

　　举目，处处层林尽染，油画般的色彩。

　　入画之秋，安静，温暖，没有忧伤。

回家是最好的礼物

回家，回家，回家是最好的礼物。这是一句最动听最感动人心的话。遗憾的是这是一条为果冻做的电视广告语。那些欢乐的笑脸和温馨的团圆只是为了盼望大包大袋的某品牌果冻的到来。

我的母亲一定不会这样盼望的。所有的母亲和所有守候归乡游子的人都不会这样盼望的。归乡的急切和盼归的渴望就这样交织着，在越来越近的年关到来之时，抓挠着分隔两地的人的心。

街道早在一个月前就挂起了红彤彤的中国结。红灯笼也次第绽放在主街道的两旁，陪伴着路灯，温馨而眷恋的样子。那些火树银花亮起在基地小区的树枝和灌木丛的时候，年的笑脸就越来越清晰了，脚步声咚咚咚的，合着跳动的脉搏，催赶着一切的热烈。

站在高楼的夜晚，窗外已然灯火辉煌。那些静静悬挂着的红色中国结和灯笼，透出温暖的光晕，在冬夜的清寒里，燃烧的火焰般炙烤着离家在外的游子的心。多么像热爱着的人，不言不语，却让人心生拥入怀中的渴念。

　　回家。回家是最好的礼物。梦里，再一次看见年迈的母亲依窗张望的身影，眼里是深深的期盼和掩饰不住的担忧。母亲担忧我，已经很多年了。屈指算来，从我十多岁离家去外地上学，一直到今天，已经二十余年过去了，母亲的这种担忧和牵挂也便有了二十余年。想来，年少时候是最让母亲省心的一个孩子，而今却成为离得最远、最让母亲牵挂的一个孩子，内心多少是有些愧疚的。

　　犹记得年少时候，逢年，母亲把缝纫机搬到小院里，在温暖的阳光下为孩子们缝制新衣的情景。而母亲额头沁着细密的汗珠，在火热的炉灶前专注地炸油饼、麻花，准备欢欢喜喜过大年的情景也是清晰如昨。母亲会把第一锅炸好的香酥油果子装满一盘，给围在炉灶边的馋嘴的孩子们解馋。那时候母亲还不算老，额头还是饱满和光洁的，眼里满是疼爱，满是喜悦和满足。当我们成年之后，鸟儿般拍拍翅膀飞离母亲有些老旧的巢后，等待和盼望儿女回家过个团圆年，便成了母亲对年节的最大心愿。就像我们年少时候等待新年礼物——穿新衣、收压岁钱、吃好吃的那样，急切而又无奈，欢喜而又怅惘。

　　午时，母亲的电话突然就打进了办公室。开口就问：你什么时候回家？

来不及掩饰泫然欲涕的情绪。我听到自己的声音有轻微的颤抖：快了，也就这几天吧。电话那头的母亲沉默不语。回家的时候我会给您打电话的，妈，我赶紧说。赶快回来吧。母亲的声音虽然还是热切的，但我分明感觉到些微的失落感隔着千里之远清晰传来。母亲告诉我：今年过年，家人都聚齐了，就等我这一个外地的人了。又叮嘱我：什么都别带了，赶紧回家来就好。

　　回家，我要回家！挂了电话，满心里就这一个念头。回家，跟兄姊妹们一起陪年迈的父母过个团圆年；吃母亲包的饺子；看看老父亲亲手写的大红对联，再帮他一起贴在家门上。

　　窗外，传来一两声清脆的鞭炮响。那是迫不及待的孩子们点燃的新年的快乐。午后的阳光里，大街小巷的红灯笼和中国结反射出单纯而热烈的光亮，像千里之外母亲的召唤一样，平实却令人急切，恨不能生出一双翅膀立刻飞到母亲的身边，飞到那个叫家的地方。

　　把爱带回家，回家是最好的礼物。妈，等着我，我一定会回家。

慢慢地陪着你走

在母亲手术后休养的那几年里,有二十多年时间不做饭的父亲,重又回到厨房,在锅碗瓢盆的碰撞里和油盐酱醋的熏陶里,再一次学会了炒菜做饭。

菜是一早老两口去早市买回来的,大部分是适合母亲吃的菜,还有顺路买回的适合母亲吃的人参果。那时候,父亲陪着母亲,慢慢地下楼,慢慢地走出小区,慢慢地沿着街道走,一直走到位于原体校大门口的早市。早市人声鼎沸,果蔬新鲜,小商小贩热情熟络地招呼着。父亲和母亲慢慢地走在早市的人群里,从第一家菜摊一直走到最后一家,边走边看,对比着哪家的菜蔬又好、价格又适中,再从最后一家菜摊往回走,边走边买一些看中的菜蔬,等再走到第一家菜摊的时候,手里便拎了些大大小小的塑料袋,装着够吃一到二天的菜蔬量,如果有看中的物美价廉的菜蔬,也会多买一点。这个时候，母亲的神色是愉快的，充满了人间烟火的喜色。父亲的神色也是愉快的。母亲把往返早市的这段路当作锻炼身体，心里想着今天午饭做什么饭菜，想着午饭时候老两口和儿子、孙子一起进餐的愉快时光，也便有了些盼头，长了些精气神。父亲则把往返早市完全当作陪伴母亲。身形高大、步履矫健的父亲退休以后，渐渐地抛开曾经的纷杂人事，处事待人温和了许多。有时候，我们姊妹在一起会开玩笑地说，父亲越来越像爷爷的样子了，意思是说和蔼可亲了。父亲也只是微笑着看我们一眼，不说什么。他的满头白发，甚至有些花白的浓眉，任小辈谁，也会把他看作爷爷辈的老人了。母亲和父亲一样，从十几年前自己有了孙子升级为爷爷奶奶开始，就很享受被邻居和熟人们尊称为陈家奶奶、陈家爷爷的称呼。从母亲的神情里，能够清晰地看到她被人尊称为陈家奶奶的成就感和自豪感。

每天，父亲陪着母亲从早市慢慢地往家走的时候，早市基本也开始撤市了。回到家里，父亲母亲开始吃早餐。母亲的早餐基本是素餐，麦片粥，就着馏热的馒头花卷；或者素汤面、米粥。父亲则要吃一些肉蛋奶。这时候的居民楼很安静，上学的孩子们和上班的人们都走了，时间回到了悠然甚至闲散的状态。母亲则要考虑午饭的事。如果午饭打算做拉条面炒菜，父亲就会按母亲的意愿，和好面，仔细地放在盆里醒着。母亲则坐在一把小木凳子上，慢悠悠地择菜、洗菜，老两口间或有一搭没一搭地聊些家常。

这时候的太阳已经升得有些高了。阳光透过阳台的玻璃窗铺洒在客厅里，有些耀眼。阳台上，父亲精心养的花草们，油绿肥硕的叶片泛起迷人的光泽，花朵也显得格外鲜艳，甚至有了一点点傲娇的姿态。母亲做完了厨房的活，便坐在阳台门口的小椅子上，静静地晒着太阳，歇息着。父亲则拎一个小马扎下楼去。楼下，小草坪的石桌边已经陆陆续续聚拢来几位老友。那是父亲的老同事老邻居们。大家看人手够了，就在石桌上铺上报纸，摆开一种叫牛九的纸牌打将起来。后来的，则围观。楼下的几棵大柳树下，也陆续聚集了一些相熟的老太太，拎着马扎、小凳，找个向阳的或者阴凉的地方坐下来，有一搭没一搭地闲话家常，或者逗弄孙儿。

快到午饭时间时，父亲又拎着小马扎回家来。老两口又到厨房开始忙活。父亲手法娴熟地开始炒菜、拉面，母亲则慢慢地在旁边打打下手。饭菜差不多做停当的时候，儿子和大孙子也就先后回家来了，饭菜的香合着儿孙的笑语，其乐融融。这时候，父亲和母亲神色都是平静而愉快的，甚至是满足的。

下午的时光也是悠然而充实的。父亲会在阳台上伺候花草，修整花枝或叶片，浇点水或者施点花肥。母亲大部分时间会坐在阳台的门厅口半眯着眼晒太阳。有时候，父亲也会给母亲教认字，母亲则像小学生一样，跟着父亲读拼音、一笔一画学写字。大半生为人师表的父亲，严肃有加的父亲，此时刻耐心得像我幼年时候的启蒙老师一样，和蔼可亲。大半生在田地里辛苦劳作、持家教子的母亲，晚年在病休中才开始迈开儿时的读书识字之路的第一步。而他们认为,这一切尚为时不晚。他们的眼角始终点染着淡淡的笑纹,平静而愉快。仿佛生活本来就是这个样子,不曾有过辛劳和苦难,不曾有过风雨和纷争,有的,是一生携手相伴和荣辱与共的日子。

那时故乡

我的心里，始终藏放着我年少时候的故乡。

记忆里，故乡的小村庄被田园环抱着，田园被祁连雪山环抱着。每一个春天来临的时候，伴随着冰雪消融，伴随着春耕，伴随着缕缕炊烟和晚霞，那种万物复苏后蓬勃欲出的浓郁气息，便弥漫了乡村的角角落落。晌午的田间地头，耕牛和犁铧的缠绵，种子和泥土的缱绻，父辈们攒着一股劲儿的吆喝声，额头和颈项流淌的汗水，合着有些清寒的春风，合着春种秋收的热望，在天地间铺开了一幅一年之计在于春的田园画卷。春种一粒籽，秋收万颗粮。村庄教给了我们亘古的生存信仰，祖辈教给了我们朴素的生活道理。

春夏之交的田野，像十来岁的青少年，半成熟，半懵懂。年少的我们，是一群散落在田野上的精灵，奔跑着嬉闹着，摘几朵马兰花，扎在麻花辫儿上；追几只蝴蝶，踩坏了油菜花田；偷偷摘一把谁家田里的青豆角尝尝鲜，悄悄拔几根胡萝卜哄哄馋嘴巴。即使那些隐蔽在玉米地中央的向日葵，也逃不过我们超凡的侦察力，总是能循着某些迹象找到它们藏身的地方，籽粒饱满的美味被我们第一时间充塞在唇齿间。

在我们每天上学必经的路上，有一个果园。当苹果、杏子、梨、海棠果挂满枝头，果香四溢的时候，男娃们总是展示出非凡的身手，无惧无畏地爬上高高的围墙，在守园人追来之前，带着满兜满怀的果子迅速逃离开，在远远的安全的距离，一起欢笑着大快朵颐。也有"失算"的时候，偷摘了满怀的毛桃子，生涩难吃不说，全身皮肤还奇痒难忍，回到家自然难逃母亲一顿责训。

故乡的味道，总是凝结于秋天的果实。清水蒸煮的苞米、毛豆，清炒的辣椒、茄子，清水洗洗就生食的西红柿、黄瓜，个大蜜甜的西瓜、梨子……丰盛的瓜果蔬菜，让年少的贫瘠的肚皮在这一个季节殷实起来，让单薄的小身板儿敦实起来，让大姑娘水灵起来，让小伙儿神气起来。满溢的粮仓菜窖，让父辈们的汗水有了甜蜜的滋味，让夜晚的鼾声有了欢快的节奏；让祖辈们的气色枯木逢春般生动起来、慈爱起来。油灯下，外乡瞎子先生的三弦弹唱，不再说悲情的饥荒往事，一口老酒下肚，唱词里满是世间的欢喜事儿……村庄，就这样荡漾在丰收的喜悦里，犹如一个人一生中最美的金色年华在盛大绽放。

尽管不太喜欢乡村的冬天，因为总是天不亮就得摸黑踩着田埂去学堂，经常会看不清脚下而摔倒在田埂，摔散了课本纸笔，摔痛了腿脚；或者滑倒在积雪没膝的河沟里，手脚被冻得生疼。但即使在寂静寥落的冬天，年少的我们也会找到很多乐趣。打垒球，是我们最喜爱的一种游戏。在村头一块平整的半个足球场大的四方田地里，以田埂为界，男娃女娃们不分你我，四人一组，用棉布缝制的填充了棉花的垒球，瞄准、投掷、击打、奔跑、追逐，惊叫声、欢笑声和腾腾热汗交织在一起，轻易就赶走了冬天的寒冷和无趣。

还记得村东头的那条大河。河是从很远的村子一路延伸下来，在春夏浇灌沿途村庄的农田。河里的水清澈而清凉，在村头河道三个方向水闸的拦截下，经常改变流向。女孩子们经常在水流小的河滩玩耍，或洗衣，或洗发。河滩里大大小小的石头，都被流水冲磨成了光滑的卵石，面容清秀的女孩子坐在河水中的石头上，一边晾晒着头发，一边晾晒着花花绿绿的衣裳，纯朴的眼睛里便流淌起来一条清亮的泛着五彩花朵的小河。

还记得我家那条名叫小黑的大黑犬。从一只巴掌大小的毛茸茸可爱的小东西，很快长成一条身形矫健、英武俊美的大犬。在春冬夜长昼短的时节，每天天不亮，小黑便欢快地跟着年幼的我们踏上去往学堂的田埂路，一路撒着欢儿跑，跑远了就返身回来寻我们，一直到校门口，在我们反复叫它回家去的驱赶声里，它才恋恋不舍却又训练有素地掉转身原路返回家去。每天放学回家，在村口唤一声"小黑"，或者还没来得及唤出声，一条大黑影子就直立着扑上肩头，无比亲热地将它的舌头满脸满头舔将上来，比离开妈妈的孩子又见到亲娘有过之而无不及。离开故乡数十年后的一天，车行戈壁旷野之上，透过车窗忽然看到远处一条黑犬的影子一闪而过，蓦然，小黑从我心中活泼泼地跳将出来，清晰俊美如初，一路引领着我的思绪回到久违的故乡……

　　离开故乡，是懵懂的年纪。命运将我引落在异乡留居。数十春秋过去，我早已成为故乡的过客。唯有思乡的心，徘徊在岁月的这一头，远远地眺望着儿时的故乡。

让诗意在仰望的角度盛开
——爱斐儿的爱与慈悲

一周前,爱斐儿姐姐要去房山修德谷禅修一周。

之所以称她为姐姐,是因在不算短的一段时间里,喜爱和阅读她的文,与她神交结识,她在我文学创作方面鼓励和提携,而渐渐在心里消除了隔阂和距离。后来她称我小妹妹,我也便自然而然称她为姐姐了。之前,一直是尊称她老师的。

她在临行前,告知"王的花园"群一众人,届时手机关闭、关网。一众人,其实为数不多,稍逾半百,部分为她所敬重的师长、好友,多在京城;部分为喜爱她的读者、粉丝,来自天南地北,各行各业。才高八斗者有之,大名如雷贯耳者有之,名不见经传者有之,业余文学爱好者有之。共通的一点是,都喜爱和赏识她,都喜爱她的文才和人品,都是她亲自邀请进"王的花园",称芝兰之友。

她称众人为"家人",请托张瑜在她走后"守护好家人"。这一周的时间,感觉很漫长,每天心里都很惦念她。今天一早,开始等待她归来的消息。中午下班回到家,一看手机,她真的回来了!发了修德谷山中雨后景色,天蓝云白草碧,还有她身穿绛红色禅修服、双手合十的一张近照。她的面容更加安详,目光更加平静,淡定而淡然的神韵里,少了一些尘世喧嚣的气色,多了一些洞悉了然的静穆。她的内心,应是安宁恬淡了许多吧?她的胸怀,应是辽远豁达了许多吧?

一直以来,透过她不同时期的诗章和近照,我触摸到一丝不易察觉的寂然和落寞,一丝伤痛愈合后,隐隐还留有的瘢痕。更多的,是她内心的不屈和自我修炼。她用诗章,用文辞,用高蹈的诗意,来疗愈尘世之伤,来零距离接近自然,亲近和顺应自然。她赋予草木一颗颗明净的露珠般的心灵,和纯净的纯粹的情感。她说,那些以命救命的命,舌尖上都含着小毒;她说,世界吻我以痛,要我报之以歌……她爱着尘世,也向往着禅境。

修德,修行,修炼,终究是想获得内心的安宁和自然,不为尘世所累,不为情志所伤;不安于平庸,不惑于虚妄。能够自我拂却眼前的迷雾,看到本质,和忠于真相;能够迈步走出困顿之地,如风过无痕,如雁去无声。

她归来。仿佛离开尘世很久,又仿佛不曾离开。

她仍用祈愿和祝福的手势说"家人们吉祥"。

看得出来,她依然热爱着这里,热爱着尘世人间。

二

很想与她倾诉内心的想法由来已久。

作为京城医院的医生，作为知名文化人、诗人，她的日常生活显然很忙。

但在平时的单独对话里，能够感觉到她保持的距离感。句子不多，惜字如金，但真诚，掷地有声。

有说：不必与俗同，但也不必与俗异。一直以来，爱斐儿给我的印象即是如此。

她有时候也会像我们一样，把刊物或平台发表的诗章，转发在"王的花园"或者"思无邪诗刊"。大部分时候，她的诗章发布在"二马看天下"微信平台。后来，她称之为北大青年才俊的权浦老师（网名狮子王，头像也是著名动画片《狮子王》辛巴的图像）建了"王的花园"群和"王的花园"公众号，她的诗章便不定期发布在这里，大多数是她早年出版的散文诗集《非处方用药》里的诗章。而我，也正是从这些散文诗章喜爱上散文诗，尊崇爱斐儿，并开始尝试创作散文诗。创作近一年，并大量阅读众多诗作者的散文诗，渐觉对散文诗这种文体愈加喜爱，有些得心应手了。

但仍羞于将自己的拙作拿给她看。她曾对我说，有好的诗作就发给我，帮助推荐刊用，还留下了自己的电子邮箱。但在她面前，我始终觉得自己的文字像一个青涩、稚拙的小学生习作，怕班门弄斧，怕贻笑大方。一直努力写，大量阅读，学习改进，写到自己觉得抒情不矫情、表达不做作，逐渐能够把对物事的感知、感受和观点，自然地用诗意的语言表述出来，形成自己的文字风格。投稿，或在自己的公众号发布，听听关注者和阅读者的评论声音，渐渐地，对散文诗这种创作形式有了些自信。偶尔，也会心怀忐忑，把在其他公众号发布的散文诗转发到"王的花园"。花园里还是一贯的安静，只闻花香，不闻人声。

一天，我将一个公众平台发布的我写敦煌莫高窟、月牙泉等古迹的散文诗组章转发到"王的花园"，竟听到几声好评。之后，爱斐儿在群里@我，说有类似的作品可以发到她邮箱。心里好激动，终于得到了她的首肯。按捺住激动之心，马不停蹄地编辑了不同内容的两组，连夜发到她邮箱。之后，就心里空荡荡的，开始了忐忑不安的等待。等待的日子里，漫长、惶恐、甚至有些心烦气躁的意绪，隐秘地充斥在心里。不几日，收到她回信，亲切地告知"小妹妹"，两组将分别推荐给《诗潮》和《星星》两个刊物，请勿它投。激动啊！欢欣雀跃啊！被她肯定的莫大的欢乐再一次隐秘地充斥在心里。而《星星》和《诗潮》这两个著名刊物，又是多少名家名篇汇聚、多少诗作者梦寐以求的荣耀！很多时候，我们的进步，真的需要这样一只温暖而有力的手，推进和牵拉。

这一次，我不再刻意等待刊发的消息，只是更加努力地去创作、去阅读和学习。除了爱斐儿的诗章和她主编的散文诗集，周庆荣老师的诗章也极为喜爱。那是另一种感受和表达。没有庸俗的沉沦、颓废、愤世嫉俗，充满了智慧的理性、独立的力量，还有温暖的诗意。

大约一个月后的一天，文友宗海留言说《星星》第6期有你的大作啊。发来链接一看，果然，《故乡》组章在电子目录里。不停刷屏，登录星星公众号翻阅，始终只看到目录。问宗海，说有纸刊、有稿费。他龇牙大笑的表情图让我自嘲刘姥姥进了大观园。想起一个月前，收到省作协寄来的会员证，也还没有这样雀跃嘚瑟的情形。或许，是五年的期盼和等待太过漫长，热情被消磨殆尽。但我自知，在严格意义上，自己的写作水准和创作成绩并不能与作家这个尊严和荣耀尚存的称号相匹配。一周后，收到《星星》样刊，真实地看到自己的名字和文字，内心反倒平静了很多。这是一棵芽苗，更是增进我文字成长的力量。

我忽然感到内心的宽阔和辽远，眼前的苟且，不再令人窒息和疯狂，不再令人几欲逃离。想与爱斐儿倾诉内心的想法，也变得风平浪静。如果可以不用倾诉来释放内心的积郁，那应是自我疗愈的一个好的开端。有些病，只能靠自身去祛除；有些伤与痛，也只能靠自身的力量去抚平。这何尝不是一次心灵的修行。自己走出迷雾和困顿，又何尝不是人生之路一路走来必经的修行。

再一次看爱斐儿身着绛红色禅修服、双手合十的近照，看她面容安详、目光平静的气韵，她依然是我心中的女神，依然是我行路的明灯。她引领我打开心怀，祛除诟病和隐晦，让阳光、清风、蓝天、白云、绿草住进来，让花香氤氲着灵魂，让诗意永远在仰望的角度盛开。

后记：2020年至2021年期间，会时常看到爱斐儿出席参加各类文学或采风活动的图文信息。期间，还看到爱斐儿在北京举办油画展的消息，她在我心里更加熠熠生辉。有一天，她解散了沉寂已久的"王的花园"微信群，想一想自己与群里的其他名人们无甚交集，虽感到有些遗憾，但也未做多想。直到2021年初春的一天，她在微信里说"我已正式出家"，让我不要再叫她姐姐，还说了她的法号，让以后称呼法号，那一刻，我清晰地听到了内心有什么东西瞬间断裂的声音，忽而又觉得有什么重物猝不及防压在心头……我还是难以舍下，即使感觉从此与她隔着千山万水、隔着天堑沟壑。她始终在我心里，在我最困惑的时候，陷入最低谷最暗黑的时候，还是会向着曾经她手执一盏灯的方向，在内心里默默倾诉。我记住她说过的关于人生与修行，在喧嚣纷杂的尘世里，自我修炼，看淡、看开、放下，放过自己，忽略眼前的苟且，去用心感受生活和大自然的美好，努力守护内心的安宁。互相偶有信息互通，知道她安好无恙，也便心安。

生命之外

很长时间以来，习惯了把一些随想随感和一些拍摄的图片发布在腾讯 QQ 空间的"说说"里。初开始自嘲称以此表示自己还一息尚存。后来再打开"说说"时候，发现首先会显示往年同月同日写过的说说，一年前，或者两年前，甚至若干年前一起出现。这是一件令人有些动容的事。当我早就忘了那年那月那一日，自己做了或者发生过什么值得记录的或喜或悲的事情时，"说说"为我忠实地记录了下来。回想往日，或喜或悲的事，或美好或缺憾，或阳光灿烂、云淡风轻，或风雨交加、沙尘滚滚，或鸟语花香、一路繁花相送，或黯然神伤、一筹莫展……很多时候，是一个孤单的灵魂，漂泊无着地游走在光阴里，足印深深浅浅，身影时疾时徐，甚或在彷徨中停下脚步，迷惘于活着的意义。而终究，还是被裹挟在红尘中，身不由己地往前走着，内心默念着"世界以痛吻我，要我报之以歌"的箴言，厌倦而又深情地活着。

这一天，是母亲永远离开我们两周后的一天，而父亲永远离开我们已经九个月。悲伤和失落后，在没有了父母气息的空荡荡的老屋里，我们几个兄姊妹都沉默着面对生活的日常。日子还要继续，还必须继续。家兄念及我常年在外，独自在老屋里待着过于神伤，悄悄嘱咐家姐抽空过来陪同。家兄对我的关爱，自我年少时候至今都是如此，骨子里流淌的血缘亲情和心地的良善淳朴，让我一直觉得他不仅仅是兄长和亲人，更像一个能够给予我风雨庇护、能够让我回归本真的男人，让我在跌落至生活最低谷的时候，还能够有一处疗伤和韬光养晦之所。这一天的午后，阳光温暖，内心安静，打开手机QQ"说说"，去年今日的记录赫然于眼前，让人不得不叹服于"历史总是惊人的相似"！说说里，有文字和马尔克斯的《霍乱时期的爱情》一书配图，文字记录着那日午时，兄弟姐妹齐聚一堂，家宴、玩乐，承欢于年迈的父亲母亲；午后，我打开这本书，写下了光阴安暖的字句。而今天，一年后的今天，午后，阳光依旧灿烂，阳台的花草依旧葳蕤，兰花和红玫依旧盛开，只是，偌大的房屋里，父亲和母亲已成为两帧相片，并列在相框，目光里含着隐隐忧伤，注视着他们的孩子们，注视着人世的寂静悲欢。

其实今天我拿出这本书想读的时候，并没有想过从前，拍下这些沐浴阳光的花草的时候，也不曾想。然而冥冥之中，仿佛一切早已安排,猝不及防,与从前迎面相撞,撞得生疼,疼得眼泪忍不住掉下来……

时光飞逝。但时光永远不老,像花开花落,一岁一枯荣,生命仍会复回;而我们,在世事变迁里飞速老去,再不会有轮回,一如我的父母。

生命不是脆弱的。生命是一条大河,奔流中必然会有波折和苦难,或多,或少,都是常态。大河终将会归于海,生命终将会归于灵肉之归宿地。

这世间,爱恨也好,悲欣也罢,患得患失是一日,云淡风轻也是一日,流光它从不等你,从不停步,而你,却越来越脚步迟滞,直到追不上它的影子。这一生的路,便到了尽头。路,或长或短,都有尽头。

伤悲之外,这人间,仍是这般美好:蓝天清风,阳光灿烂,草木待苏;安于一隅便能够隔绝纷扰,走出去,便是天高地阔任我奔跑飞翔的自由。

这一刻,屋内安静。窗外安静。世界安静。心里也不再万马奔腾。

愿我们都能够放下生命之外的负累,脚步轻快一点,内心清净一点。风来,迎风;雨来,沐雨;阳光灿烂的日子,听闻花香鸟语。伏虎于心,细嗅蔷薇。让时日复归于风轻云淡,让心复归于人之初的纯粹与本真。

十天

又到开学季。

尽管是一名中学生了，但孩子依然稚气未改。追星，追剧，玩手机。本来小学最后一个假期，一个唯一没有家庭作业的假期，她想像风一样自由，像蜗牛一样缓慢而散漫地度过。但未能如愿。为了不至于让她在这个假期堕落成废柴，断然开启美术、陶笛、葫芦丝、吉他、羽毛球等课外班轮番上阵模式，不间断进行轰炸，期间再用考级、录音棚、现场表演给加油鼓劲。孩子倒也很努力，学得也算认真。有时候，看她顶着正午的大太阳，背着超过头顶的硕大吉他包，拎着陶笛和葫芦丝包，独自乘坐公交车去上课的柔弱背影，心里不免疼惜。但为了她将来的日子不再如此辛苦，便也狠狠心，让她去历练。技多不压身，于我们每一个人，都是至深领悟。

开学在即。孩子开始大叫大嚷，一个假期什么都没干，哪里都没有去玩过。义正词严地反驳和批评她，一个假期能做的事很多，有些做了，有些没做，做了的和做得好的，要自己肯定，比如陶笛、葫芦丝和吉他学习；没做的和没做好的，要自我反省，比如读课外书、夏令研学。她终究无法对抗家长的"专横"，于是噤声。

忽而开学。新学校，新环境，新老师，新同学，都让她身心有了新的变化。新的班主任，口碑很好，是比较如愿的一件事。

开学第三日，初一年级组六个班二百多名学生清晨乘坐六辆大巴出发，去张掖军训基地进行为期十天的综合研学。兴奋里混杂着些许不安，不舍里更多是新奇和向往。

送孩子离开后，时日一下安静了。甚至感到一些轻松了。不再每天记挂着她起床洗漱吃饭上学放学作业娱乐课外班等等的事，心里的确感到轻松了很多，上下班也觉得时间不再那么紧促。

第一天，看班级群军训的照片和小视频。统一校服、统一迷彩服迷彩帽，认不出谁是谁的孩子，但看着军训基地规范化特色化的研学项目和作息时间表，也便安心了。回想着一大早离开的时候，晨色朦胧中站在几百人的队列里就搜寻不到孩子的身影，好不容易辨认清了，恰好相互目光对视上了，便放下了彼此都悬着的心。回想着她坐在大巴车第一排，急切地寻找车外马路边熙熙攘攘的人群里自己父母的身影，正如我们找寻她一样，互相目光对视的那一刻彼此展开的欣慰笑脸，车子启动的时候，彼此挥手别离。

　　第二天，看班级群军训的照片和小视频。终于想到如何辨认自己的孩子，那就是脚上一双湖蓝色的羽毛球运动鞋，在几乎都是浅色旅游鞋的群脚里，还真的是与众不同的"标识"啊！之后就在带班老师现场直播的所有照片和小视频里，盯着找这双鞋，找自己的孩子。孩子的脸和举止有些拘谨和紧张，列队、出操、训练、吃饭、休息，都紧绷着一张小脸。但看得出来她还是一贯的认真和听话，是比较好"管"的孩子之一。有时候忽然就想，平时对孩子有些严苛了，以致她少了些自信，少了些天真，少了些自由参与其中的率真，少了些内心的快乐。想起有人曾这样说过，成长就是在不断失去中长大。我们，都在不断失去中成长成熟，但我们也在不断失去中不断获得。于孩子，亦如是。

　　第三天，看班级群军训的照片和小视频。今天是周末，想念孩子的感觉也便有些深了。想听听她的声音，想摸摸她的头，想拍拍她的肩膀，想看看她酣睡时恬静的模样……平时在家总是烦她吵吵嚷嚷打打闹闹，现在觉得这些真实的东西不再有的时候，是多么失落！手机是学习和军训基地特别要求不能带的。临行前准备了电话手表，但她没有找到装有 sim 卡的小手机，电话手表也便只是手表功能了。想来，孩子也该是很想念父母和家的，离开家，去不熟悉的或者陌生的地方，她总是没有安全感。家长们说，忍着吧，放手吧，放心吧。那，好吧。看看今天拓展训练的情景，想来，孩子应该是很喜欢的，应该会开心一些的。带班老师说有些孩子燥热流鼻血，就想到孩子平时容易流鼻血，但她应该知道用冷水洗鼻子止血，平时就是这样做，从第一次流鼻血的恐惧担忧到后来的等闲视之，淡定地自己用自来水洗鼻子止血。还是有些内疚，平时对孩子照顾不周。

第四天，看班级群军训的照片和小视频。仍然是一群迷彩服，难辨谁是谁。清晨集合，升国旗唱国歌，出操……带班老师还晒了第四天作息内容。每天内容不尽相同，每天时间安排紧促，听指令和要求严格遵守，为了班级和个人荣誉，为了孩子们素质培养和锻炼。想来，这样是很充实的，时间也会在紧张忙碌中匆匆而过，想念也会在梦中遇见。带班老师晒了昨天孩子们的研学日志，看到最后一篇最后结尾说有恐高，心下一动，自己的孩子平时就恐高啊，仔细辨认字体，越看越像，再仔细阅读日志，孩子说虽然恐高害怕高索桥，但还是一步一步走过去了，回想起来还觉得过得开心，于是心里也顿感安然。想着，找时间做个电子纪念相册，题为"十天：我们迈开成长的一步"，也作为给孩子的小礼物以励志和纪念。

第五天，看班级群军训的照片和小视频。往常的双休，孩子会在周六早上睡个小懒觉，之后写作业或者上课外班。偶尔，也会一家人出去就近玩一玩、吃吃饭、打打球或者散散步。在给诸位课外班老师告假后，照常到办公室加班。这几天气温较高，燥热。想着孩子也差不多该适应了军训生活，一大群一大群的孩子过着同样的军训生活，也便没有什么太担心了。

第六天，周一。看班级群军训的照片和小视频。已经成为每天的习惯。看了孩子们井然有序的动态，也便心安。

第七天，周二。看班级群军训的照片和小视频。

第八天，周三。看班级群军训的照片和小视频。

第九天，周四。看班级群军训的照片和小视频。

第十天，周五。看班级群军训的照片和小视频。这是军训最后一天。孩子们该回家了。下午六点早早守候在学校门口等。一大群家长，都一样望眼欲穿。直到暮色时分，华灯初上，才看到一大群两百多个孩子列队归来的身影。仿佛这十天长大了似的，孩子见到我的时候开心地笑着，但没有像以往那样拥抱。晒得黝黑的脸上，除了有点疲累，反倒看起来更健康了！

之后的居家时间里，孩子每天会把被子折叠成豆腐块儿整整齐齐地码放在床头，进门会把鞋子整整齐齐摆放在门口，牙杯牙刷会整整齐齐放在固定的位置，饭后会把碗筷收拾拿去厨房……我不动声色地看着她惊人的变化，极力掩饰着内心的欢喜，实在忍不住夸奖一句，她还有点不好意思。

十天的时间，于孩子于我，都是一次不大不小的"历练"，让我学会了适度放手和放心，让孩子学会了适度独立自主和自我管理。以后的时日里，我们都将在不同的"历练"里一起面对得失与成长，相信我们都能够勇敢面对。

送别

车子在楼角转弯的地方停了一下,从事先打开的车窗抬头看,一眼就看到母亲在阳台,半探着身张望着,神情略显失落、焦急和疑惑。其实从我下楼等车到车过楼下也不过七八分钟时间。我把一只手伸向窗外,使劲儿向母亲挥动,母亲竟然没有反应。我一直挥着手,等着母亲搜索的目光从楼下这个转弯到另一个转弯的路段返回来。很快,母亲看到我挥动的手,急急伸出一只手挥动起来,另一只手急急抹了一下眼睛,我心头一热,眼泪欲夺眶而出,我分明看见了母亲泪眼中的不舍和心疼。赶紧催促车子快走,我想让母亲记住的,是从拥抱完她到走出家门时我轻松愉快的样子。

"你每次走的时候,妈都会在阳台上看。"一旁的二姐轻声说。我知道的,我怎么会不知道呢!我这个远在他乡的女儿，十多年来，每年只能在春节回一次老家，顶多只能逗留四五天，而我每一次离开家的时候，母亲都会在阳台上目送我离去。十多年来，我对老家对母亲的记忆，几乎也定格在目送的这一幕。她却一次又一次体味着目送的不舍和伤感，以至于成为她多年来对我这个唯一不在她身边的孩子的担忧，尽管我早已步入中年，尽管母亲已是古稀之年。

我不敢再回头望。如果回头，一定还会看见我的老父亲站在楼的转弯处目送的身影。多年来，每一次我离家的时候，父亲一定会送我到楼下，坐进车子里，笑着挥手说再见，有时候，还会亲自送我到火车站，仿佛一直在送多年前那个去外地上学的小姑娘一样。其实我早上醒来，就看到父亲在一窗之隔的厨房凉台忙碌的身影，看得出来是在和面。母亲身体不好，老父亲就包揽了家里的体力活，平时买菜买粮油等等的。而和面做行面拉条子饭，更是每天午饭必不可少的，只为了让中午下班回家的哥哥和二姐能吃上顿热饭，尽管二姐说她和哥哥若不回家吃午饭，老两口就会胡乱凑合吃。母亲说父亲力气大，和的面筋道好吃，我说我最想吃最爱吃的就是家里的行面拉条子。老父亲知道我今天上午的火车，一大早就起来和面醒上。吃完母亲做的蛋卤拉面，看看窗外阳光灿烂的天气，整理好离别情绪，也差不多该出门了。到处看看没见老父亲，母亲推了推卫生间的门说应该在里面。隔着门跟父亲道别，告诉他不用送我了。正一个人在楼下等车，却看到老父亲来了，没穿棉衣，穿着拖鞋，对我的问话略带歉意地笑着说，急急忙忙地没顾上穿。我穿着大羽绒服尚觉天寒地冻,而老父亲因足病几乎常年穿棉鞋,此时却穿着拖鞋和单衣跑来送我了!车子来了,父亲笑着跟我挥手,寒风中哈出的白气和着我心头的雾一起萦绕……

进站口,二姐再次用力拥抱了我,微笑着说:去吧,不用担心父母亲,有我们呢,你照顾好自己就好。一句话却惹出了两个人的泪花。站台上弥漫着回首张望的不舍。城市很快远去,乡村也很快远去,这一年的"年"也便从此远去。旅途上的人们,再一次小心地收藏起故乡,收藏起亲人的笑脸,安放在梦里,在以后的漫漫时日里幽幽怀想。

外祖母的老时光

在我的记忆中，外祖父母居住的那个村庄，与那时候北方任何一个村庄并无二致，贫瘠，安静，惯看世事变迁的淡定。那时候我大概八九岁的年纪，上小学。学校离外祖父母家不远不近。夏天和秋天的时候，我经常寄居在外祖父母家。

外祖母是个经典的小脚老太太。印象中，外祖母皮肤白皙，高鼻梁，大眼睛，一头银丝，在脑后挽一个髻，再戴上黑丝发网，显得优雅而高贵。外祖母长年着一身青布衣裤，偏襟，盘扣，立式的罩衣领子里露出同样是立式领子的白布衬衣边儿。青色的裤脚用同样青色的绑带缠绕着，典型的三寸金莲，用白色的布一丝不苟地裹缠后，像个粽子一样藏在青布的鞋子里。外祖母个头不高，但精气神一直很好，很喜欢颠着她的三寸金莲，小鹿一样走在村子里，田地里，和我上学的小学门口。天冷的时候，她会戴上一块青色的头巾，折起一角，罩住口鼻，在一侧的耳后别好，露在头巾外的高鼻梁和大眼睛便更好看了。

外祖母极其爱整洁，她没有一般农村老太太的烟灰气和破败相。外祖母会经常在阳光下清洗一头银丝。她打一盆温热的水放在小院里，在盆边再放一壶兑好的温热的水，然后坐在日光晴好的小院里，慢慢而又仔细地解开银色的发辫，用木质梳子轻轻梳理开，将头发浸入加了皂粉的温水中，轻轻地揉洗，之后再用清水清洗一次。那时候太阳正暖，外祖母安静地坐在小院里，让头发自然晾晒干，然后，在一面椭圆镜子前，仔细地编成发辫，在脑后挽成发髻，戴好黑丝网。这些时候，我发现外祖母眼里有亮晶晶的光，现在想来，应是外祖母想起了自己年轻美貌时候的青春往事吧？

也是在阳光温暖的日子里，外祖母会打一盆温热的水，洗脚。她轻轻慢慢地一层一层一圈一圈地打开缠裹着小脚的白布带，我看到了那三寸金莲！苍白的，干燥的，脚趾向内弯曲着聚拢在脚掌处快要接近脚心的地方！其实那时候，对于我这样一个混沌未开的一个小女孩来说，并不知道这样的一双脚意味着什么，多年后想起来，隐现在眼前的那两只苍白的小脚，总让我心情复杂难以言述。外祖母轻轻挽起裤管，露出同样苍白瘦弱的小腿，将两只粽子一样的小脚浸入温水，用手慢慢地撩着水，轻揉着小腿和小脚。用干净而干燥的白布帕子擦拭完腿上和脚上的水后，外祖母会换上同样干净而干燥的白布，把那双粽子一样的小脚仔细地、一丝不苟地缠裹起来，再换上一双干净的青布鞋。外祖母洗过脚的水很清，也没有异味，以至于我现在都认为是不是因为那粽子一样的小脚上的汗腺也连同弯曲向内的脚趾一样失去了功能。外祖母将换下的裹脚布和鞋子仔细地清洗干净，晾晒在窗台上，天冷的时候，就放在卧室里煤炭炉子边的小木凳子上，烘烤干，之后仔细地折叠起来，放进她那口古老的木头箱子里。木头箱子上暗红色的油漆随着年月的流逝，有些地方已经斑驳，外祖母用一方白色旧布仔细地苫盖着，箱子打开时候会散发出纯木的淡淡清香。箱子里整齐地叠放着外祖母的青布衣、白布衣，青布鞋、白布带。印象中，外祖母的服饰除了白色和青色，再没有别的颜色。

外祖母的针线活很出色。她和外祖父的衣裤，都是由她自己裁剪和缝纫，剪裁合体，针脚均匀细密。记忆里，很多时候外祖母都在缝制衣服，一针一线，一针一线，周而复始。不时将银针在头皮上擦一下。外祖母的眼睛花了，穿针引线比较困难，她经常对着光线，把针线举得高高的，远离眼睛，然后眯起眼睛穿针，一次，两次，三次，总有一次会穿成功。如果我在她跟前，她就会叫我帮她穿针。很多年后，我母亲穿针引线的时候，用了一个专门的穿针小工具，有个小小的喇叭口，将针横穿其间，穿线时几乎不用看，将线通过喇叭口就穿好了。外祖母的右手中指上始终戴一枚银色顶针，像极了现在的大戒指。那时候的祖母们、母亲们，几乎都在中指上戴一枚银色顶针，应是为了随时给家人缝补衣裳方便。

外祖母给自己缝制的上衣都是传统的女式偏襟褂子，青色，扭花盘扣，衬衣则是白色偏襟，扭花盘扣；给外祖父缝纫的上衣是青色或者灰色的中式对襟褂子。那些盘扣，都是用裁剪衣服的边角料细细缝制成小手指般粗细的布条儿，翻转，就成了一根中空的布带。把一些布带一边扭花一边缝线，变成一个个梅花状的扣，另一些布带捏在手里打结，成绣球状，留一寸长的尾，与梅花扣对应缝制在衣襟，好看而实用的纽扣便完成了。这些古老的民间手工艺品，现在已极为少见，偶尔在一些复古风格的服饰上可以见到，那浓郁的民族风和怀旧感便扑面而来，那一刻我便会想起外祖母。

外祖母的茶饭，都是粗茶淡饭。或许是因为生活的艰辛和物质的匮乏，一般都是小米粥或者汤面条。其实那时候村庄里的人家，基本都是这样的茶饭。那时候，我有一个要好的小伙伴，是外祖母同村的一个小姑娘，长辫子，圆脸蛋，名字现在已经想不起来，和我是二、三年级同班同学，我们经常一起上学，一起放学回家。小伙伴的家与外祖母家隔着好几排房子的距离。通常在晚饭的时候，外祖母会颠着她的小脚，到小伙伴家去把她叫过来陪我一起吃饭和玩。小伙伴经常会端着饭碗赶过来，碗里一般也是汤面条。那时候清贫，冬天的时候，我们的饭碗里基本没有蔬菜，更没有肉，偶尔会有一点儿油泼辣子泛起的红油星星。夏天的时候，碗里会有土豆、茄子、豆角一类的蔬菜，尤其是绿绿的芫荽，点缀得一碗白水面条煞是好看且开胃。这些蔬菜都是自己家里种的。但印象中外祖母的小院里没有种过蔬菜，只是一个很大的坑，夏天积满浑浊的雨水。外祖父、祖母在离自己小院数百米远的自留地里种一些蔬菜，在我放学路过的时候，也会帮外祖母采摘一些豆角，或者挖几颗土豆、掐一把芫荽、几根小葱。

在绿油油的农田围绕的村庄里，外祖母小院对面的人家栽种的几棵杏树、梨树又一次开花结果，枝条满溢出高高的院墙。年幼的我，并不觉得那满树粉红雪白的花朵有什么好，反倒是怕那些在杏花上嗡嗡嗡飞来飞去的蜜蜂会蜇人。我和要好的小伙伴在杏树枝条遮搭的院墙下玩耍，时常会在果树下仰望这些粉嘟嘟的花儿，心里想着快快落花、快快结果。因为那些诱人的小果实总是勾动着我们清贫的胃囊。那户人家的院墙很高，院子很深，里面的人很少出来。当杏子长到蚕豆大小的时候，梨子也长到鸡蛋大小了，我们每天就在院墙下流连，想尝一尝的渴望无时不在诱逗着我们。有调皮的孩子们，会捡起小石头往树上扔，想砸下几颗来，但那么小的人儿，那么高的院墙，总是让我们望杏兴叹。我的外祖母眼见得我这馋样，就颠着她的一双小脚，绕过院墙到那家人院里去。外祖母再颠着小脚回来的时候，洁白的手帕里就会包着十来颗青青的杏子。我和小伙伴们一边吸溜着口水，一边开心地咬着嚼着。然后在吃晚饭的时候，就什么都不敢咬不敢嚼了，牙齿都被酸倒了。我的外祖母早有预见似的，晚饭熬的是小米粥，放在粥里的一点土豆也被熬得几乎看不见形状了，搅拌在米粥里的面粉,也是糯滑得没有形状。看我喝米粥喝得欢,外祖母眼里也便笑意微微。

在我早上和中午去上学的时候,外祖母总会把我送出小院的门,一次次叮嘱我,让我顺着村子的大路走去学校,不要绕着田埂走。她担心那些浇过水的湿滑田埂,会滑倒我,会弄脏我的衣服和鞋子。她还担心我那么小小的人儿,走进小麦和玉米地的田埂时,她会看不到我。夕阳快要落山的时候,我放学回来,远远地,总会看到在小院门前的马路边等候我的外祖母。外祖母用手搭着凉棚遮挡着太阳光,单薄而孱弱的身子伴着身后长长的影子,静静地站在夕阳里,像极了一幅油画。那时候,一看见外祖母等候的身影,心里便一下感到踏实,一个人走路的种种担心和惧怕都消逝得无影无踪。

大概在我上四年级的时候,父亲对我们几个孩子的学习开始管得比较严了,不再让我去外祖母家,每天晚上我们姊妹几个都围坐在明亮的灯下读书学习写作业。冬天的时候,会围坐在温暖的大铁炉边,吃着炒豆子,听母亲给我们讲民间故事,有时候父亲也会给我们读最新买到的杂志上的故事。那时候学校只有星期天休息,母亲有时候会允许我去外祖母家玩。从我家里走到外祖母家里,会有很远的路,要先从我家走到我上学的学校,再从学校走到外祖母的村子。好在这两段路都是我熟悉的路,母亲也很放心让我一个人去。外祖母见到我来了,高兴地笑着,颠着小脚迎上来,拉着我的手把我拉进屋子里,然后翻箱倒柜找出一些珍藏的小零食给我吃,她则坐在一旁笑眯眯地看我吃。有时候外祖母不在家,我便自己打开小院的门扣,到家里先玩着等她。外祖母的小院门扣不上锁,她说怕我来了后进不了门。其实那时候清贫,村里人大部分人家里除了自给自足的粮米,基本再没有多余的值钱物什,家家户户的院门在外出的时候都是把门扣一搭,不用上锁的。只有那些院墙较高的人家会上锁。而一般出门,也只是去附近的农田干农活,日出而作,日落而息。民风淳朴,安宁。而外祖母家的小院门扣很低,即使我在上二三年级时候的身高,也不用踮起脚尖,只抬手就能够着。

在我上初中的时候,去了比小学稍远一点的地方。每天上学、放学、回家,几乎雷打不动,也便几乎没有了再去外祖母家玩的时间。外祖母便会来学校门口看我,顺带给我一些稀罕的小零食,或者,她就是为了给我那些稀罕的小零食才来学校找我的。那时候,我父亲是学校的教务主任,外祖母来的时候我正在教室上课,她就会去找我父亲,在父亲办公室门口等着。有一次我看见父亲不高兴地对外祖母说让她以后不要再来学校了,大概父亲是怕影响我学习分心吧,或者别的什么原因。我看见外祖母神情有些失落,大眼睛里满是忧伤,我就哭了。再后来,外祖母就在我放学的时候在校门口的围墙下等我,想到她大冬天的,颠着一双小脚,踩着积雪,要走那么远的路来看我,我就又哭了。外祖母也哭了,用青色衣袖一边擦着我的眼泪,一边擦着自己的眼泪。

在父亲严格的监管下忙于学习奔前程的初中生活很快就结束

了，我的少女时期也在这样懵懵懂懂的无知里匆匆远去。这期间，我几乎没有去过外祖母家了，也几乎没有在学校门口再见到外祖母了。长大，让我获得了一些文化知识和对社会与生活的认知，同时也让我不可避免地失去了年少纯真。外祖母是在我到外地求学的第二年离世的。谁都没有告诉我这个消息，只是在我假期回来后听到母亲说要给外祖母上坟才知道的。那时候，外祖父也已经去世了，是在外祖母去世的前一年。我去看了外祖母的小院，还是当初那样清贫的模样，寂静的古旧的窗棂，寂静而低矮的围墙，寂静的天空，寂静得早已找不到我童年时候的影子。

在我成年后，我自然离开家乡，在异地他乡工作，安家，生活。裹挟在滚滚红尘里，奔波劳碌，烟火的生活和苟且充塞了我生活的全部空隙，我年少时候的家乡连同外祖母，不知不觉都远离我而去。很多年过去，有几次居然在梦里见到那时候的外祖母和外祖父，还是我童年时候的模样，青布的衣衫，说着家乡话，眼里闪着温醇善良的光。后来与母亲说起，母亲让我烧点纸钱说以后就不会梦见了。母亲也快到了曾经外祖母的年纪，岁月在她的额头上刻下了不深不浅的年轮，眼神也变得温醇平和。我有时候心里暗暗遗憾母亲的容貌为什么没有遗传外祖母的大眼睛高鼻梁，和她唯一的妹妹一样是单眼皮。母亲不肯告诉我外祖母的身世，或许她也不太知道，母亲只告诉我在她年少的时候，在过于贫困的生活迫使下，外祖母曾经带着她的几个孩子去新疆生活过一段时间。母亲还对我说过外祖母曾经生活的地方叫作青嘴湾，但母亲说不清楚青嘴湾在哪个地方。我从母亲的身上找不到外祖母的影子，只有那颗贤淑善良的心跟外祖母一样。而今，母亲去了，我更无从知晓外祖母的真实身世，但我一直感觉外祖母应该有少数民族的血统，至少，她的上一辈是少数民族。我并没有听从母亲的话烧点纸钱，我怕烧了纸钱以后外祖母再也不会到我梦里来看我。

忘了挥别的手

天灰蒙蒙阴沉沉的，风雨欲来的样子。

与乔通话后的失落感紧紧攫住我的心。乔并不想让我去送站，说是有人送。我说傻孩子，我去看一看你啊。乔还是嫌麻烦。乔并不理解我的心思，也没有想要再见我的想法，或许是感觉到我在电话里语调一下变得低沉和失落，乔说我一会儿走的时候给你打电话。离别，忽然就变得湿淋淋的。放下电话，我心里难过得泫然欲泪，但在办公室里，也只能暗暗长叹一口气，站在高楼的窗口，看着外面阴沉沉灰蒙蒙的天，深呼吸几次，将心绪平静下来。

十一年前夏末秋初时候与乔离别的一幕再次浮上心头。我忽然意识到，对乔这样深深的负疚感实际从未减轻分毫，不论是乔远在成都的那些年，还是回来在这个小城市就读考学的这几年。有的时候，那种距离感仿若天堑阻断脚步遮断望眼，又似冰山横亘，酷寒难挡；有的时候，只是一次温和的对视，却又感觉彼此在对方的心里，从未远离。当我放下尊长的架子，站在乔作为一个孩子的角度去考虑，便会前嫌尽释，理解了一个远离母亲的孩子其实内心极度需要母爱的心理感受，因为得不到，所以嫉恨、抗拒甚而伤害的那种矛盾纠结心理。我不能要求乔理解我的感受，她只是一个孩子。一个孩子的思维和感受，并不能像经历了生活浮沉和磨砺的成年人那样，更不能像我这样经年多思多虑。如果说，这是一种惩罚，那我此生也只能面对和承受。深深理解了那些话，每一个人都要为自己的行为付出代价，或深或浅，或多或少，都必须付出代价。

　　能够很快将心绪调整平息到波澜不惊的程度，让我感到自己在这些年的浮沉和磨砺中很明显的变化，那就是不再将某个物事堆垒在心头，甚而沉湎其中不能自拔。豁然开朗也罢，淡定从容也好，总之，物事只是物事而已，我只尽己所能，不再苛求，也不再苛责自己。岁月早就老去，故事早就发黄，积在心头，不过是用沉疴损害身心，别无它益。如同任谁都握不住流逝的时日，在那些逝去的时日里止步不前，任眼前的时日再流逝去，真的是一种病，一种对生命对生活毫无意义且不负责任的重症。每一个人都会生病，只是有些人乐观豁达，很快病愈，另一些人郁郁沉沉，积病成疴。

　　惯看秋月春风，笑谈成败得失。绝不是凭空而来，而是岁月历练之后的了然，无欲无求。都说佛能看透一切，却不知佛在成佛之前也是经历了重重磨难的。洞悉，不是与生俱来的。因而，看淡而不看破，才是人生之真谛。那些磨难，那些喜乐悲忧，那些阴晴圆缺，本就是人生之常态，只是我们通常都会在理想化的心理状态下想要忽视和绕过它，甚而逃避它。

很多物事，貌似人扰，实则自扰。

想清了这些，我平静地回到办公桌前，继续手头的工作。乔，和每一个孩子一样，最终还是会离开父母，开始行走自己的人生之路，经历行程中的所有，或喜或悲，或风景如画，或黯淡低沉。从此这一生的路，也只能自己走，任谁也无法代替，我能做的，也只能是尽已所能帮扶一把而已。如我自己，父辈为我指引了方向和要走的路，之后便只能自己一路走下去。

乔乘车的时间到了，她给我打了电话，用孩子的嬉笑问我怎么说话没精打采的。我说你不让我去看你送你，难道我能兴高采烈啊。乔还是嬉笑着说，等我到成都再给你打电话哦。寥寥几句，却又如风吹过潭水，将我刚刚归于平静的心思弄得皱皱巴巴泫然欲泪。

窗外，还是灰蒙蒙阴沉沉的天。风有些大了。快点下雨吧，把一切都淋湿在雨的伪装中。然后，雨过天晴，风和日丽。

雾锁重楼

一

坐在陌生城市的窗口。窗外,近处的残雪,枯褐色的草木,形似UFO的车站楼,寥寥的出站进站旅客,广场上寥寥的缓步的人们,马路上间或驶过的车子,那些形容城市车水马龙、川流不息、熙熙攘攘、摩肩接踵的词语,与此刻这座城市的样子,丝毫不沾边。

远处,雾霭重重,雾天一色,高耸入云的楼宇若隐若现,虚无缥缈的样子,更让人感到内心的失落。

我在这里等你。

知道你不会来。但我还是愿意等。我怀揣着梦想和热望,千里迢迢而来,尽管这一路上,它们被冷风和冰雪一次次打碎,一次次失温,但我还是不想就这样放开怀抱的破碎。即使破碎,也还是有触感的,我怕丢弃后的空寂无着。

我脉管里的血还是热的，脉搏还是跳动的。或许怀里的温度，不足以复原这些破碎，但我愿意去缝补，一点一点，朝朝暮暮，借时间之手来缝合。

我感受不到节日的快乐。每一个节日都如此。而今尤甚。过去的一年，父母相继离世，特别是在岁末年初母亲的离世，让我一直以来在内心里构筑的心安之所和赖以支撑苟活的精神支柱，在那一刻轰然坍塌。所有的自欺欺人，都灰飞烟灭。孤儿般无依无靠的感觉，毫无征兆地侵袭了我。多年的漂泊，从此后成为名副其实的漂泊……

与此同时，你也离开了。去往远方。

恓惶。彷徨。茕茕孑立于荒野茫茫。人间，是否还值得？

人间不值得。

二

我从清晨，开始等。直到日暮，你还是没有来。

清晨的雾霭很浓，对面鳞次栉比的楼宇，若隐若现在空中，有点缥缈的仙境之意。楼顶的积雪，在晨光映照下，泛着清寒微光。我期待着你的到来，带来曾经笑意微微的暖。时间一点一点过去，一小时，又一小时，到中午，再到下午。失落和失望堆积如雪。这失望里还有对期许之事无能为力的愤怒和对生活失败的颓丧。退而言之，若不期许，若不允诺，若不改变现状，其实这一切都不见得不好。验证一种能力，验证一种情感，验证一种人性，其实真的很简单,虽然验证的过程让人疼痛。

世间所有的情伤,伤的只是那个用情太深而无力自拔的人。

夕阳出现在虚幻的重楼顶端。有点耀眼,那种闪着寒光的耀眼。雾霭更加深浓,分不清是雾,还是暮色。它们都在我心头堆积,越来越深重。

知道你不会来。却还不肯放弃期待。

其实我知道结果。明知不可为而为之,并不是虐待自己,只是想让自己积攒一种勇气,一种终将放下的勇气,一种能够坦然面对露珠滚落下地瞬间消逝的能力。是的,应该是露珠,即使有一天从我心头落地消逝,我依然称之为露珠。露珠的清透,露珠的纯净,露珠的清凉,和那一刻无境无我的美。

三

这是一座把黑夜飘浮在空中的城市。

所有对地域风情的想象,都在这座城市里:从地名人名到衣食住行,从旅途寂寥到都市喧闹,从眉目传情的舞姿到闻乐起舞的少年、青年、中年和老年,从不为外族所懂的话语到大集市的摩肩接踵与川流不息。

但这一切,都与我无甚相关。与一个千里追梦的旅人无甚相关。我只想从雾锁重楼的黑夜里,从星星点点的光亮里,追寻你的气息你的足迹。

你在重重雾霭的背后,眉目清晰地行走。进餐、吸烟、喝茶或饮酒；打电话，访友，和歇息；或者刷着手机沉默不语。

浓雾和残雪的寒，把阳光封印在黑夜里。你听不到我咫尺天涯的哭泣。

怀抱和温情像不曾有过。

吻痕寥落，像风吹旷野。

离开的时候，这座城市还是迷迷蒙蒙的样子，像我来时一样，雾锁重楼。

辨不清白天和黑夜，像我辨不清你的行踪。千里跋涉不足挂齿，等待的绝望也无须再提。

咫尺天涯，是这座陌生城市的面目，一如我和你之间的距离。

我们来过。

我们分别。

我不曾带走这座城市的黑夜，就像你不曾留下一句承诺。

一棵春天的树

这个北方小城的春天总是姗姗来迟。

在江南已是花红柳绿草长莺飞的早春二月里，小城的草木依然沉睡在旧日的梦里，迟迟不肯醒来。旷野的风依然寒冷彻骨。年复一年，生活在这片土地上的人们已经习惯了这样的早春光阴，不急不躁，不盼不等，让草木自己醒来，让春天自然到来。

被春节的喧哗激惹起来的孩子们，却再也按捺不住到户外撒欢儿的心，尽管小脸小鼻子被冻得通红，还是开心地笑着叫着奔跑着追逐着。

小女孩的目光突然被什么东西吸引住，在一家文具饰品店门口驻足不前。然后她开始叫我："妈妈，看，一棵树，春天的树！"听到小小的孩子这样说出春天的树，心里很是惊诧于她的语言天赋。近前去看，真的，那是一棵春天的树：浅褐色笔直的树干，顶端是伞状展开的浅绿的小树，枝头有两只长尾的小鸟儿面对面仿佛在叽叽喳喳说着什么，树干下一丛深绿的草覆盖着树根；树的周围有几处葱绿的小草坪，上面间或开着几朵嫩黄的小花；不远处，还有两处小小的栅栏安静地立在小草坪上。这是一幅二维墙贴画，在特殊工艺的处理下，泛着浅浅的光泽，清新淡雅，一种春天的写意就这样呼之欲出。

孩子很用心地把这棵春天的树张贴在了家里客厅的墙壁上。还别出心裁地在栅栏边安置了一个小小的房子，说是小狗的家。于是，一群形态各异、色彩绚烂的小狗便会或奔或卧或立出现在树底下。

每天回家，看到这棵春天的树，便似乎感到一个明媚的春天正在这里发芽，如同我正在成长的孩子，纯真而明净，令所有的烦忧都在这一刻悄然遁形。

每个夜晚，看着这棵春天的树，看着或安静地画画或开心地看动画片的孩子，便会从心底滋生一种温馨安宁的感觉，所有的纷扰都在这一刻销声匿迹。

这座北方小城还被笼罩在昨日沙尘的灰蒙蒙中，枯败的草木还沉浸在旧日的梦里，而我的心已然拥有了一棵树的春天，清新，且不断生长着盎然的力量，一如即将到来的春天所裹挟的那种摧枯拉朽、无可阻挡的能量。

愿有岁月可回首

　　此刻，天空蓝得澄澈，云朵白得纯洁。有清风吹过，带来鸟雀清脆的鸣唱。楼下，定时送牛奶的三轮车小喇叭里播放着或高亢或柔婉的秦腔，听到秦腔的人们三三两两下楼取奶。

　　老父亲在一旁的旧电脑上翻牌，一种叫空当接龙的游戏，虽然玩了好几年也没有达到过"多米诺骨牌"赢局，却仍百玩不厌。此刻他面容平静，不再有眉头紧锁的愁苦，二郎腿坐在电脑对面的红色靠背椅上，一手抓着鼠标，认真地盯着屏幕。一点也看不出来是一个过几日就要去外地手术治疗的老人，除了身体消瘦和面容清癯。

　　母亲在自己的卧室打坐。手里捏着一串木质佛珠，双目微闭，口唇翕动，念念有词。母亲的脸总是有些浮肿，有时咳喘得厉害，服药后会缓和一些。她在术后休养的这些年里,已经平静了下来,接受了病痛和生活的现状,不再怨尤和烦躁,简单饮食、楼下散步、打坐、念经、拜佛,成了生活常态,偶尔也去附近的菜市买点菜,或在楼下乘凉,与左邻右舍的一群老太太们有一搭没一搭聊聊天。此时母亲定然是在为父亲祈愿。平日,母亲在我们每个孩子出远门、遇烦心事、生病或她认为需要为我们祈愿的时候,都会默默而虔诚地在一尊小瓷观音像前祈愿。与其说拜佛和祈愿是母亲的日常生活不可或缺的内容,不如说她内心里一直在祈求神佛保佑她爱着的亲人们。

  风吹进阳台。阳台上的绿植随风摇曳。几朵玫粉色的扶桑开得甚是娇艳,粉白的微型花朵一样的花蕊,把生命的能量和美举到了巅峰和极致,在大片盆栽绿植的簇拥下,更显得妖娆和欢畅,它让我想到在风中裙袂飞舞的姑娘,和早已逝去的年少时光。阳台上的盆栽都是老父亲平时栽种的,都是一些普通的花草,但那油绿丰润的叶片,映着阳光,在风中摇曳的样子,却是那么恣意盎然。特别是那盆新栽的百合,挺拔的紫色枝干上绿叶婆娑,无形中给人一种生命向上的暗示和力量。或许,侍弄这些花花草草,也是父亲和母亲对往日岁月的回味吧:在那些苦涩的年月里,拉扯一群孩子长大成人,而今各自成家立业后都有了自己的生活,不再需要父母的侍弄和操持,也不能够陪伴在身边,听听他们时不时的絮叨。

  母亲打坐毕,来到父亲身畔,轻声问询晚饭想吃什么。之前她问询我想吃什么。我心感愧疚,常年不在父母身边,而今也不知老人的饮食习惯和口味。尽管午饭的饭菜尽力按老年人口味做了，但看得出来并不贴合父母的口味。父亲和母亲并没有说什么，只是吃得比平时他们自己做的饭菜少了些，没吃完的饭菜还是像往常一样，仔细地收拾起来放进了冰箱里。

父亲想吃小米粥。他的病症使他只能吃半流质的食物。母亲走进厨房，慢慢地淘米、择菜。父亲一边翻空当接龙，一边有些自豪地说，他上午亲自去办了两件大事，一件是排队很长时间后终于给电卡买了半年的电，不然他过几天出远门了，家里没电了母亲找不到买电的地方；另一件是把母亲半年的日常服用药批了回来。父亲执意要自己去办，他说，我们能自己办的就自己办。除了昨天，父亲让母亲帮他理发，母亲迟疑了一会儿，大概是不会使用理发工具的缘故。我说陪父亲去外面店里理发，他执意不肯出去，说只是把颈项和耳鬓处的头发剪短一点就行了，花那钱干啥。最终父亲应允我帮他理发。年逾古稀的父亲虽然白发稀疏，但在住院的日子里，每次输液毕回家之前，一定要用一把很小很细的梳子，把头发梳整齐、衣服整理妥帖，才缓步走出病房门。

如果日子就这样平静地过下去，一天一天，一年一年，我绝不会再说平淡和无味，也不会把臆想的情深和相濡以沫渲染成虚无。日子，就该像我年逾古稀的双亲一样，相互依靠着，成为彼此生活的依靠，也成为彼此内心的依靠；就像他们这一辈子，风风雨雨中一路走来，相互搀扶着、牵挂着，走成同甘共苦和携手白首的最美风景。

再别

母亲终究没有忍住，落泪了，在我拥抱她与她告别的时候。

母亲的身体单薄，如我一样。我似乎听得见拥抱的时候，我们的骨骼碰在一起发出的隐隐的声响。

母亲的背单薄，我不忍用力抚拍，怕一不小心拍碎了她年逾古稀的脆弱；也不忍用力拥抱安慰，怕挤压痛她经年的忧虑。

"妈，我错了，昨天不该惹你生气。"我的哽咽是自己不曾想到的，低头看向母亲的时候，我看到母亲已潸然泪下……

蓦然发现，母亲的身体矮小了那么多，我需要低头俯身，才能看到她的脸，那张写满岁月沧桑的脸和装满了忧虑、不舍的双眼。

我的心里装满了自责和愧疚。年迈的母亲，孤单而忧伤的母亲呵！父亲走后这半年，母亲像一只落单的孤雁，忧郁，彷徨，踌躇，悲伤，加之自身病痛的折磨，和适应独自一人的生活，让她恓惶，让她莫名对风吹草动的担忧和惊惧，让她无法与家人之外的人们接触和交往，尽管只是平日里在楼下闲话家常的那么三五个老太太，她也不愿。她怕人家说她孤身，怕人说她病痛。

多年不在母亲身旁，她的病痛，她的忧伤，她和我之间相互抗拒又想要接近的矛盾心理，让我和她时常相对无言。其实我和她一样，强硬的外表下，都小心地竭力守护着各自的一颗脆弱的心。我不想让她看到我这么多年千疮百孔的破碎模样，不想让她知道我在暗黑夜里独自流泪独自疗伤的落败样子，不想让她听到我一次次跌倒后咬紧牙关自己爬起来的消息……我怕看到她心疼的眼泪，怕听到她哽咽的声音，我和她的对话越来越少，直至简化为"没事""都好"这几个字。而她，即使病痛到大大小小、一次又一次手术，即使住进重症监护室，全身被各种输液管、输氧、抽液管、止疼泵、心脏监护仪重重包围，也不让身边的亲人告诉我消息。

在外漂泊的多少年，老家，父母，始终是我心里的依靠。父亲走后，母亲失去了心里的依靠。而我知道，离开母亲后，我也将再次失去心里的依靠。

我松开了拥抱母亲的手臂。我不敢拥抱太久，怕自己强装的笑容被母亲老泪纵横的样子击败，怕在下一秒彼此溃不成军，也怕这样情绪太强烈的伤别离会加重母亲的伤病。强行逼退了眼里的泪水，我的脸上再次挂上轻松的笑容，语气轻快地说："妈，我走了哦，过些时候还回来。"

车子在楼下拐弯的时候，我让侄儿停下几秒，探头看向楼上阳台，母亲果然立在窗前，切切张望，与每一次我离开的时候一样。

挥手，再挥手。

车子终究拐过弯，视线里再不见母亲挥别的手，再不见母亲的身影，再不见母亲一定还孤单地站在阳台窗口张望的那一栋楼，我的眼泪再次掉下来……

致母亲

你一直在我心里,很安静。就像我惯于沉默一样。

每一次看着你的白发和皱纹,看着你不再清澈但十分安详的眼睛,总让我想起夕阳余晖映照下的大河,那静默流淌的暖意,那么深厚,那么温醇,缓缓地贯穿于我生命的每一寸,抚平我所有的纠结不休。

每一次离别的挥手,像雕刻在暮时风里的疼痛,每当日落时候,就开始隐隐作痛。

一些病痛,和一些心疼,连同对过往岁月的怀想,让你的腰身和脚步都有些倦怠。

离开了老屋,离开了土地和稼禾,离开了大半生的辛劳,你并没有如我们想象的那样安享暮年。

一些担忧,一些落寞和一些无着的恫惶,像不时爬上心头的虫蚁,咬噬着你,也咬噬着我们。

你愿意等比你高大很多、强壮很多、精力充沛很多的儿女和孙儿孙女回家，为此，你愿意从天未明亮开始，在厨灶忙碌一整天，张罗一桌餐饭。

你愿意有些困难地挪动着病痛的腰身，在早市买最鲜嫩的小菜，给下班路远、难顾餐饭、人到中年的儿女做一顿可口的饭菜。

尽管儿女说，若不回家吃饭，你会和老父亲用清汤寡水敷衍日渐老去的肠胃。

你甚至愿意，受了委屈和伤痛的儿女，在你面前哭泣。虽然儿女早已被烟火和江湖磨砺得柔韧，能够忍受任何的委屈，能够忍住任何的疼痛。

——你的爱，是让儿女向你任意索取的债。有偿债能力的时候，你会给；没有偿债能力的时候，你会把心掏给我们。

我总是羞于说出爱你。

我只在心里重建了一所院子，请来年少时候与你共度的所有记忆，陪伴你安静地住在这里。让我的心，在想念你的时候，在疼痛的时候，还能够找到你，能够找到安于一隅默默疗伤的归宿。

第五辑

时光故事

莫道桑榆

"你快点来呀！再不来要死个人呢！"

听到电话里爷爷近乎绝望又无限期盼的声音，小米想都没想，脱口就说："你上次打电话就说不来要死个人呢，我不去。"

"这次真要死个人呢，你快点来呀！"爷爷几乎崩溃的声音，让小米心里陡然生出一丝怜悯之情。给约好的顾客打了延时致歉的电话之后，小米虽然心里多少有点懊恼，但还是调转摩托车赶往爷爷在兰苑的住处去了。

小米的爷爷其实并不是她的祖父或者外祖父，而是堂姑的父亲。堂姑早先在北京做生意，后来因母亲病逝，年事已高的父亲孤身一人无人照料，便带着小米一起从北京回到西北的一个叫西城的石油城。西城地处偏远，是一个被戈壁滩和荒山秃岭包围起来的面积仅3万平方公里的小地方。但因为是石油城，这里的人们生活还是比较富足的。姑姑安顿小米住在父亲家里，一来因小米在西城也是举目无亲，二来小米平时可以照料父亲。在姑姑一家移居西北北城之后，小米也便把姑爷爷的家当成了自己的家，姑爷爷也是非常喜欢这个清秀、懂事而又聪明伶俐的孙女儿。祖孙俩相处得颇为融洽。

小米是个骨子里很要强的姑娘。高中毕业那年，因家中无力再供她上学，这个倔强的川妹子把自己关在屋子里哭了一天一夜，第二天便告诉父母，自己要去打工挣钱。便直奔在北京的姑姑而去。在姑姑的帮助下，小米很快便找了一份三星级酒店服务生的工作。川妹子的勤勉、干事泼辣和聪明劲儿，让小米很快便成为贵宾餐厅的服务生，后来又成了领班。小米把第一笔拿到手的工资寄给父母的时候，心里的得意劲儿就甭提了。我可以自食其力了，还可以贴补父母了，小米这样想的时候，眼里就闪动着亮晶晶的光，心里充满了对未来生活的无限憧憬。但姑姑后来要回西北去照顾父亲，而且生意也从北京转移到了西北，本想自己在北京打拼的小米听从了姑姑的劝说，百般不舍地放弃了干得风生水起的服务生工作。在照顾爷爷生活起居之余，小米不愿意自己吃白饭，便在离爷爷住地最近的地方找了份美容师的工作，既不耽误照顾爷爷，又可以赚份零用钱。

小米爷爷的身体和精神很好，每日里穿戴整齐，拄根手杖，喜欢自己走动走动，跟园区里的四川老乡们聊聊天、说说笑。

爷爷年轻时候很俊朗，现在老了仍不失翩翩风度，一米八的修长身姿，一身灰色中山装，里面的领口露出洁净的白衬衣领子边儿，喜欢戴一顶草编圆顶礼帽，拿根雕花的竹子手杖，微笑起来，眼里会闪着亮光，显得魅力十足，平日里深受老太太们的青睐。小米爷爷自己有比较丰厚的退休金，还有女儿孝敬的钱物，自己有一套房子，饮食起居方面很是优越，这无疑也是令那些老太太们倾慕的由头。

小米23岁那年，爷爷给她介绍了一个老乡的孩子做男朋友。两个年轻人见面后情投意合，很快便拍拖起来。有一天小米跟男朋友约会，回家有点晚了，为了不吵醒爷爷，小米蹑手蹑脚地开了门，正准备蹑手蹑脚地进卧室，爷爷房间的灯突然打开了，小米吓了一跳。爷爷叫小米进屋，说有话要对她讲。小米倒不是担心爷爷会批评她，而是为自己吵醒了爷爷而有点愧疚不安。爷爷微笑着看着小米不说话，看得小米脸都红了，就嗔怪地撒娇："你有话就讲嘛，干啥子老看着我嘛！"爷爷问小米跟男朋友处得好不好，小米羞红着脸说好，爷爷说："以后不要这么晚回家，女孩子家太晚了回家让人不放心哦，早点儿休息吧，明早还要上班呢。"热恋中的女孩子哪里顾得上琢磨爷爷的心思，钻进被窝一觉睡到大天亮。爬起来一看上班快要迟到了，匆匆忙忙洗漱，出门却一头撞上拎着早点的爷爷。小米又一次感到有点愧疚，平时都是自己给爷爷弄早点的，最近却经常是爷爷给自己买早点了。不等小米张口，爷爷把早点塞到小米手里:"带着吧。中午回家来我有话跟你讲哦。"小米歪着头看着爷爷,脸上带着一点坏坏的笑,一副看透了爷爷心思的诡秘样子,然后调皮地冲着爷爷嘻嘻一笑,一阵风似的下楼去了。

小米其实猜到了中午回家爷爷要跟自己讲什么,一定是找"保姆"的事情,那个整天围着爷爷转的"老来俏",可能要入住这个爷孙俩的家了。小米见过那个"老来俏"。早些时候听老乡大妈大爷们说起过,那个张姓老太太是个家属,年轻时候是个俏模样,早几年,老伴儿离世,有一儿一女,但因为单位效益不好,对寡居的老太太也就没有多少照顾。那个儿子还有游手好闲的毛病。老太太虽然是五十出头的人了,但风韵犹存。因平时总是刻意显示自己跟小米爷爷很亲近,惹得一帮老太太们多多少少有点儿心怀不满和妒忌,私下里都叫她"老来俏"。小米那次休假,做好了晚饭还不见爷爷回家,就去找爷爷。楼下的老太太们一脸幸灾乐祸地笑着告诉小米,她爷爷跟"老来俏"在小广场约会呢。赶到小广场,果然看到爷爷跟"老来俏"坐在绿化带的长条凳上,正兴致勃勃地谈笑呢,大概是爷爷讲了什么笑话吧,"老来俏"笑得一脸的皱纹像菊花一样地盛开着。见到小米,"老来俏"收住了笑,也没跟小米搭话,就扭身走了。小米有点生气地对爷爷嚷嚷着赶紧回家吃饭了,爷爷一点都不生气,还是那样笑眯眯的,很开心的样子。

果然不出所料,中午爷爷一边吃饭一边跟小米讲,要请"老来俏"到家里做保姆。爷爷的大意是说:"老来俏"独身一人,也没个人照顾,也没经济收入,平时跟自己也很合得来,也愿意到家里做保姆,有了保姆,既可以照顾自己,也可以减轻点小米的负担。小米一时没有话说,后来问姑姑是不是同意呢?爷爷说给姑姑打了电话说了,也同意。小米想想自己也是很快要结婚的,结婚了就要离开爷爷家,爷爷孤身一人,那么大年纪了,确实需要一个人照顾。小米给远在北城的姑姑打了电话,证实了爷爷的话。尽管心里对"老来俏"的印象和感觉不是太好,但毕竟姑姑和爷爷都愿意,自己也就没什么话说了,也没跟姑姑说那些老乡大妈大爷们说"老来俏"是图爷爷的钱和房子的话。小米听老乡大妈大爷们说,"老来俏"原来的住房拆迁了,拿了很少的一点拆迁补助,也无力购买新建的住房,目前只能租住在廉租房里。

过了没几天,小米下班回家,就看到爷爷和"老来俏"正在家里忙乎着收拾床铺、衣柜,爷爷告诉小米,"老来俏"张妈以后就吃住在家里,每月给1000块钱工资。再看"老来俏",在家里进出自如,谈笑风生,一副女主人的神态,反倒让小米觉得自己像个外人。而"老来俏"也正是想让小米像个外人。有时候小米回家晚了,门就被反锁了,爷爷来开门,"老来俏"就在一旁拉着脸很不高兴,说三更半夜被吵醒了,爷爷责怪她为什么要反锁门,她就说,不锁门两个老人在家里不安全。还有几次,小米回家稍晚一点,"老来俏"就收拾了碗筷,说是天热，怕饭菜放坏了。

后来发生的一件事，可真把小米惹火了。那天快中午的时候，小米给爷爷打电话说中午有顾客，不回家吃饭了，没想到爷爷几乎是带着哭腔对她说："你快回来吧，你再不回来要死个人呢！"小米吓了一跳，赶紧往家跑。家里一片狼藉，地上乱七八糟摔了很多东西，爷爷坐在沙发上，困窘而无奈，"老来俏"则在一边拉着脸，一副恨恨的样子。爷爷看到小米来了，有点摇晃地站起身，语无伦次："她说，让我死去吧，她怎么能这么说，她不让我跟别人说话，还要把我赶出去。"小米川妹子的火爆性子一下子爆发了，她责问"老来俏"为什么这样对待爷爷，为什么把家里摔得乱七八糟。"老来俏"一副恨恨的样子，一声不吭，后来扭身出了家门，把门摔得巨响，撇下目瞪口呆的爷孙俩径自走了。小米跟爷爷说，这样子还能叫保姆吗？干脆辞了算了。爷爷这时候却是一副同情的样子了："辞了她，她也是一个人没人照顾啊。"小米要给姑姑打电话征求姑姑的意见，爷爷赶忙拦住了小米，道出了一桩小米未知的惊天秘密。爷爷说："她要我跟她领结婚证。"小米乍一听一下子跳了起来："啊？！"爷爷让小米坐下，听他慢慢说。从爷爷有点难以说出口的话语里，小米才知道，原来爷爷跟"老来俏"早就住到了一起了，爷爷的工资折、存折都被"老来俏"拿走了，里面的几万块钱也被取走了，爷爷说自己给"老来俏"买了几件金首饰，还有几身衣服，平时的花销都由"老来俏"

说了算。小米心想怪不得"老来俏"老给自己脸色看呢，原来她真的把自己当成了这家的女主人了啊。再想起有几次吃了"老来俏"给她留的饭菜后总是闹肚子，而那几天爷爷也是闹肚子，只觉得后背嗖嗖地发凉。爷爷还在絮絮叨叨地说，"老来俏"每天都跟着他，他走到哪里就跟到哪里，不让自己跟老乡们和别人说话，弄得老乡们现在都不跟自己说话了；小米不回家吃饭的时候，还不给自己做饭吃，也不给自己钱买饭吃；他心脏不舒服要去医院看病，也不给自己钱，也不让自己去看病。小米听着爷爷说出的一件件怪事，觉得整个人都快要爆炸了。"赶快辞掉！赶快辞掉！要不然真的要死个人呢！"小米冲着爷爷大声嚷嚷着，拿出手机就要给姑姑打电话。爷爷再一次拦住了小米，小米生气地把手机扔到了桌子上："那我不管了！你让我怎么办嘛！"爷爷恳请小米等"老来俏"回来后好好跟她谈谈，还叮嘱小米不要提领结婚证的事情，小米问为什么不提，爷爷淡淡地笑了笑没说话。

小米对爷爷不让自己跟"老来俏"提领结婚证的事，想了很多种可能，都觉得不对。也许爷爷有自己的真实想法，领不领结婚证也只能是爷爷跟"老来俏"两相情愿的事。晚些时候，"老来俏"回家了，跟没事人儿似的。小米跟"老来俏"说了要她好好照顾爷爷，不能再惹爷爷生气，也不能限制爷爷跟别人说话，还把爷爷的工资折要了回来。起初，"老来俏"不肯拿出工资折，小米说姑姑说了要是不给工资折就辞了她，"老来俏"才极不情愿地交出了工资折。这之后很长一段时间，家里相安无事。第二年夏天，爷爷把小米的婚事提上了议事日程，整天忙碌着筹备一些事。奇怪的是"老来俏"这一次很是积极，整天乐滋滋地咧着个嘴，忙前忙后帮着小米收拾结婚用的东西。小米的未婚夫因工龄短，收入较低，家里经济条件也不是太好，买不起结婚用房，小两口结婚后只能住在婆婆家里。婆婆是个很勤快的人，公公也退休在家，女儿早几年已出嫁，儿子是老小，公公单位分的住房虽说小点儿，但一家人也乐得住在一起互相有照应。

　　婚后，小米还时常到爷爷家看望爷爷。爷爷心脏不好，严重时候会喘不过气来。很多次小米催促爷爷到医院检查，爷爷说啥也不肯去，说自己年岁大了，身体机能老化很正常，没啥要紧的。小米结婚后不能经常在爷爷跟前，就更不放心了，姑姑也嘱咐小米平时要抽空回家看看爷爷。小米还留有爷爷家门钥匙，也便来去自如。直到有一天，小米到爷爷家正准备开门时，听到房里传来争吵声，"老来俏"的声音很大，小米听得真真切切："小米已经是嫁出去的人了，再说了，她又不跟你一个姓，她是个外人，她拿着家门的钥匙，让人多不放心，你要把她的钥匙给我收回来！"小米听得心里冒火，开门走了进去，"老来俏"没想到小米突然回家来了，一时有点尴尬，愣了几秒钟，一扭身进了卧室，又摔上了门。小米看着靠坐在沙发上有点憔悴和无奈的爷爷，一只手抚着胸口短促地叹气，顾不得跟"老来俏"计较，急忙从爷爷胸前的衣袋里取了救心丹给爷爷含服，扶着爷爷侧卧到沙发上。看到小米来了，爷爷似乎有了依靠似的，眼睛里流露出一丝欣慰，过了些时候就恢复了平静。后来爷爷告诉小米，自己不能跟"老来俏"领结婚证，也不会收回小米的钥匙。小米意识到自己不能再把爷爷家当成自己的家了，她不想因为自己而让爷爷为难，临走的时候，她悄悄地把钥匙放在了门口的衣帽架上。从这以后，小米就很少去爷爷家了，大部分时间，都是打电话问问爷爷身体怎样、跟"老来俏"相处得怎样，爷爷每次都说好，从爷爷讲话的语气里，小米有时候能感觉到爷爷说得很勉强。实在不放心的时候，小米就跟自己的婆婆或者老公带着孩子一起去看爷爷，每当这个时候，爷爷就跟远道而来的贵客到家或者亲人回家了一样高兴，尤其是对小米的孩子，更是喜爱，听到孩子奶声奶气地叫他太爷爷，就会乐得合不拢嘴，脸上每个笑纹里都是欣喜，眼里闪着动人的光泽。而"老来俏"呢，也是表现出保姆的本分，端茶倒水弄水果，对爷爷一副言听计从的样子。

　　可是今天，一大早接到爷爷的电话，近乎绝望的求救的声音，让小米心里陡然生出一丝不祥的感觉。想想离上次看望爷爷的时间竟然过去大半年了，小米在心里不由责怪起自己来。加大了油门，摩托车猛吼一声离弦之箭般往爷爷家飞驰而去。

　　爷爷的家门敞开着，屋里一片狼藉并传来嘈杂声，五六个邻居老乡们围着爷爷七嘴八舌嚷嚷着，有的说赶紧报警，有的说赶紧把家门的锁换了,还有的说早知如此何必当初呢,真是引狼入室……看到小米来了,人们自觉地让开了,不等小米开口问,就有嘴快的老乡告诉小米:保姆卷了家里的值钱东西跑了。看着爷爷虚弱地靠在沙发上,抚着胸口,小米的脑袋里像钻进了一群蜜蜂似的嗡嗡嗡直响。小米来之前想了很多种可能,比如"老来俏"又跟爷爷吵架了,逼着爷爷跟她领结婚证,或者爷爷心脏病发作,"老来俏"不给钱看病等等的两个人闹矛盾的事儿,但就是没想到会是这种状况。小米拿出手机便打,说要报警,爷爷用哀求的但又很坚决的语气制止了小米。小米知道爷爷心里的"结",他还是不愿意"老来俏"孤单无人照顾。想想也是,从小米结婚到现在已经五年过去了,爷爷跟"老来俏"在一起也算是生活了五年了,还是有点顾惜之情的。小米要送爷爷去医院,这一次爷爷不再拒绝了。老乡们帮着小米把爷爷送到了医院。

躺在病床上,爷爷始终很虚弱,精神明显地委顿了,脸颊上也出现了很明显的老年斑,手背上也是。小米心里突然感到很痛,握住爷爷的手,眼泪夺眶而出。爷爷轻轻地叹了一口气,深陷的眼眶里也闪现出泪光。爷爷告诉小米,自己可能不行了,小米一听哭得更厉害了:"不,爷爷,你说过你会活到100岁的啊,你还要活20年才行!你一定会活到100岁的!"看着小米孩子似的泣不成声,爷爷艰难地笑了笑,又轻轻地叹了口气。爷爷说自己已经活得很满足了,看着小米成家立业,还有个可爱的重孙子叫自己太爷爷，已经非常满足了。小米听着心酸得更是泪如雨下。爷爷让小米不要哭，他说：张妈拿走了工资存折上的几万块钱和几张存折，还有一些值钱的玉器等物件，说是自己的儿子犯了事儿了，需要钱，她也算是照顾了自己五年，跟了自己一场，拿走了就拿走了吧，自己也觉得不欠着她什么了；本来是要给小米留一些钱以后买房子用的，现在看来也帮不上了。小米哭着说，结婚的时候你已经给了我很多钱了，我再不要拿你的钱，买房子的钱我们自己会挣的。爷爷怜惜地看着小米，又轻叹了口气。爷爷告诉小米：自己住房的房产证前些时候已经改成小米的名字了。小米吃惊地抬起了头，看着爷爷，一时说不出话来。爷爷慢慢地说着：张妈一直跟自己闹着领结婚证，见自己一直不答应，后来就闹着要他把房产证改成她儿子的名字，怕她胡闹，自己就背着张妈到房管局改成了小米的名字。看小米一家几口挤在一套小房子里，孩子也快长大了，以后会有很多不便之处，不想看到小米受委屈。小米刚想张口说话，爷爷像是知道她要说什么，不等她说出口，就说了："你姑姑有好几套住房呢，你不用担心的。"小米一下子伏在爷爷的胳膊上，呜呜地哭出了声。所有的委屈、不舍、感动和伤心都一股脑儿地随眼泪倾泻了出来。

爷爷被诊断为冠心病引起的心脏重度衰竭。小米姑姑很快从北城赶了回来，得知老父亲来日不多，悲恸不已，责怪自己未能尽孝。姑姑听从了老父亲对他自己身后事情的安排。在医院的这几天，小米和姑姑精心守护着爷爷。小米每天从幼儿园接了儿子就带到医院去陪爷爷，爷爷看着乖巧可爱的孩子，眼里就会微微闪出欣喜的光。一天清晨，爷爷安静地离开了，面容安详。

小米把爷爷的遗像一直摆放在客厅显眼的地方，每天回家一进门看到爷爷微笑的面容，就感觉爷爷并没有离开这个家，他一直都像从前一样护佑着自己。

水边的阿狄丽娜

一

男人迫不及待地跳下车,一改往日不急不缓的步子,几乎是飞奔着回到家的。打开单元门,几步窜上三楼,在家门口,他站住了,深深地呼吸了几下,让自己的心跳稍稍平缓了一些。

打开门的那一刻,正如他每一次回家一样,女人仍是笑容温婉地迎上来。他一把将女人揽进了怀里,在女人还没有反应过来的时候,饥渴般地将自己的唇压在了女人的唇上,激情澎湃的情绪使他的身体有些颤抖。他顾不得女人的惊讶,将她拥进了卧室……

女人半卧着,用手支着头,注视着被汗水湿透了头发和脸颊的男人。她的脸上洋溢着无法遮掩的幸福和甜蜜,万般柔情仍在心头荡漾。她不问男人今天非同往常的举动。她注视着一直以来自己深爱的男人,看他此刻闭着眼睛,舒畅而放松地仰卧着,熟睡了一般的恬静。她轻轻地用手拭去他额头的汗,温柔地理顺他有些散乱的头发。男人的唇角绽出笑意。他睁开了眼睛,孩子般地冲她一笑。

二

餐桌上,柔和的灯光映着桌上的饭菜。男人和女人安静地吃晚饭。男人恢复了常态,面含微笑,温文尔雅;女人还是一如往常地温婉。女人给男人的碗里夹了菜,男人微笑着也给女人夹了菜。

"今天下午她找我谈话了。"男人淡淡地说。

女人沉默了一下,抬眼看着男人。她还是不问。她了解他,如果他想说的,不问也会说给你听;如果他不想说的,问了,反倒徒增无趣。跟他在一起生活八年了,她知道他想说什么。

男人一直不说话。

"是明天的机票吗?"女人垂下眼帘,淡淡地问。

"是的。"男人的声音很低沉,虚弱里带着一丝挣扎。

"吃完饭我简单收拾一下。"女人平静地说。

男人低着头,不说话。看不清他脸上的表情。

"她知道我们的事了。"过了很久,男人又说。

女人没有说话。她知道男人在说什么。

"这个,你收着吧。"女人给男人递过来一样东西。

男人抬起头，看着女人平摊在手心里的门钥匙，他一把握住了女人的手，千言万语涌上心头，却又如鲠在喉。女人淡淡地笑着看着他的眼睛，男人却再次低下了头。女人轻轻抽回了自己的手，然后又把一样东西放进了男人的手里。

　　男人看着手心里的钻戒，像烫着了一样微微颤抖了一下，抬眼看着女人，从女人的眼里，他看到了自己无法用语言形容的复杂内容：有无助，有落寞，有伤心，有决绝，有不舍，还有等待他说出一句挽留的话的祈求。这些复杂的意绪汇聚在一起，让女人原本漆黑而清澈的眼睛泛出奇异的光彩。有那么一瞬间，男人几乎要放弃了，放弃所有的声名、地位、职位，只为了眼前这个女人。但他再次低下了头，沉默着。

三

　　女人静静地看着舷窗外飘浮的云朵。

　　浮云，呵呵。她心里凉凉地笑了一下，把盖在腹部的薄毯拢了拢。男人没有到机场送她，也没让司机来送，只是安排了一辆出租车。

　　也许这样是最好的，女人心里想。自己在最美好的青春里遇见这个男人，彼此深爱，度过了八年最美好的时光，对她来说已经足够。她想起小时候在孤儿院的那些日子，想起患了精神分裂症后来在一次发病时候从楼上跳下身亡的妈妈，想起妈妈为之疯狂的那个应该叫作爸爸的男人，想起大学时候那个曾经想照顾自己的高大帅气的男生，想起与这个生命里深爱的男人初次在义演晚会上相遇的情景……女人的唇角绽出了笑意，抬手轻轻拭去了滑落在脸颊的泪水。

女人又回到了苏扬河畔自己的家乡。曾经与她一起在苏扬河少儿艺术中心做舞蹈老师的闺蜜迎接了她。闺蜜还是那样靓丽，活泼开朗，还是那样善解人意。闺蜜使出浑身解数终于说服了艺术中心那位头发花白的老主任，女人便又开始在艺术中心给孩子们教授钢琴课。

四

午后的阳光暖暖地洒满琴房。女人坐在偌大的琴房里，安静地弹奏着她和那个男人最喜欢的那首《水边的阿狄丽娜》，面容如梦如幻。宽松的裙装已然遮盖不住她隆起的腹部。还有两个星期就要临产了。腹中的这个小生命让她的内心对生活又充满了热望。她从男人的那个城市离开的时候，最终也没有告诉他自己有身孕的事。

女人拒绝了在艺术中心教授国画的那个帅气小伙子的追求，即使他表示愿意把她的孩子视为己出。小伙子是父母的独生子，思想传统而又视儿子为掌上明珠的老两口，为了儿子深爱的女人，也曾来找过她，表示愿意接受她。但她不想让小伙子为此背负不孝之名。

女人心里想，自己以后并不孤单，腹中的小生命以后就是自己一生的陪伴。每每想到这里，她都会唇角绽出笑意，眼里闪耀着母性的光辉，闺蜜总说这个时候的她像圣母玛利亚一样圣洁而美丽。

五

产房里。疼痛让女人美丽的脸上布满了汗水。她咬着牙忍着，没有像其他产妇那样大喊大叫。那个跟她年龄相仿的女医生看着很不忍心，说要是实在忍不住就喊几声吧，但女人拼命忍着，不肯喊。大量的血从女人的身体里流出来，她的脸色愈来愈惨白，她的神智有点模糊了，隐约听到医生护士们忙乱的说话声和脚步声。女人的眼前出现了男人的脸，深情而热烈地注视着她。她虚弱的唇角露出了一丝笑意，声音微弱地叫着男人的名字。

"哇——哇——"女人似乎听到了婴儿响亮的啼哭，她疲惫地闭上了眼睛。

六

初春的苏扬河畔。

阳光温暖得令人醉意微微。

风轻轻地拂过河水，拂过岸边的新柳。一群水鸟在悠闲地凫在水面。不远处游着一只落单的白色鸟儿。

男人静静地看着河面。一滴眼泪落在了怀里抱着的小小的婴儿的脸上。美丽的小婴儿看着他，露出纯净的笑，漆黑闪亮的眼睛像极了她的母亲。

许久之后,男人离开了。

七

六年后。苏扬河少儿艺术中心来了一位风度翩翩的年轻人,一手还牵着一个美丽可爱的小女孩。小女孩身着白纱公主裙,漆黑明亮的双眼像天使一样闪动着,她叫阿狄丽娜。年轻人参观了艺术中心,在琴房停留了很久。

他是男人的儿子。在法国留学归国后在男人的公司里当总经理,半年前男人因心脏病突发而逝,他接管了男人的公司。在整理父亲的遗物的时候,他发现了父亲的一本日记。他讶异于父亲与这个女人的私情,但他也被二人生死相依的深情打动了。他对父亲当年为了自己的利益而狠心将女人抛弃的行为很不以为然,但也理解了父亲为了自己的未来而在与对手激烈的竞争中斩断一切障碍的决绝。他对女人当年不吵不闹安静地离开男人的举动深为感动。

年轻人参观完艺术中心后,在老主任的办公室又待了一些时间,之后离开了。

八

又过了一年。一座外观颇具法式建筑风格,规模宏大的新苏扬河少儿艺术中心在漫天的礼花飞旋中剪彩成立,伴随着喧闹的礼炮声，一群白色的信鸽飞向天空。剪彩的人是男人的儿子，那个风度翩翩的年轻人。

孩子们在崭新的殿堂一样的教室里唱歌、舞蹈、弹琴、画画，天使般的面孔和身影，快乐无忧的歌声，恣意渲染着童年的欢乐时光。

每到黄昏最安静的时候，琴房里都会飘出悠扬悦耳的钢琴声，曲名是《水边的阿狄丽娜》，弹钢琴的美丽女孩名叫阿狄丽娜。

想飞的考拉

小考拉丁丁和妈妈住在一棵高高的大树上，它们的家是一个很温暖很舒适的树洞。它们还有好多的邻居，有画眉鸟、小鹿、小猴子、小兔子、小象和很多小考拉还不认识的小动物，可热闹了。

每天早晨，妈妈都要出去给小考拉找食物吃，每次出门的时候，妈妈都告诉小考拉要乖乖地待在家里等妈妈回来，不要乱爬乱跑，小考拉总是很乖地眨巴着两只黑溜溜的眼睛似懂非懂地点点头，妈妈就用藤条从外面把门拴好走了。妈妈有时候回来得很早，给小考拉带回很多的食物；有时候回来得有点晚，小考拉就很着急地等呀等呀，实在等得着急了，就踮着脚尖趴在门口透过门缝往外看，直到看到妈妈远远地回来了，就开心地大声喊妈妈。妈妈听到小考拉的喊声，也很欣慰地一边答应着一边急急地往家赶，然后和小考拉一起享受美味的食物。这个时候，妈妈总是微笑地看着大口大口吃东西的小考拉，所有的辛劳都抛到了脑后。

小考拉一天天地长大了，它很想知道外面的世界是什么样的，它想看看小鸟是怎样唱歌的，小鹿、小象是怎样玩耍的，还想看看小猴子怎样在树枝上跳来跳去。于是，每次妈妈出去找食物的时候，小考拉就趴在小窗户上，小鼻子贴着玻璃，眼睛瞪得大大的，使劲看着窗外的小动物们，看他们在蹦蹦跳跳地玩耍，心里甭提多羡慕了。一天，妈妈又出去找食物了，小考拉看到小动物们都在树林里开心地玩耍，就想：我也要出去玩。它一遍一遍地用力拉门，两只小手都快要磨出泡泡了，终于把拴着门的藤条给扯断了，门打开了，小考拉甭提多高兴了。可是它到门口一看：哎呀，好高呀，这可怎么下去呀？小考拉还没有学会爬树呢，因为妈妈总是认为它太小了，怕摔着，一直没有教它爬树。小考拉看着小动物在林子里玩得那么欢，心里更着急了。这时候，正好有一只小鸟从树上飞了下去，飞到地上捉虫子吃，小考拉心里想：我也要飞下去。它举起两只小胳膊，模仿小鸟展开翅膀的样子，使劲儿一蹦，从树上跳了下去。

"唉哟、唉哟……呜呜呜……"林子里的小动物们听到小考拉的惨叫声和哭声，都跑了过来，看到小考拉坐在地上，一边揉着小屁股，一边哭。小鹿和小猴子赶快把小考拉扶了起来，可是小考拉疼得怎么也站不稳，小象走过来说："丁丁，你爬到我背上来吧，我把你送回家。"大家把小考拉放到小象的背上趴好，七嘴八舌地问小考拉怎么会从树上掉下来呢,小考拉一边抽泣,一边说:"我想和大家一起玩,妈妈不让我出门,我就飞下来了。"

小兔子说:"丁丁,你妈妈不让你下来,你怎么跑下来了?"

小鸟也说:"丁丁,你没有翅膀,以后可不能从树上往下飞了。"

小黑熊憨憨地说:"丁丁,让妈妈教你爬树呀,以后你就不会再摔着了。"

大家正吵吵嚷嚷安慰着小考拉,听到小狐狸说:"快看呀,丁丁妈妈回来了。"大家看到丁丁的妈妈背着一大袋东西正急匆匆地往家里赶呢,就齐声喊道:"丁丁妈妈,丁丁在这里!"妈妈听到喊声,有点奇怪,赶紧从树上下来了。

"妈妈!妈妈!呜呜呜……"小考拉看到妈妈,又委屈地哭了起来。

"丁丁,我的宝贝儿,你怎么啦?你怎么会在这里呢?"妈妈急忙抱住了小考拉。

"妈妈,我要和大家玩,我要飞,呜呜呜……"小考拉扑进妈妈的怀里哭着说。

"飞?你要飞?"妈妈看着小考拉,有点摸不着头脑。大家又七嘴八舌地告诉考拉妈妈丁丁是怎么从家里"飞"出来的,妈妈一听,心疼得眼泪汪汪的,她对大家说:"孩子们,谢谢你们,以后我会教会丁丁爬树,让它跟你们做朋友,跟你们一起玩。"

"噢,太好喽,我们又有新朋友喽!"大家都欢呼起来。小考拉也高兴地笑了，忘了脸上还挂着泪珠儿呢。

这时候，长颈鹿妈妈走过来对考拉妈妈说："孩子长大了，应该教给他们生活的基本常识了。孩子们在一起玩，也会互相学习、互相帮助的，以后你就放心地出门去吧。"考拉妈妈感激地点了点头。

"现在，我帮你把孩子送回家吧。"长颈鹿妈妈又说。她低下长长的脖子，让小考拉爬上去紧紧地抱住，然后仰起脖子把小考拉送到了大树上的家里。

"丁丁再见！"小动物们齐声喊着。

"再见——"小考拉也使劲儿喊着。

后来，考拉妈妈教会了小考拉爬树，每次妈妈出门去找食物，小考拉都会从树上爬下来，和小动物们一起玩，一起唱歌、跳舞、做游戏，过得好开心啊。

第六辑 慢煮时光

朝朝暮暮

你的样子

趁着午后阳光正浓，趁着戈壁旷野的风正轻，趁着远山眉清目秀水墨如画的模样，趁着灰鸽子在屋檐咕咕鸣唱的悠然，趁着春天的马蹄声隐约传来，趁着一朵兰草摇曳纤细腰肢的忘我之境，趁着一枚茶叶在杯中袅娜出活色生香之时，趁着丝竹之声绕梁的缱绻，我墨笔落纸，描画你的样子。

你在夏夜的月光下，独自漫步，两岸长长，河水悠悠。夜风，如一只清凉温柔的手，轻轻抚摸着眉间心头的愁。故乡，他乡，经年的风霜，又在额头轻刻下一道漂泊的年轮。一千多个晨昏与昼夜，你用岿然和静默对抗着世间的纷繁喧嚷，淡然承受随令而行的命运。

你被作为一把剑，被赋予正义与寒光。你知道一把剑出生入死的疼痛：锻打，磨砺，时刻高悬；随时征战，不见硝烟。偶尔梦里，刀剑入鞘，马放南山。

你在秋叶飘落的黄昏里，对酒当歌，跋山涉水的风尘皆落在你身后。饮下一杯万水千山，再饮一杯红尘恩怨，还有一杯隔着千里之遥的亏欠。一杯，给那扇无人等候归来的黑漆漆的窗；一杯，给自己内心的遍体鳞伤；一杯，壮起再战的英雄胆；一杯，给还要前行的长路和远方。

你神态安详，什么也不说。把烟火人间的苦辣酸甜，肩上的沉重，和人生之秋的得失，都一饮而下。

小寒之恋

我在天边采一朵云送给你，送给你自由与梦想。

我在夜空摘一颗星送给你，送给你安宁与吉祥。

我让清风衔着我们最爱的那首旋律，在你耳边轻轻吟唱。

我给小寒梳理好翅膀，让她带着我内心的火焰和暖，飞到你身边。

孟婆汤

你拼尽全力按捺住心里的火山，即使寒冬冰雪，也不敢松开。

你知道爆发的瞬间，会把最后的一丝希冀也毁于一旦。

于是你任凭岩浆在心里翻滚，任凭炽热把心焚烧成灰。

你紧蹙眉，闭上眼睛，强迫自己喝下这一碗孟婆汤，妄图浴火重生。

你不知道：轮回与重生，是人世间最大的谎言，繁衍了几千年，从来不曾改变。

画你

自从你住进我心里，我的生命便有了意义。每一个漂泊的日子，开始有所希冀。

此刻，静坐一隅，也不觉得孤寂。心里有你，空气里都是你的气息，仿佛你温柔眼神注视，仿佛你温暖双手呵护。为你写诗，每一字都有温度，每一句都在呼吸。

天涯咫尺的你。咫尺天涯的你。行走着的你。沉睡着的你。烈焰燃烧着的你。伏虎在心细嗅蔷薇的你。不舍不忍不得不离去的你。云端徜徉的你。烟火冷暖的你……

不去想天长地久，不去说牵手白头，也不用问能同行多久。在一起的分分秒秒，都是记忆的细水长流，牵手走过的每一步，都值得一再回首。

这人间茫茫，鲜花与荆棘密布，阳光与风霜处处。我用余生修炼翅翼，去飞，去渡，去追寻你的身影你的足迹。

如果有一天，我作别世界而去，唯愿，能够在你的怀里。

秋之恋

很久以后，路过你家门口，心底涌起的温柔，像一杯甜蜜的酒，又一次醉在我心头。

想起落叶飘飞的初秋，你牵着我的手，十指紧紧相扣，在薄暮里慢慢地走，那种感觉，像要把一生风景都看够。

我心里的山川河流，都映在你的眼眸。常看见梦中的蝴蝶，翩翩飞舞在云端的自由。

雪落下的时候，你说你要远走。挥别之后，渐行渐远的背影，始终不曾回头。

落叶湮没了多少个秋，秋风吹散了多少哀愁。我还是愿意在这里守候，等你鬓染雪霜出现在我的门口。

九月的雨

九月的雨，轻轻落下。微微跃动着欢喜。多么像你：唇角噙菊，眼带笑意。我蒙尘已久的眼，因你再次闪光。如沉寂经年的潭，涟漪轻泛。我嗅见雏菊的香，看见九月的辽阔和山高水长。九月的雨，我记住了你的名字，记住了你微笑倾城的样子。像爱漫过心的大野，我不再喊渴。

九月的雨，静悄悄地下。像我的小女儿一样，轻手轻脚走进我房间，悄悄为我关闭手机。她说妈妈每天加班太累了，要好好休息。小雨落在九月的夜，像爱，洒落在我心里。

九月的雨，静悄悄地下。夜沉默得让人不想说话。墙角的小蜘蛛藏身水杯后，也不愿我打扰它。我多么想像它一样，安于网的一隅，静静想你。

树叶飘啊飘的黄昏

就在那树叶飘啊飘的黄昏,风儿轻轻推开虚掩的门。我看见你的背影,在炊烟袅袅里那么美。

曾经说过的话都已随风,多少往事都成一场梦。你却还在慢慢煮着时光,静静地等。

青春的年华已然青丝白发,秋水望穿不知归程的他。心绪像飞奔的马,却难以在故事里抵达。

就在这落叶飘啊飘的黄昏,我归来,有她,有炊烟,有爱,有家。

在九月

秋风安静。落叶簌簌。天空高远,像你沉默的眼。你只允许,一个影子靠近另一个影子。

不那么流畅的萨克斯,执拗地穿过林木和河岸,徘徊在两个影子缓缓流动的地方。

"看,多么像我们的专场。"小桥不语。落叶静默。走过许愿树的时候,我们都不曾回望。

天空装满了阳光、云朵、雁阵。风吹着口哨,飒爽行走在旷野上。稻麦金黄,瓜果留香,大地的身段越来越丰腴饱满。

菊花粉墨登场,碾压了草木秋蝉。雨水总是不停落下,淋湿我的双眼。你在九月,在我身畔,却总是离我那么遥远。

月光静悄悄洒满我的窗。对你的牵念装满了我心房。说过你要去远方,说过往事如烟不必留恋,说过葬身荒原也不会迷失方向。善意的谎言终究经不起思量。

九月天空蓝蓝,忧伤长长。万物丰腴,却难抵一人衣带渐宽形销骨立。

第一场雪的夜

说晚安的时候,时针已走过凌晨。第一场雪正静静地落下来,地上白茫茫的安静。

所有的灯都已在梦中,所有的窗都不再等。

想起暮晚时候的风,风中簌簌飘飞的叶。多么像最后的爱,不顾一切燃烧得决绝。

雪覆盖了落叶。像你离开后,忘记了我。

沉默之音

沉默之音

暮色渐浓。一个人的时空,如此安静。

暂离尘世喧嚣和人头攒动,卸下生活的负累。

把所有心事都清零。聆听沉默之音,触摸心的跳动。

我知道自己逃不脱此生的宿命:爱你,是我心里永远的痛。

无须狂欢,也不必买醉。心的碎,一个人慢慢去拼。人世间,有多少风雨,就有多少泪水。

可我还是愿意,在风雨里等。等月光漫上窗棂,等星星沉睡。

在梦里与你相逢,背靠着背,坐在开满鲜花的山顶,倾听这沉默之音。

七月书

我的北方在喊渴。听得祁连雪山愁啊,愁得白发越来越稀落。

我的南国在抗洪。三江突发暴脾气,鄱阳湖拼尽全力也抵挡不住。

——我的七月沦陷于水深火热。

我的心疼啊:我的城市和村庄,我的山川和平原,我的子民和本该丰收的硕果啊!

所幸:我的子民胸腔里,永远充溢着战天斗地的豪情,血管里永远流淌着民族复兴的热血。

南水北调。西气东输。"一带一路"。

问天,探海。睦邻友好。

——把家和国融为一体,让国家和人类命运共同体不可分离。

干旱洪涝何所惧!病毒"甩锅"无以畏!

我有万众一心,我有钢铁长城,我有英雄的人民,攻无不克,战无不胜。我的七月,终将无恙安然!

一朵云

我来看看你呀,看看你的江山社稷,和你的子民。

看看你走过半生的脚印,有多远又有多深。

看看你说过的大漠孤烟和长河落日,怎样把光阴的苍莽和寂寥浸染上诗意。

你说祁连雪山无愁，却四季白头。

沙尘暴总是被春风吹走。

雨水来了，花儿就开了。

太阳出来，鸟儿就歌唱欢乐。

你喜欢把自己放逐在戈壁旷野，像牧羊人，牧着羊群，也牧着风。牧着清晨和黄昏。

你时时渴望远方，却不忍离开脚下的土地。

你看着夜空的星星，像看着一茬一茬孩子们的梦，在熠熠生辉。

书声琅琅，桃李成栋梁，鬓染雪霜又何妨。

我看见你皱纹渐显的额头和挺立的脊梁，看见你眼里依然透着光亮的火焰，像王，笃行于宫殿。

上海之夜

上海的夜晚，像极了一个风华绝代的美人。那种质感的美由内而外自然发散出来，让你惊艳，让你感叹，让你千言万语在心头涌动，却又无言以对。

伫立在酒店二十三楼的窗前，久久凝望，想把南国美人这一刻的冷艳描画在心间。或许过后会遗忘，就像这一路行走来，看过的山长水阔和都市繁华，路过的粉墙黛瓦和小桥流水人家，听过的才子佳人风流佳话，终将会如云烟往事在心头消散一样。但此时此刻,上海的夜,确然宛如风情万种的女子,令人怦然心动。

这是六月初的夜晚。深邃的夜幕隐去了城市在白天时候云锁雾罩的低沉,隐去了时而小雨淅淅沥沥时而牛毛般悄悄飘浮的潮湿,隐去了鳞次栉比高耸入云的危楼的眩晕感和压迫感,像结束了一天忙累的人,坐下来,摘下面具和铠甲,舒口气,放心地袒露出本真的样子,享受生命和生活一样。窗外,周家嘴的形形色色的大厦也都收敛起灰色的高冷,亮起温和的灯光,露出温和的模样。

我依然说不出窗外不远处那幢大厦的名字,就像说不出上海滩十里洋场浮浮沉沉的那些名伶的名字一样。耸立于夜空中的大厦,整面玻璃幕墙开始流动着魅蓝的灯光,像无数闪耀的精灵在汇集,像一个充满了诱人的魅惑却又拒人于千里之外的冷艳女子,把外滩的古今风情都收纳进了那一袭魅蓝的晚装里,施施然,悠悠然,不动声色地掀起你心里的波翻浪涌,却又让你奈何不得欲罢不能。在你感到快要窒息的时候,她却又换上一袭银白晚装,弱柳扶风般翩翩而舞,看她冰清玉洁的模样,你便仿若饮下一口清凉,心头的纠结和燥热疏忽遁形,油然而生想要呵护在掌心的爱怜。一曲终了,她又变幻成身着金色炫彩晚装的丽人,且舞且歌,活泼而不失端庄,热情而不失分寸,回眸一笑,再次点燃你心头的火焰。及至她昂着天鹅般的颈子,在纯金的盛装装扮里女王一般走来,那震慑人心的气场,那风情,那高贵,恁地让你在心里恭而呼之"女王陛下驾到!"

而这样星光闪耀的"艳遇",也如烟花,也如昙花,终将寂然而逝。

第一场雪

清早上班,推开单元门的瞬间,被猝不及防的欣喜击中!扑面而来的,是白茫茫的大地,雪花飞舞的天!清晰地感到心在瞬间舒展开来,如同花儿瞬间绽放,那种久违的欣悦微电流般传遍了周身……白茫茫的雪,覆盖了昨日的萧索与枯败,车辆、树木、草坪和屋顶,都一夜间赶赴冰雪盛宴般银装素裹,透着微微的碎银般的光,露出了清俊纯真的模样。雪花漫天飞舞,像个玩兴正浓的孩子,不管不顾地把碎银般闪着微光的花儿铺天盖地撒下来,不停地撒下来,让这个匆忙的清晨忽然慢下来半拍,不忍错过这如梦如幻的时刻。

拂去车玻璃上的雪绒被,引擎盖和车顶的雪是不忍心拂去的。慢慢地行驶在飞舞的雪花中,看这一群一群源源不断在车灯光里舞蹈的精灵们惬意的任性的率真的样子,呼吸着久违的清寒且清冽的空气,小心呵护着心里那一丝欣喜的微光,哪怕会迟到也不去管了。却猝不及防想起那一年驰行在北疆寂静的雪夜里心思纷杂的往事……弹指一挥间,十年如云烟,多少事,多少人,多少悲欢离合,多少春秋冬夏,皆成过往。光阴的雪,有时落在心里,有时落在头顶,有时令人疼痛,有时让人通透。但终究是皆成过往了。

这世间,真的没有什么过不去的,只有你让不让自己过去。一如青丝与白发的转换,花开与落雪的轮回。

春雪煎茶

清早。打开卧室门的瞬间,闻到客厅里充盈着一股很好闻的类似刚出炉的烘焙食物散发出的味道。一段时间独居欣园,自知不可能有人为我炊事奉餐,断定这味道绝不是餐食之味。但由于常年慢性鼻炎,嗅觉在一定程度上受损,时常对于一些气味不能准确地判别出来,一时无法确定这究竟是什么味道。可以肯定的是,这是一种很好闻的味道,温醇而不失清冽,氤氲满室却又丝毫不令人感到鸠占鹊巢的霸道和傲慢。仿若一位温文尔雅的青衫君子,不疾不徐地自林荫路上走过来,衣带轻风,面含微笑,无端地让人感到如沐春风的愉悦。

有点奇怪地环视客厅各处,也没有发现这令人愉悦的味道出自何处。这味道不似前些天花盆里盛开的双色茉莉馥郁芬芳的香气,也不像几乎每隔一两天就会开两三朵的南瓜花醇厚而独特的香气,更不像蟹爪兰那清幽的凑得很近才能嗅到的清香。

在这样令人愉快的气息环绕中,一如往常洗漱,梳妆,更衣。然后打开茶吧,准备烧点开水。早晨喝一杯温热的白开水,是十多年来的习惯。就在低头看向茶杯的瞬间,恍然顿悟:茶香呵!这氤氲满室的不同于其他气味的好闻味道,原是出自半杯茶!

茶是昨晚没喝完的半杯。此时,白色陶瓷茶杯里,茶色深浓,像咖啡一样,但茶汤清澈,丝毫无混浊之败相,且清晰地看到茶杯里的茶叶,一片片舒展着纤细柔嫩的身姿,安静地沉敛在杯底,一派淑女之优雅情态。茶杯身畔的浅绿釉小茶坛,一如初时,泛着微微的柔润的光。看着它们静默相守的样子,心里油然而生温柔之意,眼里也生出久违的笑意。

想起送茶叶的友人。在同样清寂的时光里,彼此的灵魂如一片秋叶般安静淡然。一日寒舍小坐,白水以待,忽生些许歉意,虽自己素不饮茶,但以白水待友多少还是有些怠慢之意了,友是资深饮茶之人。友不以为意,坦然举杯饮水,谈笑风生。再来,一进门便含笑递过来两罐茶叶。我虽不饮茶,但对茶叶品级略知一二,彼时沏茶,茶香扑鼻,一时满室生香,在秋末冬初寒意阵阵的时节,那是一种令人身心都感到暖融融的独特香气。特意买一个质地优良的水晶玻璃杯,为友沏茶专用,闻茶香之时,可欣赏茶叶纤细的身姿缓缓舒展在水中的惬意。我仍是不饮茶,仍饮白水。时间在不紧不慢的日子里流淌,心灵在不贪不怨的净地上相伴，清寂的时光便也有了些许趣意。深冬的一天，友告知，要远走他乡。他乡之远，将经年再无相见。那一刻起，心里的缺失感和去而复返的无趣感又如顽疾般复发，终日如影随形。

如那么多身患隐疾的人们一样，终日湮没于纷繁俗事。冬去。春来，万物皆蓄势待发。忽觉自己仍是两手空空，连一粒可以播撒的种子都没有，甚至一颗草籽都没有，如上一个秋天一样颗粒无收，两手空空。不觉心思消沉而躁郁。多年习惯了饮白水，近日忽觉寡淡无味，难以下咽。便打开友所赠茶叶，拈几枚入水，饮罢确然神奇而遂心：既无胃部不适感，也无难入眠之象，似乎还缓解了心浮气躁的困顿状况。由此竟也喜欢了饮茶。忽一日不慎，水晶玻璃杯坠地粉碎。黯然神伤。暂换陶瓷杯饮茶，然，茶香依然，丝毫不曾减弱半分。即使是这杯昨夜残茶，也一夜沁香，静然相伴。也便恍悟：一些物事，我们该看重的应是其质，而非表象。优质的友，让人心怀大格局，不囿于眼前的苟且，不湮于纷繁喧嚷；优质的茶，让人身心愉悦清朗，拂却鸡零狗碎的束缚和内耗，安享春暖花开的人间趣意。世间本无十分如意之事，但那些不如意的物事，若彼时真诚以待过，全力以赴过，它便会在某个时间里以另外一种方式回馈于你。

春雪煎茶，固然浪漫唯美；白水煮茶，也一样满室生香。不苛求，不执念，心自安然，万事万物皆本真自然。如远在他乡但却天涯咫尺的友人，如此刻氤氲在茶香里的春日时光。

风吹五月

与草木一起复活

湖水碧澄。一如往年这个时候，褪去冰封的冷与沉默，在阳光下泛着温柔的涟漪，倒映着西部广阔的云天。借着那一场透彻的春雨，大地上，青草稼禾们不约而同地齐刷刷地迅疾地占领了田间地头，铺呈了城市的每一处能够生长的地方，绿意盈盈的生命的活力，让五月重回鲜活动人的青春年少时光。

海棠的清白和鲜绿，渲染了这个城市的街。紫叶碧桃的绚丽和荼蘼，喧闹了丝路公园的寂静。杏花儿落去的枝头，毛茸茸的青杏们开始在青涩里酝酿不久后的甜蜜。蒲公英的金色小灯盏，在绿茵毯般的草地上不分昼夜地亮着内心的欢喜。紫丁香从不掩饰她馥郁芬芳的美颜，让每一个经过身边的人闻香心动，而暗生情愫。三两只蜜蜂，不顾春寒，忙碌在怒放的黄刺玫蕊中……远处的祁连雪山，一身富贵白裘，含笑颔首说出丰年的预言。

风温软，如熏。阳光像个热血的青年，不顾那些身着长风衣的行人的目光，着短袖的 T 衫，意气风发地绕湖奔跑，让天空和大地都有了年少轻狂的理由。

我心徜徉，流连。在湖水的温柔缱绻里，在鸟儿的鸣唱里，在不绝如缕的花香里，在潋滟的春光里。那些长时间以来盘踞在心头的沉重、晦涩、隐痛、忧伤……种种束缚内心的软索，悄然遁形。

没有那时炊烟

老妇人坐在暮时风里，缓慢地抬起眼，无目的地张望着前方。刚刚喷洒过水的草木，在风中摇摆着。风有点儿大，吹走了紫丁香的馥郁。桃花已落。暮色中的园区，安静得只听见风的声音。没有一个人。那些嬉闹奔跑的孩子们，闲聊的年轻妈妈们，闲暇地照看着孩子的小夫妻和老人们，都已回到各自家里安享天伦。连那些撒欢儿跑的小狗儿们，也都在各自的家里安享宠爱。

老妇人坐在渐深的暮色里。被那些带着水珠的低矮的小灌木簇拥着，被湿漉漉的地面簇拥着。渔夫帽遮着她的白发，口罩遮着她褶皱的脸颊，臃肿的疲倦的腰身，如这暮色的低沉与寂静。

忽然感到，城市的孤单和落寞。没有那时炊烟，没有暮色里喊你回家的声音。

如一个不被牵挂的人，孤单游走在异乡的街头。城市的灯光，温暖中透着冷漠。每一个亮着灯光的窗口，都与自己无关。那些爱过的，恨过的，哭过的，笑过的，都被风吹散，一地的凉。

如我，独自站在窗前，看到多年以后的自己。

人间五月

夕阳闪着明亮而和暖的光，与绿叶成荫的树们一边说着再见，一边说着未完的话题，间或抚摸一下开至荼蘼的紫叶碧桃的花瓣，还不忘逗弄一下新生的小草们，撩拨一下蒲公英想飞向远方的心思。想必它也是贪恋这迷人的春色，迟迟不肯落到山的那一边。它一遍又一遍擦拭着天空的蓝，不留一粒尘埃，也不遗落一丝云影。

我贪恋这美丽的人间五月，踮着脚尖避开小草们的身子，避开去年自然落地而今新生出的一株又一株的小杏苗，避开田园苣纤细鲜嫩的花朵，避开蒲公英摇摇欲坠的小伞，去捕捉夕阳与黄金叶子树缱绻缠绵的奇异镜像：它们彼此交融，相互闪耀，金色的光晕在微风的推波助澜里舞之蹈之，琴瑟和鸣，如醉如痴……多么奇妙的自然万象！

此时，没有鸟鸣，没有来来往往的人，也没有放风般欢奔的小宠物狗儿，更没有纷杂喧闹的人声和车辆之声。此时，这一片茵茵草地，这一棵棵或开花或青果初结或绿叶恣意生长的林木，这一方如镜的蓝色天空，这一脉醉意微微的夕阳，这一缕善解人意的轻风,独属于我,独属于一个沉浸其间而忘记了一切的痴人。

不知谁家的窗,传出悠扬笛声。如诉,怀念,交织着一点无奈,一点忧伤,令人心驰神往。记得这首陶笛曲名叫《故乡的原风景》,日本著名陶笛演奏大师宗次郎的名曲。初听倾心,无数次单曲循环,此后收藏频听,这熟悉的旋律,仿若老友重逢。

此时此刻,此情此景,此世间的美,莫过于此。

当你在年复一年怀念故乡中,已然把数十年休养生息的地方当作故乡,安度余生,那么,所有的人与事,所有的景与物,便是故乡。

立夏日,风吹漫天花雨

今日立夏。但似乎与西北偏西的这座小城无甚关系,这里,不过是初春的样子,草木初生绿意,桃花落去一部分,一部分还在盛开。丁香海棠黄刺玫趋于荼蘼。楼下的苹果树一身清新素雅的碎花裙衫,还是我记忆中小妹的淳朴模样。各种杨柳榆柏松们也都是次第绿叶新生,闪着洁净的处子之光。即使青草,也只是柔嫩到寸余。而田间青禾,才只探出嫩芽;北方大野,则还沉睡在去岁的梦里不愿醒来。大多时候,还是懵懵懂懂不谙世事的样子。

南方的圈儿里,早在三月即在叹息春逝,落花成冢,豆荚青果奔向成熟。今日,又说麦子已经黄了,雨总是不停地下,晚间看一回圆满的月亮都是件幸运的事儿。我的北方呵,早已看惯春迟,看惯各个方面的"迟"。

正午时分,屋子里不再像早晚时候那么冷了,脱下棉袍,打算开窗通风透气。拉开落地窗的帘,却惊现"漫天花雨"之景观:风吹着,楼与楼之间的绿化带上空,随风密集飘飞着花瓣雨,向着一个方向,纷纷扬扬,不停不歇。瞬间惊呆,叹为观止!惊叹之余,仔细辨识那些天女散花般恣意飞舞的淡黄花瓣,再看看楼宇间也没有能够这么长久不息密集飘飞的花源呀,花雨何来?追着花雨飘来的方向一探究竟,发现花雨来自几棵枝叶繁茂的老榆树,无一例外,所有的树枝儿上都密密麻麻挤挤挨挨结满淡黄的榆钱儿,生长在楼宇间绿化带榆树上的榆钱儿,似那时富贵人家的孩子,养分富足,恣意而自由生长,没有人采摘破坏,竟也是长得老了,经不起大风一吹,误打误撞地制造了一场浪漫动人的花瓣雨。

榆钱儿纷纷扬扬飞舞着,像是用盛大的礼节迎接夏之王的到来,又像是一场最后的狂欢,莫名地夹带了几许失落和忧伤。

像青春。像青年节。你愿,或者不愿,逝去的终将逝去,到来的终将无可抵挡。

在这迷人的时节,安享这动人景色,细品岁月里一切自然的礼遇,或喜或悲,或圆或缺,顺遂自然,何尝不是一种积极的人生态度。

出行琐记

雨后。天蓝，云白，风清。大清早赶火车，自己开车送自己。

正值上班上学高峰期，市区一路堵车。就连往日冷冷清清没有几辆车的酒火路，居然也车水马龙，大货小货大轿小轿三轮两轮，还有自行车！拥堵不堪！

看看时间距离开车只剩十五分钟。开始着急！飙一百狂超！眼观六路！路口狂笛！绝不闯红灯！飞奔到车站广场，偌大的车站广场竟然没有一个人走动。停车场最外侧只有一个空车位。倒了三次，停好车。离我的火车开车只剩六分钟！下车疾冲。发现手机忘带，开车门，取手机，锁车，再疾冲。冲进进站口，一个人也没有。刷证刷脸进站。气喘吁吁过安检。安检人员很暖心地告知"赶上了，车还没来"。这温和平常的一句，仿若一场及时雨扑灭了心急火燎，一颗心扑通扑通着落地。真心地谢过安检员。她是一位身着制服长得小巧玲珑的女子，梳着低的丸子头。我看到她淡蓝口罩上方温和好看的眼睛。过了安检，大步流星奔到没有一个人候车的候车口。冲着候车口工作人员说出车次，那位身着制服马甲的工作人员见惯不怪地稍显慵懒地示意闸口刷证。再次刷证刷脸，进站。还好，1站台，抬脚就到。不多的一群人集中在月台等车。约一分钟，车到。上车。落座。

以上，耗时约四分钟。是本尊出行史上最急赶且没有错过乘车的一次。也是自己送自己的第一次。真好！

一别，永逝

午时，列车晚点二十分钟到达目的地。出站口，一眼看到高高壮壮的侄子来接站。心里倍感暖意。就像以往，他的父亲我的兄长一样，高大的身架立于或稠密或稀疏的接站的人群里，不用找，一眼就能看到，看到的那一瞬间，就是回家的亲切感和暖心的归属感。

家姐之前打电话问询几点到家要为我准备餐饭，想到她上下班赶时间，便谢绝回家吃饭，告知下车后将直接去医院探望病中的母亲。

侄子驱车送我去医院。路上打电话让兄长在医院大门口接我。侄子说话挺有意思，他问他父亲"你下楼来领？还是我送上去？"听起来好像在送迷路的小孩。其实不然，是因疫情影响，医院对病患和探病人员监管较严，要出示核酸检测报告，我没有检测过，而他父亲有检测报告。医院门口，看到身材高大的兄长在大门内侧等候。扫健康码，通过医院进口。跟随兄长一路畅通无阻到了母亲的病房。

母亲精神尚可，病症也基本看不出来，比我想象中的样子好许多，应是住院多日的治疗结果。母亲算是多年来的老病号了，也习惯了医院的环境。大概也习惯了一个多月前父亲离世后的生活环境。对于她住院半月余以来兄长和姐妹四人轮流请假陪护的忙乱浑然不觉。我曾建议请护工，兄长不同意，说这样会让母亲误以为我们不管她了。父亲离世后,常年在病中的母亲一度确然恓惶,之前,父亲虽也罹患重疾数年,常在手术、诊疗、住院中,但回家后还能够照顾母亲服药,还能陪伴。兄长如此说,也确然是贴心。

午睡醒来,母亲气色见好。与母亲聊天时,看到窗外偌大空荡的停车场有一老者走过,形貌神似故去的老父亲,指给母亲看,母亲睁大双眼,努力想看清他的样子,之后说还真是像。我不知道她是否看清楚了,她因白内障手术失败后,一只眼睛几乎失明,另一只眼睛视力退化,但我知道母亲的善意,也知道她已经接受了父亲故去的事实,至少在此时此刻。

夕阳斜下。一行人驱车几十里到郊外给父亲扫墓后,暮色已深浓。

七七,这一别,永逝。缓步走出墓园,一行人沉默无语,深浓的夜色,将我们心头深深笼罩……

一只忘记了新名字的小狗

一

刚打开门，小狗就蹿了出去，但又停在门口，看着楼梯，有点犹豫了。

"去吧。"我说。它回头看着我，两只耳朵支棱着，圆溜溜的眼睛里流溢着放风时的惊喜和动荡。

"下楼。"我又说。

它听懂了我的话，一掉头从楼梯上蹿了下去，那份急切，像久别的孩子见到了娘亲一样。

也许，它一直在等着这一天，在大雪封路后，暂时被我和孩子收留在家的日子里。

本意是想让它到外面去拉撒。真的是很无奈于每天下班回家，那难闻难看的它的便溺。还要到处查看，收拾，开窗通风。还要忙于家务。

一开始不顾那么多人的反对，执意收留它，只为了让孩子开心,让孩子的善良和爱心有所承载,让一个大雪地里瑟瑟发抖的乖巧的小动物有一处避寒向暖之处。

可我却不幸被言中。每天的负累,真的让我无法像那个下着大雪的周六那样,在惬意玩雪中大发爱心。尽管它很无辜,很温顺,很有素养。尽管我从网络上搜索资料和图片,执意认定它是一只名犬——都不过是给自己找了借口,一个收留它的借口。

它只吃肉、火腿,偶尔吃点淀粉类食物。只喝清水。

担心它时间长了营养不足。从朋友那里拿了些狗粮,没想到,太对它的胃口了!它几乎是狼吞虎咽!

朋友说了,那是她家的小狗三天的口粮。可是它两顿就吃完了。

二

我在门口叫了它的名字。

但这一次,没有听到它蹿上来的欢快的蹄爪声。再呼叫,仍静然无声。

闹闹,是它的新名儿。我的孩子乳名珠珠,便又给它改名瑙瑙。珍珠玛瑙之意,呵呵。

心里便有预感:它这次出去,大概不会回来了。

和孩子穿了棉衣,下楼。再呼叫几声,还是没有它的动静。

一直到单元门口。看到它安静地等候在那里,迫切地看着那扇紧闭的大铁门。

心下为之一叹。

打开单元门的瞬间，它蹿了出去！

它撒开爪狂奔起来。来回绕单元转了两圈。

孩子叫了它的名字。它停了下来。孩子摸了摸它的头，它又显出在家这几天的温顺和乖巧。

但随后，又狂奔起来。在楼另一端两边的草坪上，奔跑，拼命闻嗅。

时至今日，那场大雪已经融化得差不多了。草坪上也露出斑斑点点的土地。

想起朋友说的话，大雪覆盖了它曾经留下的气息，故而它迷路了。

那么，它应该是在找寻那些气息，找寻回家的路。我如是告诉孩子。

三

正午。

阳光灿烂。

没有风。

残雪在消融。

这只忘记了新名儿的小狗，在残雪中，不遗余力地嗅着、搜寻着。丝毫不理会我和孩子一直追随它的目光。

也丝毫不理会孩子有点着急的呼叫。

我想，该是它离开的时候了。虽然还没有充分的思想准备。

它渐渐跑远了。一直不放弃闻嗅。

孩子不甘心。呼叫着赶过去。

它还是不理会。一切都感觉那么陌生，它的目光和身影。

四

唤回了孩子。

告诉她，如果午后上学的时候，或者下午放学回来，小狗要是还在单元门附近徘徊，或者等待我们，我们就收留它。

心想，下楼的时候，它没有忘记在楼道留下自己的"印记"，如果可能，它会循迹而来。

和孩子走进单元门的时候，再一次回头看了看。它没有跟随过来。

下午上班的时候，楼下再也看不到小狗的身影。

一只流浪猫，蹲伏在路边高高的树枝丫间，晒着太阳，眯着眼俯视着路过的人们。

有点怪诞。

孩子也惊奇地叫着让我看那只高高在上的猫。显然暂时忘记了午时对小狗的约定和失落。

五

下班回家。特意在单元楼前后寻觅，丝毫看不见小狗的影子。

冬天的傍晚还是寒意横生的，那几只流浪猫也不见了踪影。

孩子不甘心，还要呼唤几声。小脸上明显是失望和失落。

进了家门，孩子竟然还要呼唤几声。她真的是很想那只小狗像以往一样摇头摆尾、兴奋欢快地迎上来，跟她亲昵一番。

其实，我也很想。

只不过，我选择了沉默。

之后的几天里，孩子总会时不时地呼喊几声小狗的名字。每当这个时候，我便继续沉默。也不忍看小小的孩子失落的眼神。

她会忘记的。就像忘记很多幼时的时光一样。

她也会发现很多新的快乐的物事。就像她在成长的时光里不断地有新的兴趣爱好一样。

六

应该是在我们都已然淡忘了那只小狗的模样的时候，淡忘了它曾经带来的快乐和烦恼的时候，却在手机里看到它的照片。收留它的那个雪天的照片。

眼神怯怯。身形怯怯。

心下竟然有点遗憾，不曾拍下它适应了新的环境以后活蹦乱跳的欢快样子。

又犹豫了一些时日。终于在一次手机故障刷机后，这些照片彻底消失了。

七

又下了几次小雪。

小狗的身影偶尔也会在心头闪过。

但始终再没有见到过。

春天快要来了。

天气一天天暖和起来。

流浪猫不再蹲在树顶晒太阳了,它们懒洋洋地伏卧在干燥的草地上,或者窗台下,眯着眼睛,享受着阳光。

日子似乎也过得越来越快。

那只忘记了新名字的小狗,应该找到了旧时的主人和家吧,应该也像从前一样过得很好吧。

八

一个人的旅途,有太多的风景,也有太多的遇见。

只是有些擦肩而过。有些印象深刻。

能够在漫漫时光里沉淀下来的,最终还是一些欢乐的记忆。

一如那只离开后便不再回来的小狗儿。

一如春暖花开的永恒景象。

祈愿

当金色光芒冲破阴霾，一轮红日高悬于云层之上的那一刻，我的心也倏忽间跳出低沉，跃动在金色阳光里，温暖而喜悦。

这样的时刻，向你致意问好，是汇集了内心祈愿的，是充满了美好希冀的：2017，吉祥如意！

看，昨夜的那场大雪，已为你的到来铺设好圣洁的毯，将过往的一切覆盖、归零，让新的一年从一片纯洁的白开始。仿若我们最初来到这个世界的时候，从干净和空白开始，从新鲜和新奇开始。

听，金鸡报晓，用清脆和响亮叫出了一个新的日子。就像揭去了红盖头的新娘，把陌生而又熟悉的人间烟火握在了手上，从此一肩挑起生活，一肩挑起冷暖。

轻轻翻过2016年最后一页日历，三百六十五个日子已经归集于旧的时光。这一年所有的得和失，所有的悲和喜，所有的爱恨和恩怨，所有的迷惘和惆怅，都已成为过往，都已成为不可留之昨日。轻轻打开新年的第一页日历，对自己说：不回头，不留恋，不背负，才能走向梦想和远方。

打开这新的一页，所有的空白都等你来亲笔书写，或挥毫泼墨快意人生，或婉约优柔百转千回。每一点一滴的笔墨，每一笔一画的痕迹，都将成为你在这一段时光里留下的印记。

踏上这新的旅程，一路的景色都等你来历经，或一段花香鸟语风景独好，或一段冷寂荒芜冰雪风雨。而你，或驻足流连，或孤独失落，或步履轻快、轻歌曼舞，或步步惊心、艰涩难举，但只要你一路向前的心不曾迷失，一路追寻的信念不曾丢失，就请相信，总有那么一天，你会走进梦想的荣誉殿堂。

金色光芒里，我听到内心的锣鼓喧天和大河奔流，我看到北国的雪中红梅怒放、南国的田野芽苗盎然，大地上蒸腾的暖意，在我前方冉冉升起，祥云般萦绕着前行的路……

金色光芒里，我祈愿：我爱着的和爱着我的人们永享康宁，我美丽富强的祖国永葆盛世太平，世界不再有战乱和纷争，在苦难中颠沛流离的人们早日得到安宁和温暖归宿——世界充满和平友爱，新的一年吉祥如意！

清风过耳

一

每天中午下班，都是匆匆忙忙赶回家。进门匆匆忙忙在厨房洗菜做午饭，一边留神听着门铃的动静。

通常是在差不多固定的时间，门铃就会如期响起来，之后传来孩子清脆的声音："妈妈我回来了！"按下单元门开门键，再打开家门，就听到在单元门一声重重的撞响声之后，孩子快乐的歌声传过来。

这个时候，心里总是会欣慰地一笑。多么可爱的孩子呵！

所有的忙累也会在这一刻显得意义重大。

但是有一天，孩子在吃饭的时候不经意地说起来，她每次进了单元门一路唱歌上楼，不是因为开心快乐，而是因为害怕开门之后一眼就看到地下室黑黢黢的走廊。

心，在瞬间五味杂陈。

原来，我们认为的一些事，实际并不是我们想象的那样。

阳光的背后，有多少阴影，我们并不知道。

笑容的背后，有多少泪水哀愁，我们也不知道。

我们需要用心温柔相待，才会触摸到另一颗心灵的真实模样，才能够给予彼此心的抚慰。

除此之外，一切都被假象蒙蔽。

二

秋日午后。

云淡。天高。

几缕清风徐徐，枝叶摇曳。

时光静好的可人模样。

蓦然传来震耳之音："磨剪子咧——锵菜刀！"

瞬间有点恍惚。

仿佛时光倒流到一个久远的年代。那个从前一切慢的年代。

这声音真实地来自楼下，住宅小区园内。

不急不缓，悠悠然，一声，又一声。

内心的感慨也不急不缓，悠悠然，一层，又一层。

会有谁下楼去磨剪子锵菜刀吗？在这个不好用就顺手丢弃再买新的这样快节奏的年代。在这个什么都急着赶着囫囵吞枣的年代。

家里的菜刀真的需要磨一下了，切蔬菜都有点费劲了。要不要去磨一下，再看看这个吆喝声的主人，是个什么样的人，是否还是那个年代里的古旧模样?

可是早就打算买一套新的刀具了呢。

还有,这么陌生的而古旧的手艺,在这样车禁门禁摄像头遍布的现代化花园住宅小区里出现,还意味着些什么呢?

层层安保防护的高级住宅小区,不时地会警报连续入室盗窃的消息。那些陌生的来者,是手艺人,还是在手艺人外衣伪装下的"探子"?

就这样,这悠悠然的声音就一声声远去了。直到听不到了。

那个"从前一切慢、慢得一生只够爱一个人"的年代,真实地恍惚了一下,便在淡淡的秋风里一闪而过。

三

桥湾古城,一直被历史的烟尘隐埋着。

曾经的丰美,曾经令大清帝王在睡梦中龙颜大悦,继而泽被无疆的荣华,已然落尽在金戈铁马之声远去之后,亘古流淌的敕勒河水中。

遥遥万里,御驾亲征。令天地动容的雄姿,终究逐落了西部边陲的残阳。

贪赃人头落地,民众欢呼。以其人皮为鼓,头盖骨为碗,以儆效尤。名垂千古和遗臭万年,都是那么惊天动地。

筑城墙而阻进犯,修行宫以彰圣威。建寺庙以求永垂,书史志而得千古。

嗟乎！俱作古矣！

大风在无垠的戈壁之上掠过之时，是否还裹挟着十万大军西征的马蹄声？

一丛，两丛，三五丛，零零星星的野生枸杞，可曾记得曾经丰茂妖娆的先祖的模样？

一只，两只，与沙石一样颜色的沙虎子，小心地匍匐隐蔽在脚下，又机敏地一闪而过。这微小的灵动，愈加显得这座古城的荒凉与静寂。

风中的断壁残垣，静默地匍匐在寂然的时光里。如同一个人曾经的风华寂然谢幕。

四

不承想，卷珠帘，一曲断肠。

在相对悠闲的周日，独自在熟悉的空间里，随心地做一些事。这样的时刻，适合听一些舒缓的音乐。

一曲卷珠帘，是随意选择播放的。

早先在央视栏目中国好歌曲角逐赛，初闻之际，便甚是喜欢，那曲风，那格调，那词，那独特的声音。

这个时刻听来，仍是裹挟着浓郁得无法化解的空寂和忧伤，如泣如诉。

令人欲泪。

单曲循环。反反复复。

被这一曲重重包围,被这如水的空寂、落寞和忧伤重重包围。

很想有一个人来分享这特别的感觉。

却找不到一个合适的人。跟每一个这样的时刻一样。

其实一直以来都知道,不是所有的疼痛都可以喊叫,不是所有的感觉都可以分享。

五

中秋之夜,冰轮高悬。

初始,有泡沫状层层叠叠的云影映衬,在楼头屋顶,在柳梢,徜徉,逡巡。

稍后,光艳千里,黯淡了云影,独一轮明镜,好似那冰晶美人般的月中仙子,孤芳自赏的模样。

只是,广袖轻舞处,可曾有些许落寞?

又有几人,识得那广寒之暗香?

夜宁静。

行人寥落。

轻踏月色,漫步于楼宇间。间或拍一帧,以示遥邀。

这样的时刻,内心波澜不惊。

唯有微微凉意沁心。

淡忘了多少爱恨恩怨,也便淡忘了多少过往时光。

且伴这一轮明月,浅书一阕人间词话。

时间煮雨

雨是一点一点飘过来的,由北向南,越过世纪广场,来到眼前高楼的窗口。仿若一位闲庭信步的人,不急不缓,随心,随性,走到哪儿算哪儿。打在窗玻璃上的雨点也是悠闲自在的,不急不缓,随心,随性。

清凉的雨的气息,从打开的窗徐徐而入,温婉的人儿一样,带着浅浅的笑意,轻抚着那些焦躁、困顿的意绪,催眠般让一切安静了下来。即使窗外的天空依然乌云沉沉,天色暗淡,但映入眼帘的雨幕,和携雨而行的轻风,还有在雨中微微摇曳着身姿的绿树青草,却是让人有一番被雨水清洗过的清润心境了。

不想撑一把伞在雨里行走,也不想不撑伞在雨中漫步。只想就这样静静地站在窗前,看雨中的世界,让那份难得的清润心境停留一刻,再停留一刻。

雨不大。小雨。一直保持着那份不急不缓的悠闲,慢慢地浸润着天地。这样的雨，让我也变得不急不缓起来。不去想雨会下多久，不去想眼下堆积的工作，不去想云烟往事。也不去想伞下相依相偎的浪漫与旖旎，也不去想你。

这样的雨，让我在静享清润之际，顿悟了一些事，打开了一些心结。不急不缓，纵使内心狂涛巨浪，也可以做得淡定从容。摒弃一些过激，摒弃一些偏执，摒弃一些自我，把自己置于一个旁观者的位置，即可看清迷局，即可知晓何去何从的方向，路，和目标。

不去想雨何时会停，但我知道雨总会有停下来的时候。不去想雨后是不是会有阳光和彩虹，但我知道天空不会一直下着雨，也不会一直阳光灿烂。

正如这小雨。正如这天色。在我无想无求的时候，雨已然停了，恰似闲庭信步的人已然踱回屋舍将息，身后是雨水洗过后的蓝色天空，雨水洗过后的云朵，还有雨水洗过的阳光，映照着雨水洗过的青草绿树们，笑意微微。

那么，是否我转身，会给你留下一个清润鲜活的空间？抑或，你转身，带给我一个充满希望和梦想的空间？

我都不去想了。也不去问了。

这样的小雨，这样不急不缓，信步而来，悠然而去的小雨，这样一个雨水洗过的清润时刻，这样美好的夏日午后，我拥有过，享有过，而且不曾辜负过，已然足够。

还有，这样美好的景色，这样美好的时光，我仍将在以后的时日里不断拥有，不断享有。而我也将不再辜负这所有。我的心，再一次泛起舒畅的涟漪，和着花香，和着鸟儿的鸣唱……

天下一家

天下一家

恍若白驹过隙，一年飞逝。新年贺词力赞，每个人都了不起。但不曾想到，新年伊始那些相似的物事却不曾翻篇，且在重复：新冠肺炎疫情反弹的警报再次拉响。病毒狡猾变异，点式发作。

石家庄按下了"暂停键"。万人空巷。这一次，有成熟的技术、手段和经验，驰援与爱的接力紧迫而井然有序。72小时完成1100万人次核酸检测，这就是中国速度，中国精神！黄庄速建。各地再次拉开严防死守的战幕。泱泱大国的十数亿人几乎都有了戴口罩、接受检测的自觉。

我们相信万众一心、众志成城的力量，相信爱的力量，相信大道不孤、天下一家。我们有远景目标，有明确方向。我们都知道，既然是征程，就不会都是坦途，泥泞坑洼甚而荆棘丛生的波折和磨难是必经之路，它阻止不了我们奔小康的脚步。

艰难方显勇毅，磨砺始得玉成。唯愿石家庄无恙，唯愿山河锦绣、国泰民安。

沙尘暴

为沙尘暴写诗，说心里话我不乐意。这个暴力入侵者，它肆无忌惮侵袭了我的眼睛、鼻子、衣服、鞋帽和头发，甚至每一个毛孔，还有我的心肺，让我的每一次呼吸像竭力咽下沙土。

它让我在熟悉的路上，无来由地迷失方向。像走过半生的人，忽然不知何去何从的迷茫。它每年借着春风的名义不请自来，蛮横、肆意、无孔不入。我们无力驱散它，像无力驱散罗布泊的苦涩，无力安抚腾格里的寂寥，海森楚鲁的沉默和西北偏西的莽莽漠野与黑戈壁的赤裸。

我们，咎由自取。我们的星球在哭泣。南极企鹅和北极熊，在日渐融化的冰岸哭泣。海洋生物被形形色色的垃圾搁浅，在污染的海水里哭泣。

娜尼拉、新冠病毒、暴风雪、森林火灾、霸权、战争、流离失所。一个声音在高呼：你们，咎由自取！

人类啊，请善待这颗蓝色星球，过度攫取，破坏性采掘，毁灭性污染。强权和霸凌。最终，只会埋葬了我们自己。请遵从人与自然和谐共生的法则，沙尘暴，或许来日无多。

又见沙尘暴

几个世纪了,这个不受欢迎的人,却从不爽约。每年假借春风的名义,从西北偏北一路劫掠过来,

风烟滚滚,天地暗哑,无人能敌的豪横。

诅咒,叹息,甚而哭泣,显然都毫无意义。咎由自取,是最贴切的用词。消失的罗布泊、楼兰、居延海、敕勒川,恣意生长的腾格里、黑戈壁,都是最好的证词。

无节制地攫取,破坏性采掘,毁灭性污染。霸凌,战争。这颗星球上的每一处疮痍,都是人类的犯罪事实。沙尘暴,不过是来告诉我们:罪行还未休止。或者来问一句:罪行何时休止?

听妈妈的话,别让她伤心

测了体温,登记了身份证,过了安检门,去往四楼。法院的书记员忙得不肯下楼来,让我们自己去取判决书,却不告知具体办公室、找谁,直说到四楼大铁门后再打电话。这样的戒备森严以及办公楼前几十级的台阶,或许可以让那些来打官司的人们冷静下来。

爬楼梯快到四楼拐弯的时候,突然听到悲痛欲绝的哭声。抬头看到四楼楼梯门口一大群人熙熙攘攘,着警服的四五名警察、着制服的三四名法官、着普通装的五六名民众,其中着普通装的三名男女在左右两侧和背后用力搀扶着一名大声哭号的五十多岁的妇人,跟跟跄跄走下楼来,那妇人恸哭着几乎无法行走,从着

装和保养较好的面容上看得出来,应是比较讲究的富裕人家。但此时,她显然已经顾不得形象,她已然被悲痛击溃。这十多个人从楼梯口涌下来,有点乱,但并没有其他肢体纠缠。

场面让人猝不及防,却又无法退让。只好背靠楼梯的窗户墙,面朝三楼楼梯,让这一群人乱纷纷地涌下去。

和同事对视一眼,快步上四楼去办我们的公务。打了电话后,一名年轻的瘦高个子长头发的女书记员按了密码后从打开的铁门里出来。她并没有再验证我们的身份,也没有看单位的介绍信,直接将手中的几份刑事判决书递给我,签收签字后,转身进了大铁门,带栅格的铁门在她身后关闭,也便把官司之外的事隔离开来。

长长的走廊复归安静,只有一名坐在椅子上等待的男子。十余个法庭的门都关闭着。就着走廊的灯光,快速浏览了一下判决书,两名醉驾者均被判处拘役并处几千元罚金。我在心里叹了口气,这些人哪,侥幸和罔顾,无视和任性,付出的代价还远不止于此。

在法院门口的布告栏,看到两起恶意犯罪案的通告,作案手段惨无人道、灭绝人性,令人发指。不由头皮发麻。心里的沉重又多了几分。

再去监委。手头又多了数名酒驾醉驾的问题材料。不乏80后。令人无语。快步来到停车的广场,深深地呼吸了几次,似乎能把心里的负能量释放一下。但其实无济于事。

在办公室翻看这些违法犯罪的材料，那位在法庭走廊恸哭的妇人的情形总也挥之不去。她显然是一位母亲，那么，她如此悲恸的原因极大可能是她的孩子违法犯罪被判刑。虽然不知道那个"任性"的孩子犯了什么罪，但那种母子连心的痛楚深以为然。

"听妈妈的话，别让她伤心。"为人子女，天伦、孝道和人性，莫过于此。

清醒吧！那些"任性"的人，那些自私的灵魂。

与一棵树交谈

不必说孤独：你惯于与长空为伍，与星辰相伴。与风雨交谈，与日月共谋流年。你所有的梦想，都安放在云端。你的灵魂，在浩瀚无垠里自由飞翔。

无须说寂寞：你立身于大地，每一粒沙土，每一颗石子，每一株芨芨草、骆驼刺和不知名的草棵，都是你血脉与共的至亲。你们听着彼此的心跳，一同编写着世间苍莽春秋。你的心，在辽阔大地上深深扎根。

我独自来，又独自离开。或者结伴来，又结伴离开。我知道：所有对你的遣词、造句，篇章或者思虑，都不会影响你挺立在这里。

小菜地

那一年,夏天。带着孩子在楼下闲步。忽而发现,在草坪的一角,不知谁家悄悄培植了一片小菜地,隐藏在小灌木丛的后面。在大片草坪和众多桃树杏树垂杨柳们的恣意占据和张扬里,小菜地很不起眼地存在着。主人为它扎起了小小的却又是那么整齐的篱笆。在我和孩子的惊奇里,那些鲜嫩的小菜们,像不谙世事的婴孩一样,沐浴着阳光,天真而又率性地生长着。

刚想俯下身仔细看看,那都是些什么小菜。我的孩子急切地大声地制止了我:你不能进去,那是贾多多家的小菜地。

哦,贾多多,那个浓眉大眼虎头虎脑的小男孩。机灵,可爱,却又不像一般人家的小男孩那样喧闹,是个很懂分寸的孩子。经常看他在自己楼下骑自行车、滑滑板车玩,见到大人和车辆,会主动让道,一双亮闪闪的大眼睛会说话似的。想起我的孩子跟我说起过贾多多，说起过贾多多的爸爸常年生病在家，贾多多没有妈妈，还说起过贾多多的奶奶有个小菜地。

但我却从没有见过贾多多的奶奶，也没见过她侍弄小菜地。

第二年春天。春暖花开的时日里，我即兴在一个闲置的大花盆里点种了几粒南瓜子和豆子，还有数粒七彩辣椒籽。浇了水，平整了花盆里的土，搁置在能够晒得着太阳的窗台上。这些种子们每天便以惊人的速度生长着，破土，发芽，幼苗，小叶子，大叶子，藤蔓……看着这些生命的成长，看着孩子看它们的时候那欣喜的模样，仿若看到我梦想的种子，在内心深处枝叶繁茂，竟也心生欢喜。

一个休息日。阳光温煦，鸟语花香。花盆里的生命们绿意盎然，令人喜悦。索性带着孩子，提了小水桶，拿了数粒豆子，告诉孩子去楼下点种。

在草坪尽头的西墙角，找了一处青草稀少而稍显荒芜，但能够照着阳光的地儿，准备着手。却蓦然发现，零星开着花儿的一大丛迎春旁，有一片新的小菜地！之所以叫小菜地，是因为它的形貌预示着它就是一片小菜地：约两三米见方，翻出平整的土层，四周培起窄窄的地埂，期间又间隔出三两条工整的地埂，把小菜地分成更小的方块，靠近迎春的那一小块上面，居然还覆盖着白色的地膜。太精致了！心下不由赞叹，一定是行家里手的杰作。想看看地膜下种了什么，却听到孩子大声制止：你不能进别人家的菜地！奇怪，你怎么知道是别人家的菜地？孩子有点赧颜，却还是装出有七分把握的样子说，应该是贾多多家的新菜地吧，贾多多说，奶奶的小菜地里种的菜，夏天够他们一家人吃了。

忽而想起刚才去草坪墙角的时候，那位擦肩而过的老妇人：戴着大大的宽檐布帽，一张大口罩遮面，手里似乎拿着小铁锹一类的东西，匆匆瞥了我们一眼，便走了，背影是常见的老妇人那样，缓慢，略显臃肿。想必，在我们来之前，她正在侍弄这片新菜地。那么，她便是贾多多的奶奶了？

孩子红着脸，说不认识那老妇人，也没见过贾多多的奶奶。但她眼里的慌乱，却掩饰不住这善意的谎言。

孩子并不知道，在基地小区，每年维护花草树木的费用数百万元，并不知道草坪上不允许住户擅自栽种，连种花都不行，更别说是在草坪上划出一片菜地。损坏这么大一片草坪，那得处罚多重呢。

看得出孩子眼里满是央求，咬着嘴唇，眼泪都快要掉出来了。因为贾多多是她的小伙伴，玩伴，还因为贾多多没有妈妈。

抬头，忽然看到一楼的阳台上，那个老妇人的身影。看不清她的表情。但分明能看得出她的担心，还有忧伤。

我不再说小菜地的事。和孩子一起在墙角埋下了几粒豆和南瓜子，浇了一点水。孩子又把桶里一多半儿的水都浇到了那片小菜地里。墙角的土很贫瘠，灰尘一样飞扬着。且不去管它了。如果这片小菜地就这样隐蔽地存在着，青苗茂盛，贾多多和他的奶奶，这一家人，这个夏天也可以吃到多一点的菜蔬了吧。奶奶的忧心也许会少一点，日子也许会轻快一点了吧。

小猪，快跑！

小猪，快跑！

炽烈的阳光下，一只小疣猪没命地奔跑着，一头非洲狮子紧追其后。一扑，两扑，三扑，狮子的利爪总是距小猪咫尺之遥。暗暗想，小猪也许可以逃过这一劫。就在这一闪念，小猪已被狮子横衔在口中，一丁点儿的挣扎都没有，褐色的小身子直直的……

手心里的汗，扑通通的心跳，不敢眨眼，直盯着屏幕看着狮子一步步地走远。

这是那布鲁斯非洲森林公园里发生的真实的一幕，几近普通的一幕。红色的非洲土质，在烈阳下更显干渴的气息。一群非洲狮子实在难耐酷热，为了一棵能够有些许阴凉的树而互相扑咬，不擅长爬树的它们，努力纵跃上树干，躲避酷热。因饥饿而疲瘦的它们，无力猎捕大的动物，只能向平日里与它们相处比较和谐的疣猪群发起攻击，小猪崽成了他们最无奈也最容易捕获的猎物。一向性情温顺的白犀牛，为了一摊泥浆中微微渗出的一点水而与同伴打斗起来。成千上万的火烈鸟如期返回湖面，却不承想离开时数十米深的蓝色湖水，现在却只能没过脚踝，探进水里的长嘴已经搜寻不到吃食。

……那布鲁斯森林是非洲唯一保存下来的一片湿地，之前这片湿地上有大片的森林面积，数十米深的湖，大规模的农场，众多的野生动植物，是一个人与自然和谐相处的地方。后来，随着农场被小片地划分耕种，数次大规模森林砍伐，越来越多的人进驻生活，森林面积骤减，生态环境遭到污染和破坏，水土保持遭到人为破坏，干旱少雨，生物链遭到破坏，狮子猎食疣猪崽和同类争斗，犀牛打斗，火烈鸟铺撒湖底无食可觅等等的一幕幕便每天都在上演，甚而习以为常。

沙尘

狂风裹挟着沙尘，吼叫着，嘶鸣着，冲击着地上的一切，行人，树木，花草，房屋，车辆，土石……肆意地践踏着，狂啸着。人们在趔趄，失去了往日笑颜；草木被蒙尘，像毫无防备下被暴虐的花季少女，心在泣血；房屋里浮尘弥漫，医院的诊室里眼病、呼吸道感染、交通事故等等的病患剧增。人们诅咒天气，诅咒居住地，甚而诅咒命运，祈望春暖花开阳光明媚的日子，渴望下一场雨，还原一个花红柳绿的春天。

这个北方小城已经很久没有下雪了，从 1 月中旬至 4 月。干燥气候和浮躁的情绪都在蔓延。从渴望下雪到渴望下雨，已经三个多月过去了。花草树木似乎没有受到太大的影响，几乎是如期复苏，绽绿，开花，飘絮，桃红李白，一派春意盎然。然而，狂风和沙尘，总是不甘心寂寞，抑或霸道难遏，总是呼啸而来，践踏这一切，无关乎人们的意想。

腾格里沙漠，不想让人们轻易忘记他们的祖辈曾经无情无知给予它的创伤，只顾索取而不保护植被，最终被沙化，沙尘乘风一泻千里，掩埋了村镇，掩埋了城市，驱使人们背井离乡逃亡的悲剧，每一年都会上演，都会让后来人付出代价。内蒙古草原本已稀少的草棵被采摘发菜的人们愚昧地连根拔起，被长年累月游牧的羊群连根拔起，越来越稀少的青草，让动物们开始咬食树叶、啃食树皮，死去的树枝、树干被人们砍伐当柴。植被缺失，地下水位无法保持，裸露的土地在泣诉，却无法唤醒人们的良知……宁夏沙坡头，用人工固沙成为创举，但更多地，只能是把那些沙子昙花一现式地做些所谓的艺术处理——沙雕，以此来求得一点点的良心的安宁。然而，沙漠不是任人玩弄的器物，再怎样粉饰也难抵历史性的罪责。沙尘，乘风自腾格里沙漠一路东进，到了北京。京城蒙尘，举国震惊。治沙，终于被提上了议事日程。

居住在这个北方小城，这个腾格里沙漠的沙尘东进的必经之地，我们只能等待，漫长的等待，等待有一天沙尘不再起暴不再肆虐；等待有一年的春天，花草树木不再在风尘里红颜失色。也许，这一辈，甚而下一辈，再下一辈都还在等待。但我们不会放弃等待。

下 雨 了

"轰隆隆——"一声巨大的雷声响过，耳鼓里便充斥了哗啦啦的雨声，急骤，喧闹。沙尘过后，阴沉了数日的天空黑云密布，气温骤降，终于酝酿成雨，倾泻而至。站在高楼的窗前，看那无数次梦想、无数次期盼的雨，沉沉地自空中直坠而下，敲打在路面上，车辆上，花草树木上，房屋顶上……溅起串串水花，仿佛在唱着一首无比欢快的歌。推开窗，看雨，听雨声，缕缕清润的凉意拂面而来，心也似乎沐浴其中，渐渐地清新起来。一切都清新起来，一切都在欢笑，工地上的人们笑闹着躲在廊檐下，被沙尘蒙盖的花朵，纵然被急骤的雨打落了花瓣，却也是如沐天浴般青翠鲜艳。

雨水开始在道路上顺势而下流淌，冲刷出洁净湿润的柏油路。街道上安静了起来，那些平日里匆忙赶路鸣笛刺耳的车辆也似乎放缓了速度，来欣赏这一场渴盼已久的雨的美丽姿影。能够想象那些田间的农作物，吸饱了甘霖，此时此刻是怎样的一幅苍翠欲滴的迷人景致；还有农人舒展开来的眉头和唇角慢慢溢出的欣慰笑意。也许还有很多的人，在窗前，在雨中，看雨，听雨，感受雨，吟哦挥墨。

这座北方小城，这一刻沉浸在雨中，忘我，忘情，而美丽。

遥望

　　不知道遥远的那布鲁斯非洲草原这个时刻有没有下雨，湖水有没有涨起来，狮子是否不再捕食弱势的疣猪群，白犀牛是否和睦相处，火烈鸟是否愉快地飞掠过蓝色湖面，把美丽的身影倒映在水中……但我看到肯尼亚动物保护者把罐车装运来的饮用水流放在专门制作的饮水槽里，看到白犀牛饮水的身影……我想，会有一天，那些小疣猪们不会再生活在每日被凶猛的狮子追捕猎食的噩梦中，而我，也不会坐在电视机前，手心里捏着汗，心扑通通地跳着暗暗喊叫：小猪，快跑！

一朵自由行走的花

不承想，百合花谢幕的姿态是那样决绝：瞬间，一朵花所有的花瓣和花蕊一起跌落。像一个人对世界再没有任何留恋，从高处一跃而下。

那些橙红的花瓣，零落在白色的柜上、地板上，像失手打碎的花瓶碎片一样，交织着诧异、怜惜、伤感、无奈和无语。其实那些花瓣和花蕊还是跌落之前每天看到的鲜艳色泽，并没有一般花朵的枯萎衰败之色。这不禁让人想起英年早逝这个词。

掐指算来，这两枝百合花的花期已有十余天之久。从花店买来的时候，只开了两朵，另外的五六朵还是大小不一的花苞。插养在玻璃花瓶的那天起，一直不间断地开着花。花是母亲节那天买的，一起买的还有一只红色康乃馨，是孩子送给妈妈的。康乃馨大约在三天后即枯萎失色，早已丢弃了。每天看到百合花恬淡、鲜润的模样，在水中挺立着，心头总是能有那么一丝浅浅的喜悦一闪而过。凑近花前，还能嗅到一丝若有若无的花香。

这个时候，窗台上花盆里的南瓜正在恣意开花。大片大片的荷叶状的叶子，掩映着橘黄的喇叭形花朵，在透窗而入的阳光里，光鲜可人。花期仅两天，但每天不断地在开花。因我不让自己抱有花儿凋谢后结果的念想，所以，看着南瓜们恣意绽放凋谢的样子，已经深感欣喜。想起当初他们只是一粒微小的南瓜子，在花盆里破土、发芽，一点一点地却又是很快地长高长大，毛茸茸的小叶片而今枝叶繁茂，如我所期望的那样含苞，之后开花，到每天不间断地开花。这样率真的生命，这样率性的成长，伴我度过了几多冷寂落寞的时日，因而对它们，已然别无他求。

只是在蓦然看到百合花决绝谢幕的样子，才转移了注意力。

我知道，百合花、康乃馨、南瓜花，它们的绽放和凋谢，并不是为了迎合我。

它们，无论绽放，还是凋谢，都只是保持了自己作为一朵花的姿态。

忽而想起丢弃的康乃馨，看到的时候一直是枯萎失色的样子，但花瓣几乎不曾脱落，只是比枯萎前小了一些。它只是失去了水分，失去了能够吸收水分的功能。它以标本的形态存在着，保全着自己生前的模样。

还有墨兰。暮春时候安放在家里的。当时，那暗色的微小的花朵，却是那般馥郁芬芳！月余，即香消玉殒。不忍目睹那残花败相，是用小剪刀把花枝剪下丢弃的。而今，那一盆墨绿的条状叶子，依旧在静默地生长着，安于一隅，不争不闹。只是，我不知道它是否还能长出新的花枝，是否还能开出花来。

南瓜却结果了！在一枝蔓延至花盆外顺着窗台的石板生长的藤蔓上，一朵花凋谢后，一颗拇指大小、圆溜溜、深绿色的果儿赫然呈现眼前！我不敢期望的开花结果，在我刻意不留念想的时候，捧掬于我如此惊喜！

此时的窗外，初夏盈盈。桃树杏树梨树苹果树们，枝头上早已挂满了大大小小的果儿，枝叶婆娑，栉风沐雨，欣然，安然。而那些前些时日还繁花满枝的高大的紫槐、白槐们，此时却落英缤纷，铺满林荫小径。那些失色的花儿，也失去了曾经扑鼻的令人心神愉悦的清香。依稀看得出它们曾经的颜色，紫色，绢白色，风来，随风沙沙沙的，在低矮处翻飞着曾经摇曳枝头的旧梦。那些绢白色，星星点点落在绿色草坪里，恍如青草们披上了碎花衣，但却是不忍细看的。那些浅紫色，在行人的脚下，发出细小的却如裂帛般的声音，由不得心头滋生几许感伤。

沙枣花儿们刚刚拉开它们夏日盛典的帷幕。层层的，细密的，满枝，成串，花香弥漫。顾不得枝头上那些始终不肯自己落下的旧年的果儿们，顾不得即将花谢后又是无人采摘的密密层层的满枝果儿，恣意汪洋，倾园倾城。

还有月季们，刺玫们，芍药、牡丹们，牵牛、绣球……它们一样在初夏里，在各自的世界里，以多姿多彩的姿态，盛开着。

世间芸芸众生，终日碌碌奔波于红尘，裹挟于追名逐利的洪流，多少人早已将最初梦想的种子弃置于荒芜，渐行渐远渐无书。

多么想，在这个繁华世界里，能够像一朵自由行走的花，盛开时身姿舒展，无论以何种颜色、何种形状、何种芳香，也无论在哪一个季节；凋落时顺其自然，淡然无憾。

一汀烟雨杏花寒

天青色，烟雨欲来。

窗外的桃花，依然绯红着脸，妩媚着春天的俏模样。梨花的素白，愈见得清绝。紫丁香馥郁芬芳。连拙朴的榆钱儿，也兴意盎然的样子，等待着从天而降的恩宠似的。

其实，我也在等，等一场细雨洒落，让深埋已久的种子破土而出，慰藉心野的荒芜。

当那些鲜嫩欲滴的欣喜渐渐成为往事的时候，凋零的清冷，无声无息地滋生，蔓延，像极了阳春三月的倒春寒，一天冷似一天的光景里，蓦然又雪羽纷飞，恍如一年飞逝冬来到。

只是，那些坚韧的生命，不为所畏，就像枯草掩盖不住春天的到来，星星点点的绿意，一天比一天顽强地印染着大地。干枯的枝条一天比一天变得温润起来，风来，有些复苏的柔曼气息，在空气里一点点深浓，忽一日，那鲜绿，便溢满在每一丝经络里。再一日，便看到早春的花苞了，不曾绽放前，还是憨拙的丑小鸭的样子。然而，你是知道的，不几日，她们都会次第捧出一生的最美，鲜黄的，粉红的，洁白的，淡紫的……继而，姹紫嫣红，蜂飞蝶绕，一派乱花迷人眼的动人景致。

这些扎根在大地上的生命，经得起风霜雨雪，抵得过冷寂时光。它们深谙一岁一枯荣的自然法则，深谙物竞天择的命运安排，风来，随风而舞，雨来，沐雨而喜；阳光下，写意张扬，雪霜前，坦然谢幕。

于是，我等待，以季节的姿态。等待种子的孵化，破土，也等待它长久的寂然无声。施以勤勉，施以苦修，施以内心深处的梦想和情感。

在等待里，杏花开了。数日喧闹，却丝毫经不得那一场冷风。黄昏里，花瓣雨纷纷落下，给心头才拥有的温热，骤然又添了几许薄凉。

杏花绚烂在村庄，朴素得像春天的田野里生长的禾苗、菜蔬，只是远离乡村的人们，怀旧般纷至沓来。乡村搭起了戏台，一场终了，花谢黯然。

杏花绚烂在雪山脚下贫瘠的田地里。花开时节，冷雪逢迎。人世间，谁能说得清，那些花事心事何以了。

桃花也红了。在我的窗下。远远地看，那娇媚，那恣意，那掩映在灰色石墙上的古典的美，令人心头再一次温热起来，暗生怜惜。就这样，远远地看，即使花开荼蘼，也是影影绰绰，即使凋落，也不伤怀。恰似那风华正茂的青春，不经意间让时光带走，无须幽怨无须悔，脚踩大地，开始下一段旅程。

窗台上新叶不断生长的绿萝，无奈地送别孱弱的地球草和白莲幼苗后，始终饱满的绿意，是心的慰藉。墨兰的花早已凋谢去，那幽幽深浓的香却久久萦绕在心头，令人难忘。

点种在花盆里的南瓜和豆们，一日胜似一日茁壮，从嫩芽破土的欣喜，到绿叶恣意的欢喜。不否认，还期待这些小小世界里的生命，带给我一次开花、甚至一次结果的惊喜和惊艳。却也做好了接受它们不开花、不结果的终结场景，毕竟，它们曾在清冷寂寞的时日里，带给我生命成长的喜悦。

那些沉寂在泥土里的种子，且让它就此深眠吧。有些梦想的意义，就在于它是一个梦想。有朝一日，梦想成真，那是上苍眼里的荣光。

一如此刻，雨点纷纷落下。窗里窗外，一片温润。眼里，心里，点点欣喜。

纸鸢之春

一

飞得那么高远呵。拼尽力气，想追上你的身影。那身影，妖娆多姿，绚丽夺目，在春天的风里，在午后的阳光下，梦魇般牵引着我追逐。无法让自己停止追赶的脚步。多么希望那风大一点，再大一点，托举我跃上晴空，超越你的身影，然后在一个高度微笑着等你，等你向我飞来，等你与我比翼双飞。而你摇曳着绚丽的身姿，欢快地、自由自在地、心无旁骛地一直向前飞、飞、飞，在我拼命一跃与你并肩的那一刻，来不及欣喜，你又超我而去。

天空那么高远呵，你追寻的梦究竟在何方？又是否真的在一个地方有一个人在痴痴守候？极目环顾，看到了更远的一个倏忽缥缈的影子，模模糊糊的容颜。也许，那是牵引你一心往前飞的梦境？有一个瞬间，那个影子消失了，在远天。还未来得及理清不知是诧异还是窃喜的意绪，那个影子又出现了，那么高，那么远，我无法追及，而你，义无反顾地追寻而去。

无法怨尤上天的不公，那么就让我暂栖在自己所能飞及的高度的天空，目送你离去。我知道，在此时，即使有大风吹来，我也无法飞及你的高度，更无法飞及那个影子的高远时空，虽然我想飞。心有多大，天空就有多大，我的心在天宇之外，却无法抵挡命运之风的摆弄，注定无法飞得更高更远，无法与你在天比翼。

那么，就再目送你一程吧，直到你飞离我的视线。

那么，就衷心祝福你吧，直到你飞至梦想的彼岸。

二

在空中，我俯瞰。

春天的风是多么温柔呵，像极了热恋中的红男绿女。春天的阳光又是多么多情呵，纤纤素手轻拂过，便唤醒了迎春花的笑脸，催开了桃红李白的娇媚。草长莺飞，花红柳绿，空气里丝丝缕缕的芬芳，让这个季节千娇百媚，风情万种。

你，还好吗？一定飞到了朝思暮想、日夜牵挂的地方了吧，一定在那个温暖的怀抱里甜蜜栖息了吧。那是一个怎样的地方呵？一定是你向往已久的烟雨蒙蒙吧，撑着油纸伞缓缓走在雨巷，梦幻般的眸子里结着丁香般的浅浅愁怨，成为依轩听雨的伊人眼里最美的风景。一定会在阳光温热天气晴好的午后，捧一杯轻纱，在清清的溪水边浣洗吧，无意间成为春秋诗卷里一首百世流芳的诗，一阕经典传世的词。那是怎样的怀抱呵？一定是笑意微微、衣袂飘飘、玉树临风般的传神吧；一定是低吟浅唱、琴瑟和鸣、眉目传情的默契吧；一定是红袖添香、共剪西窗烛的情深意切吧。

三

我在空中，俯瞰。却看不见你的江南。

北方的风很大，我在一个山顶起飞，此时刻的高度早已超越了那年你和那个影子的高远。在几乎空寂无扰的天空，随意地飘飞着，想起了你。

北方其实很美。天空总是那么晴好而高远，四季总是那么分明。春花秋月，夏雨冬雪，像极了北方人的性格。我和我的祖辈们一样，越来越眷恋着这方热土。只是在每年春天的时候，在天空飘飞的时候，会想起你，想起你魂牵梦萦的江南。无意怨尤你的决绝，我知道你的根在江南。北方，只是你不经意闯入的一个陌生地方。你柔如新柳的温润，只有在江南的烟雨中才能摇曳出朦胧的美；你高洁如兰的清幽，只有在江南温热的阳光下才能绽放怡人的清香。而我，也只是你在不经意间擦肩而过的路人。

这个春天的午后，阳光温热，岁月静好，你未曾来，我渐老去。

走进秋天

山河故人

那是雏菊的花瓣,洁净的,涤尽纷尘的。那是茉莉的香,馥郁的,令人沉醉的。她们用鲜活,轻轻推开初秋的门扉。

风清。天蓝。湖水微漾,有舟,悠悠荡在水面。独立桥头,看漫天云朵徜徉天际,鸥鸟在视线里飞远去。

天地辽阔,万物亘古。人,何其微渺。唯有孤独,阔大,漫卷而袭……

如果不曾说,如果不曾听,如果不曾知,这无知觉的物事,这本不该存在的物事,何来纷扰!

背靠阳光,我便可以拒绝黑暗。背后的暖,是一种力量。让人向前,无惧未知的漫漫长路。

野渡无人。舟,自横。鸥鸟复徊。独自逡巡于那片水域。风拂过它的羽翼。云朵不语。

有鱼，自水底浮出。鸥鸟俯冲而下，闪电般，毋庸置疑。鱼，与飞鸟。谁的爱，更趋于无怨无悔，可以付出生命？风，与云。谁吹散了谁，谁化身为谁？

知遇。非恩，唯源于爱。而你，人在何方，情归何处。

一曲循环。"……秋风起，细水流，看上去漫无目的，等看透，过去从未过去。又何妨，心里有你。"

不能没有你

天高，云淡。远山静谧。湖水的涟漪，寂静，不为人知。

初秋的风，拂过天地万物，拂过一个人独自伫立于桥头的神思。它们，什么都不说。它们什么都知道。知道那些不分昼夜径自绽放的花朵，在月色里愈加浓郁的芬芳，和悠长而寂静的想念。知道她会在你到来之前，用晨曦和露水梳妆，若无其事地摇曳在你曾经来过的小径畔。

"Can't live without you." 单曲循环的爱，在风里，在水中，在每一棵青草尖上，在每一片秋色初染的枝头，恣意渲染。唯不见你。

那只青色的鸟儿，从水中探出头来，顾盼，少顷，复沉身入水。鱼在水中。鸟在水中。

是否，爱与钟情，让它明白了生命的意义，选择了停下来，与钟爱和向往的物事在一起，让它毫不在意一群青鸟贴着水面的低旋和呼唤。

背离了家族，背离了飞翔的初心，有一天，它会不会后悔？想要告诉你。告诉你风在不断地不断地吹，乌云与锁眉的悲伤，在悄悄消散。告诉你水在不断地不断地流，河床与两岸，已然复归清凉。

告诉你一个梦，是我永远不能抵达的远方。

为你守候

遇见你的时候，在一个美丽的初秋。你眼里的笑意，让我饮下陈酿的酒。从此以后，我开始了傻傻等候。

清晨的露珠和阳光，是你最温柔的笑脸。夜晚的星星和月亮，是你最恬静的模样。春天的花朵，是你生命最美的绽放。夏天的风啊，是你裙袂飞扬的向往。秋天的云在天空徜徉，你不愿醒来的梦，是那么彷徨。

雪落下的时候，你想要远走。请告诉我，怎样挽留？怎样不再让忧伤写满你的眼眸？怎样让你知道，多少次梦中我牵着你的手，走向开满鲜花的天尽头。

我不忍挽留。不忍让你的梦，散落在冷风空楼。如果你愿意，如果能够，请把我的诺言装进行囊：梦的那头，我会一直为你守候。

念

思念它长了翅膀，总想要飞到你身畔。

思念它是一只茧，紧紧把我缠绕在最里面。

思念它太疯狂，穿过黑夜奔向烈焰燃烧的地方。

思念它是青草在原上，春风吹来就无法停止蔓延。

思念它是秋意初染的叶片，在彷徨的光阴里独自忧伤。每一片的暖，都让我深陷。

第七辑　诗意时光

草木之灵（组章）

胡杨梦

有多少爱，是为了装点别人的梦而存在？

有多少梦，自萌芽即开始终老年华？

十月。

仅十日。

有蓝得令人欲泪的天空，白得令人飘飞的云朵，在此刻，在额济纳，托举起天地之间金光闪耀的梦幻与爱恋。

这爱，如昙花，美得令人心醉，短暂得令人心碎。

说什么千年不死、千年不倒、千年不腐，说什么不屈的精神。

你所渴望的，何尝是这万里荒无人烟的寂寥，何尝是这黄沙漫漫的干渴，何尝是年复一年、千年万年空寂等待的坚贞！

多么想，像每一棵草木一样，在翠意生香的飞扬青春里，与一场温柔的长风共舞，与一场甜蜜的雨水缱绻。

而你，却只能彷徨在梦想的边缘，目睹咫尺天涯的爱情，飞落于旁人的掌心。

当你披上金色的嫁衣，惊艳世人之际，一切却已经落幕。

——你的梦，总是如此疼痛。

额济纳：幽隐与沙漠。

——你的宿命，无法抗争。

像一场秋风，把哀乐吹奏得欢天喜地，掳掠走你一生爱的积蓄，抛下蚀骨的毒。

像你离开后，我爱的高原重归荒芜。

白杨

有一扇窗，在你我之间，让距离时有时无。

不经意，望窗外，总看见你玉树临风的模样。

我们都是迁徙的鸟儿。

离开故乡，走过城市，走过村庄，把漂泊的年少和青春，走成鬓角华发初生。

终于将故乡走成了异乡，让乡音从此雪藏。

我们在这个新鲜而陌生的地方扎了根，把命运托付给了它——一个村庄消逝后遍地钢筋水泥的地方，与一群陌生的人为伴。

从此，昼夜怀念田野、麦浪、小河淌水，怀念牛羊、犬吠和暮晚的炊烟。

与你对视的天空里，有东风吹来，有西风离去，有雨水撒落，有雪花飞舞。

你的样子，时而生发鲜枝嫩芽，预言着蓬勃生机，让我忘了索然和平淡，内心萌生出隐秘希望；时而摇曳婆娑惬意，让我记住风吹过湖面时波浪的欢唱。

当你内心的忧伤纷纷坠落，恳请脚下大地予以包容和安慰，我的疼痛，也如影随形。

当你抛开尘世的所有羁绊，仰望寒彻长天，沉浸于冷峻无言，我也将陷入默然冬眠。

我还心怀等待。

只因你的身姿，永远保持着作为一棵北方白杨的气节——昂首，笔直。

你的内心，永远遵从着北方汉子的气度——坦荡，从不卑躬屈膝。

一些日子，我离开，或者忘记你的存在。

一些日子，却又多么渴望你的怀抱，或者，在你的肩头歇息片刻，触摸你任物换星移而我自岿然的身躯，谛听你不急不缓的心跳，清空心头堆积的尘埃。

我知道，有一条路，通往你的立身之处。

于我，也仅数步之遥。

只需绕过那堵墙,就能触摸到你额头的经年忧思。

但我始终不曾走过去。

我愿意就这样,在窗口看着你,送走惯于沉默的寒冬,迎来破茧之春、飞扬之夏和收敛起锋芒、越来越温文尔雅,并有着收获喜悦的秋之醇厚。

我愿意就这样,隔着一扇窗,彼此相望,守护着各自的梦和远方,直到归隐于大地的那一天。

沙枣花开

灵犀?抑或灵异?

我只是刚刚写下你的名字,那甜蜜的香即扑入鼻翼,沁人肺腑。

还捎带着一辆老旧的自行车,合着一首老旧的旋律:村里有个姑娘叫小芳……

那甜蜜的香,从不计较落生在何处。

田间地头,沟渠坡崖,旷野荒滩……城市的景观带和窗外。

憨朴的果儿,村里孩子的小脸一样,挨挨挤挤在窗口或门口,欢叫着,打量着世界的惊奇、无邪和灵动。

那甜蜜的香,把城市的情调、乡村的拙朴、旷野的率性,调和成了花朵与生俱来的脾性和气质。

一路花香。

满室生香。

暗香浮动。

香满人间……

这不是一个叫小芳的村里姑娘,这是仲夏之神洒落人世的爱和慈悲。

拂却喧嚣,打开桎梏,让内心的世界复归宁馨。

让梦,自由徜徉在铺满鲜花的月亮之上……

紫槐花事

俗世烟火里,你偏偏把稀世之爱高高举起,只与比肩的阳光、云朵、薄雾、月色和星空交谈。

无视那些远远近近、来来回回的风声。

我知道,那些酸涩的风言,丝毫诋毁不了你磊落坦荡的声名,更湮灭不了你馥郁芬芳的气质。

——它们,都来自你的血液里。

你不肯低下身段,于那些苟且的神色。

——身为一棵满怀紫色浪漫之爱的树,你的心事和爱,注定只能在梦幻的高度盛开。

哪怕肢体被狂风撕扯得零落,灵魂依然高昂着头。

你看到一个孩童仰望的眼睛、张开的翅膀和星星一样的梦。

你忍不住低头,泪雨纷纷。

站在尘世的这一头,站在北方仲夏的阳光里,我目睹这一次天女散花的神话。

尘世静谧。

灵魂归来。

我忍不住低头，泪雨纷纷。

清空恩怨、纷争和追逐的虚妄，让生命盛一怀花香徜徉于云端。

——这世间，还有什么放不下。

三叶草

那么多的日子里，我并不在意你是否存在于我的左右。

那些鲜活、脆弱和卑微，在高天之下，在荒芜之上，以生命的姿态，不动声色地占据着自己的一席之地。

当我走过，那些欢喜的青碧，那些星星点点的细碎的花朵，手拉手，肩并肩，绵密地铺展着，把城市的尘土和干渴，覆盖于自己仅有三片叶子的身体之下。和那些低矮的小灌木一起，安于一隅。偶有蝴蝶飞过，也不曾停留在你细碎的花朵上哪怕一秒。

而生命的柔韧和顽强无处不在：钢筋水泥的格子间，废弃的巴掌大小的土壤里，那些细碎的青碧在悄然生长，隔着高楼的玻璃幕墙，努力把阳光和温暖埋藏进自己体内。

之后绽开了细碎的花朵！

多么温润！像在我心头绽开不期而至的微微的欢欣。

清淡的日子，竟也因你而滋生出些许期待：清晨，含苞待放的羞涩；午后，打开内心的爱和坦荡；暮晚，轻拢眼帘，收敛起所有悲喜，以月光的恬淡或者黑夜的包容，静静守候。

久违了！每一次看到你的那一瞬，便仿佛穿过尘世纷扰，眉间心上有花瓣雨纷纷洒落的欣喜。

三片叶子诠释的一生，在细碎的花瓣里，在纷繁的尘世里，那么寂静，那么安然。

我不再去寻找四叶的，甚或五叶的你。不再许下虚妄之愿。

——我知道，如果不是因为爱，你怎么会让我在寂寥的尘世遇见。

生命之爱

落入泥土的时候，那怀抱那么温润，那么熟悉。

它让我安下心来。

仿佛小时候，躺卧在母亲的热炕头上，在油灯弥漫的慈爱的光里，开始酣睡。

我的生命，再一次与大地结缘，朦胧爱意，借着每一粒土壤在滋长，在血脉蔓延。

我听到春姑娘的脚步声。

匆匆地，来来回回游走着，轻轻呼唤着我的名字。

我的心野，涌动起阵阵春潮。

欢欣地伸伸懒腰，我探出头来，深深嗅一口春风的柔情蜜意。

阳光呵。

丝路花雨呵。

温柔的风呵。

——熟悉而鲜活的人间呵。

这去而复还的青春,转瞬之间染绿了我的眼眸。

我按捺不住这疯长的热望,在大地之上掀起滔天狂澜:绿浪滚滚呵,花的海洋波翻浪涌!

金浪滚滚呵,秋收大典潮起潮落!

汗水与笑声,如浪滚滚呵!

光荣与梦想,如浪滚滚呵!

大地母亲眩晕了。

我因母亲眩晕了。

幸福的眩晕。

仓,重新收纳了我一生的梦想,它让我的生命再一次回到原点。

也让我抵达了这一生追寻的远方:不再贫寒交织的家园,祖母菊花盛开般的慈爱目光,父兄踏实酣畅的鼾声,母亲殷勤的炊烟,孩童清澈饱满的欢歌……

兰草

面对你,我总是表达不出心中的意蕴。每一次都是如此。不论是在高楼的办公室里,或是父母离去和尚未离去时的阳台上,甚或在某一处花房里,都是一次次注视,远远近近拍照,留存那昙花一现般的清丽姿容后,便无以言表。

你是纯净的。纯净的恣意昂扬的枝叶，纯白的花瓣、鹅黄的蕊。纯净的微微的香。

你是纯粹的。纯粹的花开，不等谁来赏；纯粹的花落，也不等谁来怜。你只活在自己的世界里，像一丝微风，不等察觉便消逝；像一滴晨露，阳光一吻之后香消玉殒。

你是纯真的。你只在清晨，轻轻舒展开微小的五片白色花瓣，打开花蕊，静立于细细的枝条上，打量着梦想了好久的这个世界。像一个小小的天使，飞落人间，眼里的一切都是那么新鲜和新奇。

你是一闪即逝的。没有人告诉你，你的生命只有一个白昼的长度；也没有人告诉你，夜幕降临时，你必然永逝。你所遇见的，纯属偶然，比如晴天和阳光，比如风雪和严寒。

你是坚贞不渝的。也许，你就是为了南瓜马车的梦而来。一生短暂，却实现了梦想。相对于那些一生追梦，却终究无法抗拒命运的捉弄，而渐渐枯萎凋零的生命，你是幸运的，没有痛苦的。

此刻，我在夕阳下注视着你，注视着你即将离去的身影，我还是无法准确表达出心中的意蕴。爱，不舍，泪水，无奈，看透……又如何！

我们都不过是天地之过客，来这世间，或漫漫途旅，或匆匆而去，终将都归于尘土。时间最是多情，也最是无情，你所拥有的和追寻的一切，不论你交付与否，它终将都会带走。

我该停止思量。把该珍藏的一一安放在心底，让它葆有初时的安暖；把该丢弃的，断然清除。看看夕阳落下的远方，想想明天它从东方升起时新鲜而又熟悉的模样,我还是觉得人间值得!一如你,在细细的枝条上,最后看一眼诸多待放的苞蕾,轻轻收敛起身姿,悄无声息落下……

故乡在远方

一

即使我匍匐在地,紧贴着你的体温,呼吸着你的气息,我仍清晰地看见,横亘在我们之间的距离。像收割后的麦茬,没有尖锐的麦芒,却生生扎痛我的脚,还有我的眼睛。

我无法阻止心头涌出的泪水。我知道,你不需要这样冰凉的泪水,即使在炎炎烈日下,即使你焦渴难忍。

看着我一次次离开,又一次次回来,你始终沉默不语。你的天空,你的大地,你的生生世世,你的风雨或者阳光,你的欢喜或者悲伤,都与我无关。

越贴近你,越感到陌生与距离。

难道真的是这样吗:年少时的喜乐无间、包容和倾情给予,在我离开后,在你一天又一天、一年又一年的翘首热望里，在杳无音讯的失落里，已然放下至荡然无存，已然陌生至从未相遇。

二

可我，从来不曾忘记，你旧时的模样。

不曾忘记你春天的芽苗。仿若一夜饱睡后的稚子，睁开眼睛，闪着欣欣然的光，吮吸着阳光、清风、雨露。生命的力量，从冰冷的土壤里生出暖意，在大地上升腾着，蔓延着。所有耕作的汗水，都微笑着，张开了希冀的怀抱。一阵微风里，一场细雨中，都能够听到你攒着劲儿拔节的欢呼声。我的心，也跟着你一起欢呼着，牵着你的手向前奔跑着。

不曾忘记你夏日的蓬勃青春。碧波万顷，那样率真，那样热烈地拥抱着每一寸田野，切切地倾诉着心中滚烫的爱恋。缤纷的花儿，与夏日的风共舞，与翩飞的蝴蝶共舞，与万里长空共舞，与宁静的夜色共舞，与每一颗星星、每一滴露珠共舞……与我一样，怀揣着阳光，怀揣着不可阻挡的梦想和对远方的向往。

不曾忘记你金秋风里，麦浪滚滚。捧举着沉沉的穗、累累的果，这一生的锦瑟华年，始于巅峰，止于巅峰。那醇厚的滋味，就连汗水，都渗透出甜蜜和芬芳。在你的怀里，我恣意饱尝着你所有的味道。年复一年，日复一日，这味道，已然根植于我的血液之中。

不曾忘记你冬雪中埋藏的温热情怀。火炭里烘烤的食物，混杂着熟悉的气味的炊烟，升腾在白雪覆盖的屋顶。风雪里归来的冰寒，总是能在这一刻被遗忘。终日奔波的倦怠，在这一刻得到将息。而年少与叛逆，总是想打破一些沉睡的梦，在没有任何羁绊和生机的田野里，用追逐、欢腾、飞扬的冰雪和欢乐的笑声，为你的深邃和寂静描画上动感与天真烂漫。

三

我的根，是和你连在一起的呵，无论我走得多么远，无论我离开得多么久。

我们只是，彼此找不到了旧时的模样。

晨光里，艳阳下，夜色中，一次次贴近你，触摸你，极力想找到那时的温度、那时的味道，那时根连根、心连心的一脉相通。一次次，都被深深的陌生扎痛了心。

乡音已改，鬓染浅霜，你平静而近乎漠然地看着眼前的我，也不问客从何处来。

曾经门前的那条滔滔大河，今昔竟不过是一条小小的河沟。曾经的磨坊、水井、巷道、果园，早已不见了踪影。那些矮墙的小院，被水泥和高墙屋瓦包裹出了冷淡和森严。

犬吠，也充满了怀疑和警惕。

四

我想说，我的离开，不是背叛。

但是，我真的没有给你带来荣耀。而是，一直在向你索取。像一个幼儿，索取乳汁和母爱，索取避寒的衣和遮阳的伞，索取擦拭泪水和抚摸疼痛的手掌。甚至索取对错误的原谅。

我没有在你垂垂老去的床头，奉上哪怕一昼一夜的陪伴，听一听你寂寥而迟缓的心跳。没有将你掌心里余日不多的光阴，哪怕延展一寸。

当我幡然想到你送我离开的所有付出，我已疼痛到不能呼吸。为了我不再面朝黄土背朝天的梦，为了我的翅膀和向往的远方，你将自己融身于黄土，铺就了我的路。

故乡呵。

生我养我的白发亲娘呵。

也许，这一切的陌生和疼痛，只在于我自己。

于你，生生世世，来来去去，只是亘古生息。

爱也好，恨也罢，欢喜也好，悲伤也罢，一生的光阴，犹如四季轮回，也如草木一春。

五

我还热爱着你。

你还接纳着我。

我还惦记着，我的根一直在你这里。

而你，也还在我回来或者离开的时候，一直在原来的地方。

这就足够。

所有的远方，不过咫尺。

所有的天涯，不过眼前。

故乡的原风景（组章）

故乡

（一）

故乡很小。

只是一座安静的村庄，一条泥土的小路，一口甘冽的水井。

只是一个矮墙的院落，一头温和的黄牛，几只悠闲踱步的鸡。

只是一方小小的菜地，几株葫芦藤爬上屋顶晒着太阳追着风。藤下，紫衣的茄子和绿袄的辣椒手牵着手，头对着头，说着总也说不完的悄悄话儿。

只是母亲抹不去炊烟的身影，父亲时而严厉时而亲切的面容。还有年迈的祖父，静静地坐在小院门口的黄昏里，等待着孙儿们放学归来的喧闹声。

（二）

故乡很大。

是我小小的脚印总也走不出去的世界。

是我从无知无畏的孩童，生长为意气风发的青年的丰厚土壤。生命的根基，是在这里被滋养和夯实。

是倾其所有给予我快乐的天堂。虽然贫瘠，却是那么纯粹，那么纯净。

是静默地守护着华夏第一碑的地方。用怀抱珍藏着瑰宝，用体温温暖着深埋在地下的历史，让它在复活的日子里依然鲜活如初。

是掠过飞燕的翅羽，与之一起风驰电掣的天马。从底层深处，高飞至千年后的天宇，用气宇轩昂，用冲破一切的力量和智慧，造就了东方文明古国的生动标识。

是安放鸠摩罗什的一颗舍利子的塔。佛光闪耀，经幡猎猎，梵音声声，普度众生。

是骠骑将军率万骑大败匈奴，赫赫武功军威彪炳史册的郡府之地。

是我走了很久很远后，仍用一脉执念紧紧地牵系着我的那根风筝线。

（三）

故乡很远。

仿若天涯。任凭我漂泊的小舟千般思量着归去，却也只能望穿秋水，徒留满目愀然。

心里的牵挂，经年窖藏，弥散着醉人的香。

我只想啊，只想醉倒在故乡的田野，醉倒在一棵金色的麦穗下，嗅一嗅那浸润了祖辈汗水的味道。

只想醉倒在小院的月光下，仰望北斗的澄澈，听一听虫儿们鸣奏的小夜曲，把梦想的安然与宁静紧紧地握住。

只想醉倒在母亲慈爱的目光里，枕着她的絮叨，细数收藏在她每一道皱纹和每一根白发里的年少往事。

故土

田野，扑面而来，热烈而阔大的拥抱，倾覆了我所有的想念。

低垂的天空和云朵，比炽烈的阳光更为细心地呵护着那青碧，那挺拔，那繁茂，那质朴和本真。

数以万计的金色花朵，追着夕阳的影子，以动车的速度，与我擦肩而过。来不及惊诧，来不及叹息。那些急遽掠过车窗的古长城，断壁残垣，怀揣着千年风烟，只把羊群和村庄，留给过客。

这片土地，从来不言，她的辉煌过往或者兵荒马乱，她的富足或者贫瘠。浮与沉，沧海与桑田，在时光里一次次轮回。

我还是不懂：一回首，即是一生。

每一次离开，都是逃离伤口。

在路上，在陌生的地方，在互不相识的人群里，在空旷寂寥的天地间，放逐游牧之心，随喜，随忧。

所谓百年修得，抑或千年修得，却终是经不起一朝一夕的打磨。粉齑飞扬，湮没红尘。

我的根，终是在这片土地里。

所有的流浪，在这里得以安宁。

这里有谷物的香，有清晨、黄昏和炊烟。有酬劳汗水的果实。它们都能够在期待里走向殷实。即使有失落，也是微不足道的。

抓一把泥土，能够清晰地看到：所有的伤口，在愈合、结痂、剥离。

那些花儿（组章）

梨花

你打开窗棂的幽闭，亲吻那些布满伤痕的灵魂：春已来临，幽暗不再。

你在我心里落下一场春雨。

所有的蓄势待发，都喷薄而出，盎然恣意。

你在大地上掀起春的浪潮。浪花如雪，骨骼清奇。

北方的春风，让石头开花。你让石头，有了花瓣的柔润。

漫漶北上的尘埃，经过你的时候，都一一落定，不再恣肆喧嚣。

你掬起内心的清泉，轻轻拭亮每一株草、每一粒种子、每一棵树、每一朵花、每一个昆虫、每一个人——所有怀揣梦想的万物，日夜守护的梦境。

你在早春的眸子里，写下经卷。

天地之间，山高水长，唯有那些心神清明的心灵，聆听得到浸润在每一字每一句里的梵音。

万世轮回，唯你皓颜如雪，素心如雪。

红尘之外，我发如雪，心如雪。

——我一生的清白，终至皈依于你。

桃花

你不说。

我不问。

我知道，十里春风，百里花香，千里月色，都是你打开心扉的无邪和明净。

你无须临水弄妆。

也无须在呓语里轻叹和忧伤。

此刻，这浩荡春风，这无垠天空，这辽阔大地，都是为了迎接你在生命枝头绽放幸福，都是为了回馈你在那么漫长的暗夜等待，那么柔韧的休眠蛰伏之后，重归生命的挺拔与绚烂。

离开我，这是我最后所能够给予你的。

你不必内疚。

我也不必割舍不下。

即使隔着千里万里，即使隔着山重水复。春风过处，我们都能够寻知彼此熟悉的气息。

我知道：这一生追寻的温柔，其实从来不曾离开。

菊

风微凉，清爽。

天空日渐高远。

像登高望远之人，把沉甸甸的人间万象尽收眼底。

云朵总在月光下悄悄聚会。

商榷明日该盛装出席，还是轻纱遮面。

或者，挥一挥衣袖，铺垫一场雨水的秋凉。

一些叶子，乘着风车离开了故乡。

菊花粉墨登场的时候，我还未来得及渲染惆怅。

金色的，深红的，橘色的，紫红的……饱满的鲜活的唇瓣，含着笑意，却不急于向谁吐露心事。

像油画的隽永和暗香，并不期待蜜蜂或蝴蝶的眷顾。

像一个人，历经生命的浮沉，不与俗同，但也不与俗异的气质。

无须归隐。

我心中自有南山和东篱：

沁一怀菊花香，啜饮内心的山川、河流、晨曦、月光、清风……

蒲公英

瞬间绽放！

色彩明亮，光芒耀眼。

像一个人捧出内心的黄金，每一瓣光泽，都高蹈着轻盈和舒展，都放歌着抵达巅峰的喜悦。

不说等待的漫长和寂寥。

不说来时路上的荆棘和泥泞。

忘记了破茧的疼痛、挣扎和泪水。

忘记了伤痕。

——此刻，捧举着的，是沉甸甸的生命之怒放。

是仰望天空。

是举重若轻。

其实，你一直都知道自己梦想的远方，知道想要拥有阳光的色泽和云朵的轻盈，必定要冲破暗黑的禁锢，冲破惧怕和懦弱。

还要把握好风向。

还要有随遇而安的超然和落地生根的坚韧。

其实，你在哪里生长真的不重要。

重要的是，你走过的每一步，都在辽阔大地上留下了生命怒放的印记，和皈依的淡定从容。

康乃馨

一团燃烧的火焰，在我的眼里迎风猎猎。

恣意，如三月的阳光，破窗而入，在热血沸腾的花瓣上，高蹈生命的热烈与奔放。

自由，如鹰击长空，将所有幽暗时光的艰难跋涉、攻守和厮杀的疼痛与伤痕，都化作柔韧的翅膀，沐风而翔。

"不是你亲手点燃的，那就不能叫作火焰。"

燃烧的血，以燎原之势，掀起我内心的风暴。哔剥之声，焚尽荒芜、冷寂、黯淡和睡意昏沉。

我的长天之上，春雷响起。剑在手，风云满怀。

我的大地之上，爱的花雨纷纷扬扬，万物攒动。

墨兰

我想说，我并不太在意被搁置于一个角落。

我本安于一隅。

安静地看春去秋来，看远山和夕阳的影子，看月圆月缺和雨疏风骤，看一缕炊烟飘荡的尘世悲欢。

身畔的龙须树，愈见得高大繁茂，甚而有了些恣意之态。是的，谁都不愿提及曾经的落魄和举步维艰。

桂枝的疏离模样由来已久。如此，借以稍加掩饰没有半片叶子、更没有一粒花朵的窘态。不知曾经长袖善舞的绝代风华，是否会在来年的梦里苏醒。

绿萝慢慢滋生的气根，还有她始终微笑的脸，让我思忖生活的真正意义：心怀柔韧，更胜于宁折不弯。

不眠之夜，还是会怀念初见倾情的眸子，怀念彼此倾心的时日。

伊人循着幽幽之香，绕过姹紫嫣红和风情万种，来到我面前。

彼时，我置身于一隅。

清寂。心怀热望。

世间的倾心，终究抵不过烟火之无心。
伤逝。
惟余默然，消融了所有的不屈和挣扎，抹去了所有的爱恨和恩怨。
安于谷之一隅。
回到最初。
不怠慢自己，不打扰你。
安静地，只做最好的自己：
衔一脉幽幽暗香，饮半盏浮世清欢。

仙客来

你来，我蓬荜生辉。
我内心欢喜：那些不断酝酿着新蕾，又不断盛开的，比我所想象的还要长久的时日。
像一个人的不期而遇，彼此眼里闪烁着星星的光，寂静，相互辉映。

坐在尘世的这一边，看你在一掬清水的润泽里，径自芬芳。
那鲜活，那柔润，那洁净无瑕的模样，多么像那段远远离开的青春时光。

多么像我花蕾初绽的女儿。

一个人行走的路上，一个梦，就足以装满行囊。
足以探照未来。
风啊，雨啊，欢笑啊，眼泪啊，在每一个日出之前和之后，都在行囊之外的地方。
"脚步越来越轻，越来越温柔。"
分明是擦肩。
却忍不住回头望。
你眼里的春风，带着花香，衔着蜜糖，告诉行路的人：已抵达梦的终点。

烟花落尽后，我依然一个人行走在路上，行囊空空。
波澜不惊。
就像此时刻，一个人坐在幽暗清寒的尘世里，静静地看你绽放，看你凋谢，看你在花期终结之前，不断地酝酿新蕾。
不再想，明天，一颗飘忽不定的心，又将去往何方。

忽然明白：你我之间隔着的，不是山重水复，不是咫尺天涯——仅是，一掬清水的距离。
你和我，只应是自己的主人。
你和我，应是互为宾客。

仙客呵。

你来，我蓬荜生辉。

内心欢喜。

你去，我微笑送别。

丁香

春天醒来。

大地之上，那些青草、林木、花枝，埋在泥土里的种子，和捕捉起到生命复活讯息的虫蚁，都饱含着破茧的热望。

羞涩的，矜持的，迫不及待的，淡定从容的。

像赶赴一场盛大之约，姿态迥异，欢喜喧闹着，在春风的哨音里，行进在亘古不变的季节之路上。

我站在你必经的路上，等待你的出现，等待与你灵犀相通的瞬间。

你赧颜于在风尘满面的时候让我看见。

你用一场细雨清洗去所有赶路的疲倦。

你用清晨的阳光和鸟儿的歌声仔细梳妆。

你站在雨后的天空和云朵下，旋转着缀满白色花朵的鲜绿衣裙，眼波流转，亭亭玉立，清凉柔润。

你让我想起《乱世佳人》，和名叫斯嘉丽的那个美丽的绿裙姑娘，还有她星星般的绿色眼眸、如瀑长发。

我们的灵魂，在这个时刻，轻轻地牵起手，一起飞向云端。

我们不需要悠长悠长的雨巷，不需要油纸伞，不需要太息般的目光，也不需要结着愁怨。

我们携着悠悠芳香，越飞越高，越飞越远，去往我们经年梦想的远方……

荷包牡丹

我不知道，在暮春的寒里，你捧着一颗鲜嫩的心，在等待谁。

我只是路过。邂逅这令人疼痛的一刻。

你是挺立的。亭亭玉立的。新鲜欲滴的。但相对于那些高楼大厦，那些高墙大院，那些自视甚高的目光，从来都是飘忽而过。

你不像我这般畏寒。

你从不在意那些俯视的神色，和身后的窃笑。

也不在意那些酸涩和讥讽。

即使如我这般地怜惜，也不在意。

在漫长的黑暗和寂寥里，你静守生命的冬眠，一点一点积蓄着苏醒的力量。

直到听到春风呼唤着你的名字，告诉你他已归来。

大地上，重新燃起爱的火焰。

当你把一生的最美捧奉于掌心，他却只能留给你离去的背影。

唯有爱，才会疼。

唯有懂，才会惜。

——唯有你，才能走进我的世界，触摸我的心，触摸我生命至高的美。

只是,我不知道,这世间,有多少爱可以重来,有多少人值得等待?

桂花

说出你的名字,内心的月光就升起了,捧出馥郁芬芳,捧出忘却尘世纷扰的梵音和清绝。

深呼吸,是彼此深情对视的唯一方式。

那微小到几可被忽略的体内,却是浓缩着怎样的天地精华,却是凝聚着怎样的人间慈悲呵。

人世间有百媚千红。

人世间有风情万种。

唯你,唯这香,却让这一生情有独钟。

说什么跻身名门。

说什么沧海桑田。

广寒宫里修为亿万年的冷香,只为伊人。

酒香为伊人。纵然他终日斫伐,不解风情。

甜蜜为伊人。只为他有一瞬的间隙,还能够不忘记幸福的滋味。

当你来到我身畔,安于一隅,把天地和风雨都收藏于一脉心香,把香调制得一往情深。

我知道,你从此守诺于我的这一生:无论你带着我去向何方,无论这漫长而又短暂的时光怎样改变我容颜，只想请你记住这香，就像我永远会记住你初时的模样。

你的名字（组章）

酒泉

谁的名字，会带着一脉酒香呢？如泉水叮咚的清冽的酒香，五谷丰收的馥郁的酒香，说出口就醉意微微的酒香。

谁的名字，会蕴含着千古流芳的故事呢？帝王御赐美酒，万里加急嘉赏驱逐匈奴大功告捷的十九岁骠骑将军，将军爱民如子，倾酒入泉，与民同饮共庆。

谁的名字，会让一代诗仙豪情勃发，挥毫泼墨留下万古长青的诗句呢？天若不爱酒，酒星不在天，地若不爱酒，地应无酒泉。

谁的名字，在河西走廊的通关处，立下气壮山河的地标，立下锁关护城的千年钟鼓楼，登顶即若寰宇，东迎华岳，南望祁连，西达伊吾，北通沙漠呢？

谁的名字，见证了"两弹一星"初入太空的历史时刻，见证了五十六颗卫星前赴后继在宇宙遨游的民族自豪，见证了神舟五号、神舟九号跨越时空，在载人航天的史册上写下灿若星汉的卷首篇章呢？

酒泉！是的，是酒泉！

你的名字，渗透了汉时明月检阅沙场关隘的凛冽，渗透了物换星移我自丰茂富饶的大道自然。你的名字，生长着古往今来质朴而坚韧的北方风骨，流淌着生生不息地对这片热土的深情。你的名字，镌刻着英雄辈出的史诗，谱写着一路高歌奔向新时代的奋进旋律。

你的名字，闪耀着东风卫星问天探月的神奇和光芒，飘逸着莫高飞天逐梦世外的轻盈和不朽。你的名字，饱含着玉门石油战天斗地无私奉献的大无畏精神，激荡着百万儿女西部大开发的家国情怀。

你的名字，是城际轻轨四通八达的流畅便捷和花园小区鳞次栉比的居家幸福；是新经济创业园孵化园生态园日新月异的喜人业绩和经济指数逐年的增速；是循环经济项目在戈壁旷野之上机声隆隆创造奇迹的豪情壮志。

你的名字，四季分明，在春天里有着万物攒动的蓬勃盎然，在夏日里有着柳绿花红的恣意芬芳，在秋风里有着林涛横望的金色梦幻，在冬雪里有着沉静内敛的淳朴自然。

酒泉！你和你的名字，已然融为我半生相依相伴的故乡，分别时不舍，远离后惦念，当归时期盼。你和你的名字，已然溶入我的血肉和生命的每一寸光阴，往后余生，死生契阔，与子成说，执子之手，与子偕老。

新疆

只心动了一下，还没有说出你的名字，就听到了手鼓欢快的鼓点，看到了姑娘顾盼生辉的眼和小伙子含情脉脉的脸。

只心动了一下，还没有说出你的名字，就闻见了羊肉串浓郁的香，听到了巴哈尔古丽深情的歌唱，看到了天山南北辽阔的牧场，花朵一样开遍草原的牛羊。

当我说出你的名字，那是天池喀纳斯湖的神奇美丽，是江布拉克那拉提在蓝天白云下敞开心扉吟诵的盛大礼赞；那是火焰山迎送唐三藏的秘境玄幻，是罗布泊亲吻塔克拉玛干的勇敢传说；那是乌鲁木齐克拉玛依熠熠生辉的明珠，是国际大巴扎的风情万种，是羊脂玉倾城倾国的低调奢华。

当我说出你的名字，我就会神思恍惚，魂儿飞去田园的海洋，美梦连连：在素白如雪的棉花海洋，做一个卧在云端，任红尘喧嚣，我自逍遥的梦；在多彩珍珠般的葡萄海洋，做一个甜美幸福的梦；在金色麦浪滚滚的麦田海洋，做一个怀抱金子的暖洋洋的梦……在红辣椒的海洋，红枣的海洋，核桃的海洋，巴旦木的海洋，做一枚辣椒、一颗枣、一只核桃、一粒巴旦木，像一滴水，融汇于海洋，把小小的梦托付给大大的世界。

当我走近你，拥抱你，触摸你，你如山的伟岸，如水的澄澈，如火的热情，如玉的温润，如蜜的清甜，让我忍不住想说出你的名字，说出藏在心里的秘密：新疆，隔山隔水千万里，魂牵梦萦的依然是你；尘世轮回千百年，对你的爱从来不会改变。

青海湖

那是天边的一抹蓝，在我的眼里，泛着水的柔情。

那是青藏高原上最美的姑娘，七彩云裳翩翩，巧笑倩兮，美目盼兮。

我跋山涉水而来，穿过金色花朵的芳香，蘸着青稞酒的甘醇，用掌心留存的塔尔寺转经筒的体温，与你相拥。

沁心的清凉，是大地上升腾的梵音，轻易地，便涤尽了固守在心头经年挥之不去的尘埃。无垠的包容，让我把身心融汇为你的一滴水，让人世间所有的爱恨恩怨，了无踪影。我看见天鹅和水鸟的翅羽上，闪耀着神的光芒，集结着梦的辽阔和缥缈。

摘一朵草原上的格桑花，插在鬓发间，那个年幼的、蹦蹦跳跳、天真无邪的小姑娘重现我的眼前。

匍匐在湖边的等身长头，心无旁骛。所有的虔诚和祈愿，都倾注在水的深处，又泛起层层涟漪。

草地上纵马驰骋的汉子，拍水祈愿的阿妈阿姐，眼睛明亮的孩童，毡房的炊烟，云朵般漫遍草场山坡的牦牛群和羊群，机敏的牧羊犬，还有奶茶的香，都是你肌体上不可分割的大美和挚爱呵，都是你温柔的怀抱里最疼爱的给予。

你是西天边最美的云彩。长天与共，大地高擎，不言不语，亘古为天地间爱的神话。

而我，只是个过客。行走在流年里的孤独旅人。慕名而来，倾心相许。却奈何，一段尘缘难以为继。

余生，你都将在我心里，永远留驻。

来世，做一棵青草，一朵云，一只羊羔，一缕高原的风，与你相守，不离不弃。

名叫安宁

此刻想起来，还是那么恍惚。

像我懵懂的青春。

像一朵花儿，就那么开了，然后谢了。来不及欣赏，也来不及惊艳。

阔别呵。

一生能有几个二十六年！

只与你这一个，便已是中天偏向西下了呵。

我还是愿意念及你那时的模样：贫瘠，却任谁也无法遏制地疯长；率真，却时常抹不去莫名的忧伤。还有白鸽一样的心愿，和云朵一样的梦想。

像桃花朵朵的桃源。像开阔坦荡的黄河滩。像校园外小草坪上空的弯月和星光。像荒芜的后山和黄昏里的矮墙。像你羞涩的呼吸和热烈的心跳。

我能记住的名字，叫十里店桥。她越平淡无奇，就越嵌入我体内的疼痛。还有拉面，抚慰贫瘠时光的那份亲切与温暖。

白塔山，五泉山，小西湖，像一千五百多个日子那样遥远，她的矜持和尊贵，并不比翻过校园矮墙的后山，在黄土和荒秃里更能抚平青春的激荡和迷惘。

偶有紫丁香的馥郁芬芳，会不期然在梦里彷徨。花瓣像撕碎了的信笺，在心碎的泪珠里纷纷扬扬。

还能记住的数字，叫218。在这个小小的房舍里，来自天南地北的六朵花儿，扎根在谈笑嬉闹的小土壤里攒着劲儿生长，沐浴着喜怒哀乐的风雨阳光竞相绽放。

此刻，我置身于你的流光溢彩，你的盛世新颜和你唯一不变的大河奔流与母亲雕像，小心翼翼地打开过往，反复翻看着记忆里的几张发黄的相片，内心的惆怅渐渐复归于安详和宁静。哦，忘了说出深藏在心底的那个最美的名字，它叫安宁。

花城湖

说出你的名字，就像打开了春天，那些动人的词语蜂拥而来，在眉间心上欢呼雀跃：花儿朵朵，湖光山色，浪漫怡人。

说出你的名字，又仿佛一个美丽的姑娘含笑从远处走来，裙袂翩然，姿影曼妙。

都说，熟悉的地方没有风景。都把一腔向往，探寻的足音和深情的目光投向异地他乡。

其实我知道，你在我身畔，又何尝不是那么多异乡人渴望抵达的远方。

就像最初，与你相遇，两情相悦，说出携手白首的誓约，牵手于人间烟火：那一湾水，如你顾盼生辉的眸子，把春天的清冽和柔软，夏日的坦荡和热烈，秋风的飒爽和质朴，冬雪的纯净与安宁，写成诗行，让我读你千遍，也不厌倦。

那一湾柔情，并不因落生于在荒漠戈壁而幽咽低回。

即使那些水草丰茂、牛羊肥壮、盛世繁华的往事和刀光剑影、鼓角铮鸣、兴亡盛衰的纷争，早已湮没在历史的风烟里，即使王子打马而去永远不再回来。

无字之碑呵，岂止是悲情李陵。

岂止是南来北往、东奔西走的丝路使者与商贾。

岂止是琵琶美酒夜光杯里的一曲出塞。

岂止是一城，一湖，一滴千百年凝固的琥珀珠泪。

这一世，你在我身畔，就是我眼里永远的风景，心头永远的痛。

旗帜（组章）

一

这一面旗帜，是暗黑的夜里燃起的火苗，星星点点，像一个人的理想，在心头鼓荡着，让不甘沉沦的血液一点点热烈起来，沸腾起来。

秘密见证这热血沸腾时刻的，是九十五年前嘉兴南湖的那条小船。

黑夜里的人们，慢慢张开了苦难深重的眼睛，被轻轻叩响的觉醒，如风，催动着寂寂荒原上的火苗，无声地，迅疾地，掀起了熊熊火光的浪潮。

光亮，映照着浪潮冲击出的一条路，赫然在荒原之上。

二

这一面旗帜，引领着一条不平凡的路。

崎岖，泥泞，荆棘丛生。宝塔山遥遥在望。

草鞋丈量过的漫漫长征，赤脚爬越过的巍巍雪山，高擎起天地之间大无畏的气概，写就一个又一个"人"字！

乱云飞渡，横刀立马，将炮火和硝烟阻挡在身后，用血肉铺就人间正道，几番沧桑。

五

这一面旗帜，在天安门城楼上迎风猎猎。

用欢腾的热血向世界宣示：一轮红日在东方冉冉升起。

镰刀和斧头，饱蘸着小米加步枪打江山的热血，续写了百废俱兴的恢宏诗篇。

一片壮美河山，焕发出了新时代的荣光。

四

这一面旗帜，栉风沐雨九十五载，始终不曾改变鲜红和忠诚，始终不曾改变信念和立场，始终不曾改变行进的道路和方向。

问天，探海。友邦。

捍卫主权和领土完整。

富国，强民。

托举着一个时代的梦，托举着一个民族的尊严，昂首挺胸，大步向前，强健的体魄和奔流的血液，仍如初般激荡……

秋声（组章）

一

风起。

一叶落下。

你的气息也便越来越近了。

这一程，你应是乘着金色麦浪，衔着金色口笛，目光里饱含着沉沉喜悦的吧。

风掀起衣袂，归去来兮的浮云，在额头隐约的褶皱里，收纳起纷纭往事。

二

向着炊烟。

你的步子不急不缓。

走过了山长水阔，走过了青葱丰茂，走过了惘然彷徨，走过了泪水与汗水交汇的艰涩。

头顶的天空，一更风雨，一更阳光。

脚下的大地，一程峥嵘，一程安宁。

光阴的手，把青涩和刚烈，打磨得日臻柔韧。

打开拿不起、放不下的枷锁，笑谈看不透、想不开的羁绊，卸下追名逐利的负累。

心里，唯余来处与归途。

三

越过天高云淡。

你逡巡的目光波澜不惊。

稻谷香醇。

鱼虾肥美。

硕果累累。

南山的余晖映着青衫依旧，东篱的菊花轻染双鬓微霜。

梦里的大河，浩浩荡荡。

四

一声乳名，激起了尘封的酸甜苦辣。

一壶老酒，煮醉了经年的思量牵挂。

槐花儿簌簌。

月色清明。

多么像那一年，麻花辫儿里藏着的羞涩故事的开头呵。

五

一叶落。
万物惊秋。
你归来。
光阴不再蹉跎。

秋之梦（组章）

——兼致ZH

一

风吹大野。

风在我的翅羽上写下辽阔，写下热烈，写下柔韧和寂寥。也写下八月的蓝和云朵的忧伤。

我不能停止飞翔。

就像你不能停止一路向着远方。

我飞向南，向北，想冲破风的羁绊。

我飞向东，向西，想在日出和日落的时候，能有那么一个时刻，贴近你的胸膛，谛听你的心跳：孤独的，坚韧的，执着的。

二

这一路，跋山涉水。

这一路，栉风沐雨。

这一路，有大野上游历的灵和魂。它们，和你，和我一样，怀揣梦想，向着远方。即使葬身于荒原，也从不停下脚步。

三

远方，有雪山，那是你和我，我们脉管里流淌的清澈与向往。

因而，我们无畏料峭春寒，与遮天蔽日的沙尘漫卷。无惧烈日炎炎与冰霜的极限挑战。

——远方，你的和我的，我们的梦，始终闪耀着不灭的光，始终不曾迷失方向。

四

风吹大野。

风撕扯着我叛逆的翅膀。白羽滴血。

你沉默。

其实，我不是飞鸟。你，也不是鱼。

我和你，彼此并不曾有葬身于爱情的浪漫与传奇。

五

我是一个梦。

你是大野上，一路向着远方的钢铁的轨。

因机缘，或因偶然，出现在彼此的视野。

你擅于怀抱枕石的沉与稳，擅于负重而行。

擅于伏虎于心，在寂静的长夜里，独自细嗅一脉蔷薇情深。

深藏的月光、轻风，与露珠，缱绻于钢铁面具背后那一刻的温柔。

六

就这样。

远远的，相望。

远远的，相伴。

这一世，便不悔，也不枉。

时光之歌（组章）

三月，破茧

此时，春风早已绿了江南，每一道眉间心上，都开满了桃花梨花杏花。江水，在一声莺啼里打开暖意的怀。蝴蝶的翅膀沾满了十里花香。一蓑烟雨，一把花伞，一脉轻风，轻易地，就让大地和天空与之沉醉。

我的北方，还在三月的怀里沉睡，迟迟不愿醒来。仿佛疲惫的旅人，就此放弃前行的路，放下初时的梦想和远方。

天地寂寥，漠野空旷。荒芜和枯败压制着原上的生机。欲醒还睡的混沌与焦灼在无休止地纠缠，撕扯。三月了呵，一年之计始于行了呵！

东风不休。挟着沙尘。而雁阵却不时掠过灰蒙蒙的天空。它们还是热爱着北方，惦记着早早回归家乡。

祁连雪山的面容时而清冽严峻，时而柔和朦胧，多么像我古稀之年的双亲,把一生的辛劳全部收纳进额前的皱纹和满头的白发里,把微薄的所得毫无保留地捧奉给我们。让我半生漂泊的心,还找得到安放的地方。

三月是你的节日哦,三月是你的生日哦。你温暖的声音,穿过俗世纷尘,带着星光和露水,落定于我心的旷野,生发出青草,林木,花朵,和雨滴。

还有,那些托南飞的雁捎去的籽粒,已渐次在南方的土壤里发芽了。它们在王的花园里,在一朵美丽的蓝莲花身畔,掏出了内心的欣喜,羞涩,和热爱。

此时,透过风声,我隐约听得见,在光阴的缝隙里埋下的那些种子,努力汲取养分的声音:疼痛的,迷惘的,蜕变的,破茧的,和微微快乐的。

早安,清晨

鸟儿鸣唱着,用清脆和悦耳,把枝头的清凉捧给了我。草儿微笑着,用露珠和静默,把昨夜细雨的梦捧给了我。玫瑰花儿微微低眉,用羞涩和高贵,把心里的爱捧给了我。还有天空,还有云朵,低垂下柔曼的帷帐,把我对夏日的所有祈愿,在这一刻,捧给了我。

送你离开,我是微笑的。你懂得,或者不懂,笑容背后所有的泪水和惆怅,不舍和无奈。你离开,像一朵蒲公英,在金色的花朵变为霜白之后。只是一缕轻风,便翩然追随而去。你回头,或者不回，我都会微笑着目送。

一只穿着天蓝色小靴子的狗儿，轻快跑过草坪。是惧怕露珠的缠绵吗？它不懂得这样如水的柔情，不懂得即将到来的热浪滚滚。它只知道，它的主人，会给它一个阴凉，还会有个舒爽的凉水浴，甚至冰镇的火腿。

又一只狗儿跑过马路。散乱着毛发，左顾右盼着过往的车辆，很快地到达马路对面。蓦然发现，它只有三只腿！那只隐形的后肢，显然是血与痛之后，永远的警示。

还好，我还可以健步行走。还可以听清晨的鸟鸣，可以和一颗露珠温柔对视。还可以嗅到花儿的清香，可以在云朵低垂的天空下，呼吸着雨后的空气和自由。还可以在你离开后，在酷热与煎熬来临前，被这样温润的清晨倾心拥抱。

早安，清晨！

夏日午后

那是一只落单的画眉么？长一声，短一声，焦躁，无助，把午后的清凉和安静，唤出了一缕悲愁。以至于那些压低嗓音闲聊的麻雀们，又不失时机地聒噪起来。

寻不见那只鸟儿的身影。

天空低垂。

云朵低垂。

风雨欲来。

空空的街心花园里，青草和花朵眯起了眼，难得没有孩子们疯跑打闹搅扰，也想趁机睡个午觉的样子。

雀们似乎也进入午后的休眠。

一个孩子。梳着马尾，白衣蓝裙的小女孩。低着头，独自慢慢地走过林荫小径，来到空空的街心花园。低垂着眼，像被霜打的花朵，蔫耷耷的。在花草前停留一小会儿，又走到健身器边，没有像以往那样在高低杠上欢快地翻起，也没有在跑步器上疯跑，更没有在骑行器上开心地踩蹬。她在铁制的拉伸椅上坐下来，低着小脑袋，玩弄着手指，一声不响。

这个花骨朵儿，为什么这样落落寡合，独自在这里孤单？

那只不知道隐藏在哪里的画眉又叫起来，长一声，短一声。欲诉无人能懂。

笔下的文字忽然断行，灵感走失，思路无着。

像你离开的那一天，一切都归于空白。一切都陷入混沌。

疼痛被麻木渗透。唯有肢体的缺失感，提醒陷入暗黑的灵魂一息尚存。

酷暑中煎熬的骨头，愈加坚硬了。坚硬到相信疼痛会被唤醒，伤口会结痂，会恢复到脱胎换骨的美。

不再说初见。这条路上，纵然有风霜雨雪，纵然有荆棘丛生，但阳光和清晨都在，月色和星辰都在，花香和林木也都在……梦想和远方，都在。

几滴雨点落在窗前。

嗅得见骨子里的清凉。还有槐花的香。

街心花园的小女孩不知什么时候已经离开了。带走的,还有落单画眉的鸣叫声。

涟漪消隐。池水,重归于午后的安静。

叶之秋

穿上金色的衣裳,一生的华美就到了巅峰。

那温暖,恰到好处。熨帖,微醺。

那梦,追随着风。像菊花的黄金甲,暗香浮动。

在高处,望见青葱之路的疼痛和笑靥。天空,还是那么广阔,那么辽远。

在低处,与大地亲吻拥抱,偿还半生远离而背负的光阴之债。把灵魂的归处牢牢记住。

霜雪已从远处出发。

我停止摇摆。不再悲悯。不再等待诗人的断行和歌者的泪水。

放下这一生的奔波,放下所有的爱恨恩怨。

让心回归于襁褓。在母亲年轻而甜蜜的笑意里,在祖母古老而悠悠的歌谣里,安静睡去……

握着秋的手

(一)

汗水,是从额头到颈项和胸膛的,是浓烈的,也是满溢着甘甜的。

笑容，是从眼角到眉梢和心头的，是菊花绽放一般的，也是甘甜的。

那些饱满的气息，那些哗哗作响的收割声，在明亮而热烈的光线里，迅速占领了大地和天空。

也占领了我的心。

枝头上累累的果，是用我一生的时光与生命铸就的。

低垂下沉甸甸的头，嗅着谷物的香，我该睡去了，沉睡进爱意满满的仓的怀抱，沉睡进来年再一次蓬勃而生的梦里。

(二)

我把宁静和高远留给大地上的人们。

让轻轻的风，浅浅的凉，和深邃的蓝，慰平所有纠结不休的褶皱。

让相爱的手，十指紧扣，踏入幸福而甜蜜的金色殿堂。

给留守的鸟儿，盖上明月的柔纱，让它们能够安睡在巢中。

菊花的香和篱笆的暖，留作我最后的赠予。

(三)

祁连雪山渐染的白发和大地渐趋疲倦的容颜，让我想起远方的母亲，村庄和炊烟。

有些疼痛的暖意，在光阴深处缓缓流淌。

叶子开始打着金色的旋儿，去往安放它终老的地方。

写下风吹菊花的诗人，已在烟尘里消隐不见。

我还紧握着秋的手，在行走和想念。

你好，十一月

向你问好的时候，心还是有些疼痛。

那风，不张扬，也不狂野，却暗藏刀锋的寒，来不及掩紧衣衫，便嗖嗖扎进肌肤。

一些疼痛的声响，瑟瑟，隐忍。

青翠隐去了。

金黄也隐去了。

蝴蝶和花香，早已进入泥土。

最后的几声鸟鸣，也隐藏进了屋檐。

额头的纹路越来越深了。周身青筋毕露的寂寥，像荒原上升起的烟岚，堵塞在胸口，令呼吸艰涩。

已经很多年过去了。我还是不忍面对这老去的忧伤。

像消瘦枝丫间的巢，岌岌可危。

留下来陪你。

我是你阐述这一生的遣词和句子。

看你缥缈在唇角的笑意，看你蹒跚在黄昏里的影子，看你把我唤作你的娇儿，看你枯枝般的指掌摸索着青春往事。

向阳的窗台上，有碎小的花朵顾影自怜。还有藤萝，拼命向着光线和水分攀爬。她们不老的梦，会不会在一个健忘症患者的不知所以里跌碎？

远方，有雨水般温润的声音，穿过十一月的时空。

如佛光和梵音，带来了心底的暖。

我想，我会陪着你。

直到霜雪到来，直到你安然沉睡进自己的梦里。

冬

知道你一定会来的，即使我不期待。

只是或早一些，或晚一些。

万木凋零和萧瑟是必然的前奏，亘古不变。

你喜欢这样冷酷的威严。

只有草木喧嚣和风雨无度全部匍匐于泥土的时候，只有大地上的一切归于寂寥，将盛大而辽阔的肃穆铺陈得一览无余的时候，你才缓缓驱动银色冰辇于无形的北风之上，逡巡就职的盛典。

唯有这样的威严，才能让万物臣服，把这一年的劳碌和喧嚣归集于过去，休整、将息，安静地孕育来年枝繁叶茂的梦。

你让漫天雪花打开阔大的毯，把大地包裹起来，让流浪的看到终点，让颠沛的回归平安。

一如把春天的汗水置换成秋天果实的人们，守着丰足的仓，守着热炕和自家的炊烟，开始享受季节赠予的消闲时光。

他们的面容和闲话家常，像午后盛满院子的阳光，惬意而温暖。

你把年关扯近，让团圆的热望，催动南北西东归乡的脚步：

有钱没钱,回家过年。

　　你让我看到远方的故乡,母亲的白发和暮色里的翘首期盼。

　　只有这个时候,我才知道,内心对你的热爱,其实一直都在。

叶之秋（组章）

一

　　我还是看见了你眼里的忧伤，在落叶层层之上。在你褐色光秃秃的枝干，摇曳着最后几片黄叶的暮时风里。

　　多么像，很多年以前，我年迈的外祖母，站在暮色黄昏里的小路口，望着我渐行渐远的身影，把落寞和寂寥，站成我心里沉甸甸的一块石头。

　　秋风的面孔，很冷。挂着冰凌的绝情。几乎掏空了我体内的暖意。她想阻止我血液的流动，以此来阻止我酝酿溢美之词的虚妄。

二

　　记得那时，金色漫遍秋水。林涛横望，我心飞扬。没有忧伤，没有哀怨。漫步，可触摸心底的暖；静心，可聆听落叶的歌唱。

一层金黄，又一层金黄，执拗地想要驱除掉尘世的凉薄。像心怀执念的人，终其一生，想要把绝尘而去的影子等回。

那些倾其一生捧奉于掌心的美，不分季节与时令，只遵从内心的爱与召唤。

山巅，林间，篱笆栅栏，屋檐……所有你曾经来过的地方，所有你或许会出现的地方。只想要你看见，只想要你听见。

我听见内心的火焰，发出哔剥之声。

三

落叶纷纷。

像匆匆一瞥后又擦肩而过的人，对视的眼神，倏忽在流年里淡去了痕迹。不论仰望，还是俯视。不论相聚，还是别离。

脚下，枯黄的或者尚未枯黄的落叶，顺应命运默不作声的，或者不甘于宿命而挣扎着发出声响的，此时此刻，都已落地成冢。就像我们最终的归宿一样，都将归于泥土。

落叶覆盖的长椅，低吟着冰凉的诗意。寒雀啾啁，拉长了秋深与暮晚的静寂。

城市里，没有炊烟，也没有风起时，在门口等我归来的人。

落在胸口的叶子，终究找不到怀里的温度。像一念之差的歧途，没有了回头的路。

四

这条熟悉的路，因为转弯，而变得陌生。

像深秋的一场冷雨，把一息尚存的梦，连同最后的红颜，都零落成泥。

我不敢回头望，那些所有远去的空茫和荒芜。

走了这么久，这么远，走到了秋天的尽头，我依然两手空空，贫瘠如洗。

所有落地的叶子，都已噤声。把最后的心跳和来年的梦，都交付给大地。

我向前走。把陌生再一次走成熟悉。

云水禅心（组章）

武侯祠

天下三分后，足下这一分江山，从此坐卧在你心里。

有时安宁，有时不得安宁。

往事不能再提：羽扇纶巾，谈笑间樯橹灰飞烟灭。

也不能再用空城计。

江山万里，何以守得住叵测人心。

你的最后一滴血，没有洒在天子三顾的茅庐里，没有洒在躬耕过的田垄上。只在祁山的心口上，留下一点朱砂的疼痛：从此，江山易改。

端坐祠堂，再看一看这辽阔壮丽的后世河山，看一看这盛世太平的美好人间，武侯，你隐居于大地之上的灵魂，可以安宁无忧了。

杜甫草堂

一个人的梦想,需要行走多久才能够成真?需要行走多远才能够抵达?

"安得广厦千万间,大庇天下寒士俱欢颜。"

茅屋前,恍惚听到这一声叹息,悠悠千载春秋已然白驹过隙。

二月的风,轻拂过门前的翠柳和枝头黄鹂的啼鸣,拂过草木的繁盛和花朵怒放,拂过高楼林立和都市繁华,温柔地化作一场春雨,悄然洒落在人间,洒落在诗圣千百篇诗歌的光芒里。

你所有的家国之忧,和曾经被秋风所破的茅屋,已被时光凝结为宝藏,遗世独立。

万千广厦,万众欢颜,盛世太平,将你雕刻在石头里的梦想和忧伤,烘托得熠熠生辉。

浣花溪

我的疼痛,隐藏在一朵垂枝的花朵里。

花瓣鲜黄,花蕊鹅黄。

你的声音,像花朵一瓣一瓣打开了纯真:黄四娘家花满蹊,千朵万朵压枝低……

那欢喜,越过满园的花朵,越过流连戏蝶和恰恰娇莺,落定于叶片上,草叶、花叶、树叶,闪着露珠的光,清香欲滴。

不再牵我的手了。蹒跚学步和牙牙学语早已远去在过往光阴里了。

小鹿般穿行在花径上，溪水边，略带羞涩地指给我看你的浣花溪小学，还有不远处的杜甫草堂。还说，带我去看青羊宫、武侯祠、青城山、都江堰。还有锦里，麻辣小吃和牛轧花生糖好好吃哦。

其实我听得懂这里的方言，但你仍用标准普通话与我对话，即使寥寥数语。

有多久了？这血脉相连的疏离。

有多久了？这咫尺天涯的距离。

糖的甜味，依稀触摸幼时的奶香，和奶声奶气。麻辣味，是渗进年少与之后的青春了呵。

我想把你来自母腹的柔软和柔弱、碎花的小裙子、亮晶晶的黑眼睛，摇动着春风与花香的马尾，连同我的疼痛，一并安放在一朵垂枝的花朵里，安放在我心底最柔软的一隅，每个时刻，都能看到她绽放的样子，看着它风来微笑，雨来柔润……

蜀南竹海

绿光，从大地上升腾，飘上云端。

云中漫步。

我所有来自北方的干渴与病痛，经年牵挂的冰凉与忧伤，都在这绿光里消隐，通体透亮起来。像一枚新笋，一枝竹，一片叶，连呼吸，都是晶莹剔透的。

竹的海，峰峦叠翠，碧波荡漾。

翡翠长廊里，人面千千。桃花一样的姑娘，你来，或者不来，我都在这里，生生世世，千年守候。

每一个人，都是人世间的一粒微尘，裹挟在纷纷扰扰里，奔波在爱恨恩怨中。生命本身的光芒，渐次被纷尘蒙蔽。隐身南山，采菊东篱，总是在不经意间抚动心灵的颤音。此刻，俯身于飞瀑流泉的涤尘谷，一掬清透，如忘忧老人的拂尘，轻轻一挥，尘垢尽涤，重生的光亮，羽化而飘升，融汇于绿光。

一叶竹舟，一把竹篙，悠然在碧波之上。我就是那一片飘落在湖面的竹叶，让问茶的老妇人用陶罐舀起，煮一壶清茶，抚慰红尘。

竹林深处，鹤发童颜的阿婆，神清目明，沉静如竹。泛着奶黄光泽的竹叶粑粑，安静地躺卧在她身边的小小竹帕上。舌尖触及那绝世清香，便愿意用余生的光阴来感恩和怀念。

这个世界给予我们的，不多，也不少。如竹海，她让我沉醉于这里的每一片叶、每一缕风、每一湾水，沉醉于天然大氧吧的每一次轻盈的呼吸和缭绕的薄雾，而在我离开的时候，她也扣留下了我的灵魂。

月牙泉

漠北的风再一次吹来，你便再向我近前一步。

我再一次在疼痛与逼仄里，向你绽放出春意：让最后的草木汲足我体内的水分，开始发芽，长出绿叶，甚而开出花朵。

我知道，你的痛楚和爱怜，深埋在心底；你每走近我一步，我便会消失一分。

紧紧相拥在一起，这是让我们多么向往又多么疼痛的梦啊。

漠野的风狂野、刺骨，漠野的夜空深邃、寂寥。千百年，唯有你放弃富饶与丰茂，聚沙成山来到我身畔，陪伴我所有的孤单落寞。上天弃我于荒漠，唯你捧我于心头。

人们说，我是你的眼。却哪里知道，你是我今生唯一的依靠。

当我爱上你的时候，我决定永生永世与你不分离。

直到我们紧紧相拥在一起，直到我消失在你的怀里。

莫高窟

佛的慈悲，纵使在洞窟里埋藏千年，纵使沧海变为桑田，终究是为普度苍生而来的。

佛光里，衣带飘飘飞向极乐世界的梦想，那么远，又那么近。那么斑斓，又那么悲凉。

如果那繁盛与灿烂，那绝代风华，就那样藏身于大漠风沙，就那样藏身于历史的风烟，不曾生发掳掠，不曾背负骂名，这一世是否算得上功德圆满？

那位古稀之年的老人，用半个世纪的光阴，从大上海的女儿化身为敦煌的女儿，守着大漠风沙，守着寂静年华，把莫高窟数字化后交给了世界：人的一生不过百年，而我希望莫高窟还能再传世一千年。

——她懂得佛的慈悲，懂得飞天的疼痛，和世间万物终将消逝的疼痛。

问天。

奔月。

环宇。

当航天员在太空捧出几片绿色的生菜，捧出吐丝成茧的蚕儿，我不再问佛，如何能够放得下这颗蓝色星球上的毗邻纷争，亲如一家；如何能够放得下红尘恩怨，身轻如燕。

天池

这一泓柔情，脉脉如玉。

我看见，惯于冷眼旁观世象的天山，眸子里露出了一丝动人的光。

在天上，你只是屈身于一只小小盆里的净足之水。

在人间，你却是高山大地上供奉的神话。

围绕在你周围的生灵，目光纯净，声音动听。

一抹红纱遮掩的半个面孔，眼波流转。

俊朗的哈萨克族王子打马而来，唿哨如羽矢，甜蜜直抵心窝。

艾美，异国风情的美人，我还记得你的名字，你勾魂摄魄的眼睛，你曼妙的姿影。你微微的羞涩，微微的笑意，让这一泓澄碧狂澜骤起，让我跌落在水中从此沉醉不醒。

在我遥远的国度，在我被漠野、风沙、荒草和寂寥隔绝的世界,捧一碗奶茶想起你,想起你永远都不会知道的秘密:我的名字叫天池。

喀纳斯湖

北疆的美人呵,风情万种,神秘莫测。

如玉的光芒,绵延百里。

有谁知,那幽深、那波澜不惊,是你在风口浪尖之上紧握日月旋转的三生轮回?

有谁知,那广阔、那水草丰茂,是你在苦难之中呕心沥血百炼成钢的绕指柔肠?

千年高悬,那冰的骨仍晶莹剔透,那玉的质仍洁净无瑕。

孑立于高岸的观鱼亭,终日被传说缠绕。

其实,湖中是否有怪异之物,于你,并不重要。

于我,也不重要。

你的清寂里本就隐居着太多的神奇和神秘。

这神秘,让万里之遥的探寻,叹为观止。

毡房宁馨。

木屋宁静。

古老的图瓦人,遗世而独立,口含苏尔,低沉追溯着远古先民的气息。

奶茶。图腾。

大汗的弓箭。

炊烟和辽阔，性格和胸襟，都在你的怀抱里生生不息。

然而，你和我一样，只是暂栖在这里的过客，一程烟火之后，都终将离去。

我归于故土，你归于冰寒的北极海。

北极海，这个名字，让我在初秋里，再一次裹紧了身上厚厚的衣，目送你远去……

黄河第一湾

静如处子。

即使在炎夏正午的光线里。那安静，似乎是怕惊扰了刚刚入睡的婴儿。

可这分明就是一个刚刚入睡的婴儿。近乎透明的肤色，泛起一层微微的光。那柔和，那宁馨，那清凉，会让一颗躁动不安的心落进澄澈的水中，舒展，微醺，唯愿长眠而不愿醒来。

九曲十八弯，与我不甚有关。滔滔奔涌东流，一路呼啸，穿城，分界，一路恣意分流，再一路汇集入海，与我也不甚有关。

此时，我只在母亲的臂弯里，嗅着乳香，青藏大地当床，西部云天为被，枕着甘南玛曲这个泛着草原清香的小枕头，谛听着郎木寺的梵音，在最初的梦乡里徜徉。

这一片辽阔的静，隔绝了人世间的嘈杂纷扰。唯余飞鸟和鱼儿的亲密低语，唯余蓝天白云与水中倒影的亲昵嬉戏。

来自远方的旅人，痴痴追随着蝴蝶和蜻蜓的翅翼，追随着花湖的曼妙姿影，轻声吟诵出原木栈道随意写在水草上的诗行。俊朗的藏族小伙，并不言语，只用他眼里的纯净和简单的手语告诉你：水色深处，一块温暖的羊毛披肩，能够守护一个梦的圆满。

白云山

不再问了，山里面有没有住着神仙。

牵着繁茂的绿，跟着朴素的青石阶梯，一步一步环绕向上。步子是悠闲的，自在的。

仰首侧耳，即可听到摩星岭与不远处珠江的谈笑声，和鸣春谷里众鸟们演奏的交响之音。都是嘈嘈切切的粤语，仿佛怕被外乡人知道了秘密似的。

俯首，即可阅尽都市繁华。那些金碧辉煌，那些流光溢彩，那些速度胜于一切的节奏。

左手云朵。右手霓虹。还有念念不忘的小蛮腰。

我不隐于山，不隐于云雾。

我也不隐于市。

我就站在你身畔。

站成花都的呼吸。

站成羊城的另一种秀。

七星岩

明珠的光芒里，七仙女衣袂飘飘，巧笑嫣然。天庭的尊贵与森严，哪里比得上这人间的率真。

七颗绿色明珠，在岭南的恒温里，不论白昼，还是夜晚，不论春夏，还是秋冬，都欣然闪着来自星星的光芒。肇庆的额头上，便有银色光环若隐若现。

九月，有昙花般盛开的爱恋，绝世传奇：多情的仙女，化作金丹，披一袭幻彩暮色，波光潋滟里，亲吻那躺卧于湖面已然化身为佛的爱人，滚烫的泪珠儿纷纷落下，惹得湖水唏嘘，堤岸掩面……

天上人间，北斗情深。

红尘动容。

天地动容。

这一世，你即使化身为岩石，我依然深爱着你。

遗爱湖

一湖烟波，浩渺连天。

青柳扶岸，呵护着湖水的柔情。

涟漪微微，亲吻着仙女遗落千年的衣带馨香。

只一眼，这旷世的爱恋，便消解了我所有的红尘恩怨。

柔美曲线的巅峰，烟岚轻抚过遗爱亭，轻抚过东坡的衣袂，和眼底的忧伤。

莲荷娉婷。一如我梦中浣纱的江南女子，眉目含情，醉我于他乡。

银杏含笑。林木青葱。恍如挺拔俊逸的少年，临风横笛，千年一等九天仙女翩翩而来。

隔世离空的静谧，萦绕在九曲回廊之上。

你眼里闪过多年以前的火焰。来不及重温，复又跌入寂然湖水云天。

焉支山

谁的胭脂，散落在祁连雪山的衣襟上，开出如此缤纷的花朵？

又是谁的泪珠，滴落在砾石与荒芜之上，流淌出玉溪的潺潺柔情？

躬身向上。四千米海拔，九十度直角的阶梯和层层苍翠里隐居的往事，让人眩晕。

隐隐看得见千年隋炀帝君临天下的威仪，还有年轻的骠骑将军与匈奴交锋的刀光剑影。

隐隐听得见红军西路军与敌人血战的呐喊。

而它们，泛着新木清香的蜿蜒栈道和它无意铺陈的诗意，淙淙欢唱的溪水与松柏棕杉相亲相爱的情意，信步于林木深处的长尾雉、青羊、雪鸡，让我相信：那些不安与纷争，都已安息于此。

拭着汗水前拉后推着木材上山的人，脸上露着笑容。让我重又想起丰茂的土地、逐水而居和牛羊安详。

祁连山：你的怀抱，总是春意迟迟。

（一）

无论是苍翠、巍峨，还是荒芜、苍茫，似乎都没有从骨子里喜欢过你。

除了对顶峰终年积雪充满遐思。

北方的风沙，干燥的热和干燥的冷，与生俱来。连同过往时日的贫瘠。

那些发源于西部的水，日夜不停息地东流去。将我的生命之灵也掳了去。却让它一生漂泊，没有给予一个安放之地。

祁连山的怀抱，太长的寒冬寂寂，春意迟迟，太多的炽热，湮没了雨水的柔情。

（二）

西风烈。狼烟四起。

高地上倾泻而来的蛮族，金戈铁马。

你只将剑锋轻轻一指，骠骑将军绝尘而起。匈奴的勃勃野心即刻粉碎于焉支山下。

对于狼族的觊觎，你总是未雨绸缪。一心把草原、谷地、冰川、雪水、黄土，还有众生的繁衍生息——揽护在怀里。

远古时代的大地槽，因你的出现而褶皱层层，筑起温暖而平安的巢。

（三）

就像一个人，远行千里万里之后，朝朝暮暮牵念不断的故土。

我始终走不出你的怀抱。

也走不出母亲的目光和白发。

背向你的时候，连阳光，也只剩下陌生的背影。

而心，只能悬在没有月亮的夜空里。与繁星的冷寂为伍。

（四）

面对你，像面对鬓染雪霜的母亲。

一生的寒凉和柔韧，都压缩在皱纹的温暖里。

不用伸出双臂，我就在你的怀抱里。

我的，和你的，血液，脉搏，体温，还有乡音，都是融会于一体的。

金雨染夏（组章）

杏儿出嫁了

七月流火。

雀鸟喳喳，送来杏儿姑娘待嫁的请柬。

打开窗，我眼里的盛夏辽阔无边：风也爽朗，云也妖娆。草木情意饱满。花朵缤纷嫣然，每一瓣唇上，都沾满了爱的蜜语。

——这盛大的仪仗，只为杏儿姑娘要出阁。

我也梳妆。描画好每道眉间心上。细思量，花开如昨的流光。

袖一纸素色礼札，怀一襟喜悦，与眼眸里同样闪着诗意之光的人们，乘坐第一缕晨曦的快车，从蜗居的城市，去往那个名叫杏花村的地方。

杏儿姑娘！杏儿姑娘啊！

她们十里相迎，以金色的盛装！在路口，在田间，在村庄，在祁连山脚下的广阔大地上。

她们甜蜜的笑，她们醉人的香，她们略带羞涩的眸子，她们待嫁的欣喜，她们未来可期的无暇心思，她们褪下初绽的红妆和花开荼蘼的裙衫后，如蜜欲滴的成熟风姿，让我在这一刻，轻轻地把礼札上略带伤感的那部分涂抹了去。

一口甜爽，一口唇齿留香。

一篮篮柔情蜜意，一筐筐深情厚谊，从神舟故里往大江南北飞去。

一粒粒风情的核，被一块野性的石头敲醒，抛开生命终结的疼痛，那凝脂的白，玉粒金莼的舌尖之味，一样惊艳了世间人心。

我要亲手摘下那一枚枝头的蜜，就着清晨的第一缕阳光，就着风吹过祁连山的清爽，轻抚她光洁如玉的风华，轻嗅她淳朴鲜美的韵致，细细地品味她纳藏天地精华于一颗果实的人间绝美。——在心里，慢慢地送别她那时花开如春风十里的娇艳，如紫霞漫天的纯真梦幻。

摘杏盛典至谢幕之时。

依依不舍的晚霞，细心为杏儿姑娘补妆。燃烧的篝火，欢快的舞乐，把山村最后的疼爱装进杏儿姑娘的嫁妆。

慕名而来的人们，纷至沓来的人们，一见倾心的人们，流连忘返的人们，请让我听见你们说出誓愿：往后余生，与你晨昏相依，昼夜相伴，如祁连山顶的雪，白首，不绝。

曹当家的金雨情

她笑靥如花，迎面上前握住我的手时，我清晰地感觉到心瞬间被感动，继而神经油然放松，连陌生感都来不及辨认。而此时，我们采风团一众人刚从杏园的风尘仆仆里脚步喧嚷踏入陌生的金雨园。

她轻揽住我腰，笑语里流淌着率真和热情，连同眼眸里的真诚，让我看不出丝毫的在城市里司空见惯了的商业或职业的虚与委蛇。抛开与生俱来的与陌生人的疏离感，我第一次愿意说出：她像我的家姐。

从一众人一大早熙熙攘攘步入金雨园，到暮色里醉意朦胧离开金雨园，她的笑容，她的话语，她的热情和真诚，始终如一。

——她是金雨酒业的曹当家。

她扎马尾中长发，西装裙，略丰腴。质朴里满溢着企业家的干练。

说起智力特，她如数家珍：五谷原料，天然窖池混合发酵，时长与品质，蒸馏取酒，古法窖藏与现代工艺储酒，酒品调制，产量与市场销售……她把于我来说完全未知的酿酒专业讲述得通俗易懂，更像是讲自己的孩子成长的故事。

她说金雨酒业始终致力于自己酿造，致力于做自己的品牌，数十年如一日。不冒牌，也不套牌。

她闭口不提这个"孩子"成长过程中的万般艰辛。只说计划年产数千吨，实际年产百吨。

一如她指着发酵池坦率地笑着说：它们在地下一定的深度，静静地等待着重见天日，等待着未来可期。

窖藏库里，酒香扑鼻。她还是那么坦率地笑着，打开一口吨装级的酒坛封口，取一舀，热情而真诚地请诸君品尝。

我素不饮酒，竟也难抵她笑容的真诚。一杯饮下，瞬间点燃了五脏六腑的热烈，如置身于炎炎烈日。她还是那么笑靥如花，轻拍我后背抚平我不会饮酒的呛咳。

她仍笑而不语。一任琳琅满目的瓶装、坛装、瓮装、工艺葫芦装的智力特，青花瓷装、大红喜庆装、金色至尊装、剔透水晶玻璃装的智力特，与琳琅满目的金色、银色荣誉牌匾，把金雨园的展厅渲染得熠熠生辉。

她偌大的办公室，置床被，兼作休息室。

她把采风团接待地点选定在郊外度假村最古意生趣的部落敖包房。她把空调调控在最适宜的温度，可拒室外烈日，可闻四周菊香。近，可直观门口巨大鼓面上定时表演的飞天舞；远，可望见稼禾的丰茂葳蕤和一面碧湖微漾。

她笑容温润，把一盘盘佳肴端上桌，为每一个杯子斟满酒。她却把祝酒致辞交给了她的男当家。

她深知文人们一贯不喜于伸手去"拿"、张口去"要"，不喜于"吃相"不雅，她一次次地把新摘的杏子清洗好，端上桌。

她始终不曾说过请诸君关照智力特这个"孩子"，也不曾渲染或者炫耀这个"孩子"。

她却一再地说,对大家照顾不周,请多包涵。

直到回到城市,数十名采风团成员一一接过大巴司机师傅微笑着递过来的精装酒礼盒,我才开始想,她何以能够成为一名企业家。

一杯酒能醉多久

最却不过人间真情。

最难拒绝一个人的真诚。

我在金雨园的窖藏库里饮下第一杯的时候,就知道。

就像知道为真情所伤的疼痛,和为真诚付出肝胆的眩晕和虚空。

我不饮酒,也不会饮酒。更不敢劝酒。

因而我不敢说出太白诗仙击筑而饮的狂放:五花马,千金裘,呼儿将出换美酒。

也不敢说出诗仙对酒的高赞:天若不爱酒,酒星不在天;地若不爱酒,地应无酒泉。

更不敢说出摩诘居士对酒的故人情深:劝君更尽一杯酒。

曹阿满"对酒当歌,人生几何"的慨而慷,也按捺下去不敢说。

连酒泉人劝酒的"撒手锏"式的俗俚也不敢说出:人若不爱酒,枉为酒泉人。

而今天,在金雨园,面对智力特,面对一众文人墨客,却甘愿一再沦陷。

曹当家的酒，一饮而下；马当家的酒，一饮而下。作家们的酒，书法家们的酒，画家们的酒，皆一饮而下。

环顾周遭，谈笑风生者有之；语无伦次者有之；俯桌而卧者有之，步履踉跄这有之。不饮酒的人间清醒者，也有之。

我笑说，怎么感觉不到五脏六腑的燃烧了呢。身畔的小鱼儿眼神关切又担忧：你醉眼蒙眬。像失去手里的那根救命稻草一样，她话音未落，我眩晕而沉，沉入酒醉之底。

翌日醒来，仍觉些微眩晕。

上头啊，这酒。

上心了，这酒。

我不想问，一杯酒能醉多久。

只想说，爱有多久，我愿意沉醉多久。

唯有爱，让我对这个世界一往情深
——散文集《时光的礼物》后记

书稿发送给出版社编辑老师的那一刻，我轻轻舒了一口气，像是放下了一直搁在心头的一件大事。但之后又心怀忐忑，与十年前出版第一本散文集时的心境无二。十年磨一剑，应是锋芒闪现，但我还是觉得有诸多地方不够理想。这本散文集收录了我十年来创作的大部分散文，它更像是记录了我在这段时光里走过的足迹，每一篇文字，都是我走过或者停留在那些地方的时候，光阴馈赠于我的礼物。

山河壮美，风物永恒。走过了很多很多年，走过了很多地方，经历了很多风物，我终于深深地明白：于之天地，于之日月星辰，于之山水草木，人，不过是时光的过客，不过是这大千世界里微不可言的过客。唯时光永恒。我不曾为时光留下过什么，而时光却永不停歇地给予我那么多。人生旅程的坦途与坎坷，生活本真的爱恨与悲喜，追名逐利的得到与失去……说着看着走着，笑着哭着沉默着，一切尘世喧嚣，终究皈依于时光深处的寂静，如山无言，如水长流；终究皈依于花开花落宠辱不惊，云卷云舒去留无意。

严格来讲，这本集子不是纯粹的散文集。其中"诗意时光"部分，是近年来尝试用散文诗文体创作记叙的。对于那些非常美好的事物，我还是比较钟爱于用散文诗文体表述，把情感、思想、寓意和追寻生命的纯真融汇为一体，我认为，那是一种柔韧的美丽。

唯有爱，让我对这个世界一往情深。"时光之爱"部分，把我生命里最重要的人、情感和爱，诉诸笔端，记录那些在疲于奔波里遇见慰藉心灵的纯真和美好；释放那些淤积在心底的忧伤和疼痛，或许伤口留下的疤痕这一生都不会消逝去，但痛感一定会渐渐减轻。我还想说的是，有些伤口仍很疼，却仍无法说出口，我不敢在叙说里再一次撕开它，我宁愿把它埋在心的最深处，我将带着它们一起离开这个世界。我不愿这本集子面世后引惹读者疼痛。因此，最应该记录和叙述的生命无法承受之轻，最终从书稿里撤出。

这本集子的"城市之光"部分，着重于我对生活了十余年之久的堪称第二故乡的西部石油城玉门和西部边城酒泉的真情诉说。日久生情，于人如是，于一座城市亦如是。在石油城玉门，从刚入职一切都是新鲜的模样，到目睹这座因石油而生的城市经历最后一次"吐哈大会战"，贡献出最后精良的装备和人才队伍后，艰难谋求发展的二次创业；到面临石油资源枯竭、四处闯荡找市场，在青藏高原不毛之地、在非洲那片被太阳炙烤的土地上、在远离大本营几千里之遥的峰峦叠嶂的山地，求生存的悲怆与豪迈；

再到企业"油气并举"战略转型，发展风电、光电、天然气等新能源，站在新起点上迈出新步伐。我与这座石油城一起悲喜、一起奋战，一起向着基业长青百年油田的梦奋进不息。对于酒泉这座城市的爱，也是因玉门石油城后勤基地搬迁至酒泉后的十多年里，从一朝一夕的相处，从一草一木、一瓦一屋的风物，到民俗风情的烟火，一点点融进了生活，融进了情感，终至于融进了血液。

我是一个热爱生活的人。尽管生活之于我，有过太多的疼痛和泪水，有过失望和孤独，有过梦的破碎支离，但我依然深情地爱着它，用我有限的生命，在它无限亘古的光阴里，让目光越过眼前苟且，看到无处不在的美好，看到永远的远方。

我始终不是一个勤奋的写作者。很多时候随心随性随喜写点文字，聊以慰心，以记录时光予我的或悲或喜的恩典。或许你也是这样的一个人，当你读到某一篇或者一段文字，想起过往的时光，想起那些在时光之滤网里留存下来的物事，你会在一个清晨，阳光透进窗帘的时候，或者在一个午后，细雨纷落在花瓣上的时刻，也或者在一个月光清朗的夜晚，闲步于湖岸与晚风相拥的时候，甚或在疾驰于漫漫长路上，看急速远离去的熟悉的或陌生的城市和村庄的时候，你终将会打开尘封的记忆，回望，微笑。

陈志仙
2022 年 7 月，于酒泉